JN069169

われらの世紀

真藤順丈

THE WORK COLLECTION by Junjo Shindo

作品集

光文社

われらの世紀

真藤順丈

THE WORK COLLECTION by Junjo Shindo

作品集

contents

装幀　坂野公一（welle design）
装画　Welder Wings

恋する影法師

*

むかしは黄昏時（たそがれどき）といったら、自分の影とさよならをする時間でした。

街の灯も多くありませんから、残照が消えてしまえば、路地は真っ暗闇になります。地球の影である夜が、子供の影なんて奥深い懐（ふところ）にそっくり呑（の）みこんでしまいます。

堀川町（ほりかわちょう）の裏手に、十郎（じゅうろう）という男の子が住んでいました。

独り遊びをいとわない子で、家の前の路地でよく踊ったり、跳ねたりしていました。手を上げたり、腰を曲げたり、足の裏から影をひっぺがそうとぴょんぴょん跳びます。だけどいくら意表を突いたところで、影はわずかな遅れもなくこちらの動きを真似（まね）ます。跳びあがってもどこに着地するかを知っているように先回りしています。

夕暮れ時にはより長く伸び、色濃く際立つ影を見つめていると、不思議なような、恐ろしいような心持ちにもなります。もしも真似しているのがぼくだとしたら。ほんとうは向こうが本物の十郎で、ぼくのほうこそ影にすぎないとしたら？

幼心にもそこには、うかつに踏み越えてはならない一線があるように感じました。それもあって十郎は、さよならを言いながらいつまでも家に入らず、畏友(いゆう)にお追従(ついしょう)をするように、ご機嫌取りに励むように、あれやこれやと剽軽(ひょうきん)な動きや鳥や犬猫の形態模写もしてみせる一風変わった子供でした。


後方に落ちる影は、日照の角度だけでなく、年月の経過でもめきめきと大きくなります。

大人になった十郎は、大道芸人になっていました。

海を越えてさまざまな芸能が往き来し、異国から伝わったものはたいてい禁じられるのが常でしたが、たとえ生活に窮(きゅう)したとしても、最も得意とすることで身を立てたいと願うのが芸人の性(さが)というもの。十郎にとってのそれはパントマイムという芸でした。一切の台詞(せりふ)を差しはさまず、体の動きや顔つきですべてを表現する演劇の一形態です。たったいまあなたの目の前に、壁、扉、階段、風船などはありますか？　たとえ無くても、パントマイマーは動きだけでそれらを出現させることができます。

通行人が銅像と見あやまるほどに、全身を静止させられます。

動物園のどんな動物にだってなれます。

見えない饅頭(まんじゅう)にかぶりついて、お腹(なか)一杯になれます。

落雷に打たれて倒れても、息を吹き返します。

変幻自在に楽器を奏(かな)でて、ひとりでオーケストラも再現できます。

わが国ではまだ珍しい芸でしたが、台詞に頼らないので言語の壁を越えるのはたやすい。事の始まりには師がいました。北支戦線から復員した伯父が、大陸で広めた見聞をそのまま十郎に伝えてくれたのです。大連で見たという風変わりな旅芸人の一座は、中世イタリアのコンメディア・デッラルテという即興演劇を今日まで受け継いでいて、伯父が実演を交えて教えてくれたパントマイムに、十郎は並々ならぬ才能を発揮したのです。

基本は道化師ですから、人前に立つのならふさわしい粧いはしたいもの。

しかし物資の乏しい時代ですので、顔に塗る白粉の代わりに歯磨き粉を塗ります。醤油罎のコルク栓を集めてきて燃すと黒い灰になり、これを食用油で練り合わせると眉墨になります。十郎はこの白と黒の化粧だけで街頭に立ちました。勧商場跡にできた繁華街の路上や、京橋や常盤橋のたもと、本通りの銀行前、紙屋町の交差点など、できるだけ人の往来がたくさんあるところを選んで、投げ銭用のハットを地面に置けば、その日のパントマイムの開演です。

近くの店の従業員や、銀行の守衛に追い払われることもしばしばでしたが、常連客もつきました。靴磨きの少年、天秤棒を担いだ魚の行商人、炭団売りの娘、路上で商いをする人びとが足を止めて見物してくれて、馴染みの顔を見ると十郎はいつも嬉しくなりました。

常連たちが呼び水になって、人だかりがふくらむこともあります。投げ銭こそわずかなものでしたが、梅干しや乾パン、大根や人参の種、金鵄の煙草などを見物料の代わりに置いていく客もありました。ところが困ったことに、人だかりができればできるほど警官が、時には特高警察の刑事が飛んできて、時節柄をなんと心得るかとどやされ、ひどい時には留置所にも放りこまれました。

ただでさえ鑑札も得ていないのに、天下の往来であやしげな芸を披露するのを特高が許すはずもありません。だけど十郎も学びます。警官や刑事が現われたらそれまでの演技を素早く引っこめて、講習会で教わった火の始末や防災の手順、竹槍訓練といった動きをパントマイムで見せ、お国のために芸人にもできることをしています、市井の人びとに備えを怠らないよう呼びかけています、という体をよそおうのです。ならばよかろうと目こぼしをくれるような与しやすい相手ではありませんが、やがて特高もこの妙な芸人を無害と見なし、ちんけな道化のやっていることなぞ放っておけばよいと咎めだてしなくなりました。客寄せになると気づいた商店主たちも黙認するようになりました。それもこれも十郎のパントマイムの技量が、路上という実地の舞台でめきめきと上達していたからでした。

街頭に立ちはじめたころから、それらのドタバタを見守る目がありました。

炭団売りの娘です。

ただの一言も、言葉を交わしたことはありません。

黒目がちの瞳に澄んだ肌の、裁ち直したシャツとモンペ姿の娘です。強ばったところのない座り姿が、いつも十郎の心地よいところにすとんと収まりました。

もちろんパントマイマーですから、常連の誰とも口を利いたことはありません。それでも娘が自分の芸を気に入ってくれていることはわかりました。銀行前のいつもの階段に座った彼女に観られていると、どんどん先まで演じられるような心持ちがしてきて、娘の姿が見えないと落ち着かなくなるのです。何日も現われないと、これはもう焼夷弾にでも当たったかしらと不安でしかたがなくなります。あたりには四秒で高くなり四秒で低くなる吹鳴が、板木を打つ音が響きわたっています。

探したくても名前も住所も知りません。一週間も姿を見せないと、あの娘は初めからいなかったのではないか、ああいう娘が常連になってくれたらという空想の産物だったのではないかと疑い、しょんぼり気味のマイムばかりが冴えました。けれど諦めかけたある時、何ごともなかったように娘はまた階段の指定席にちょこんと座っていたのです。

彼女を見たその瞬間、世界が静止のパントマイムのように動きを止めました。往来の騒音さえ聞こえなくなりました。

その時になってようやく十郎は、自分が恋に落ちていると気づいたのです。

破れた風船のようにしぼみかけた自分の体に、急いでポンプで空気を入れます。

強風もなんのその、傾がせた足の動きだけで坂道を上ります。

急峻な山によじ登り、断崖のふちを横這いし、水中や氷上も抜けていきます。

いったいどこへ行こうとしているの？　一心に見入る瞳も潤んできらきらと輝きたち、十郎の一挙手一投足に引きこまれています。ゆうに一時間を超えるパントマイムを始めて以来の大熱演で、灼熱の砂漠も凍てつく氷原も踏み越え、ほとんど世界を一周して、大冒険の果てに摘んできたちいさな一輪の花を、十郎はその娘へと差しだしたのでした。

*

あべこべに昇る太陽のような、原子の眼が見開かれたあの朝も――

彼女は、いつもの階段に座っていたのです。

熱と波動と衝撃波を生みだす爆弾は、命の連鎖をことごとく断ち、われわれの恐怖や絶望の限界を画定しなおしました。

進行していたあらゆる営みは、閉じた一瞬のなかに宙吊りにされました。爆心地とその周辺の建物は、巨大な爆風圧によってすべて吹き飛ばされ、屋外にいた者はおびただしい熱線に焼かれました。路面電車は吊り革につかまったまま即死した亡骸を載せて、慣性力でしばらく走りつづけました。火事による嵐が起こり、ありえない高さにまで達したキノコ雲は放射能入りの黒い雨を降らせました。

朝早くから路上に立つこともあった十郎を待っていたのか、そこで休憩するのが習い性になっていたのかもしれません。爆心地から三〇〇メートルと離れていなかった娘は、写真のネガに像が焼きつくように、階段の表面に〝影〟を残しました。とっさに立ち上がったか、片手を前に出して横向きにのけぞっているシルエットです。あまりの高熱を浴びたために一瞬で蒸発してしまったという噂も流れたほどでした。

堀川町の屋内にいた十郎も、家屋の倒壊に巻きこまれました。硝子片を浴び、赤黒い吐血で側溝を汚しました。病院を出たあとも高熱や下痢、歯茎からの出血に苦しみましたが、どうにか動けるようになってからは、階段の影の前でパントマイムを演じました。

ある日突然、手の届かないところに行ってしまった娘と、生き残ってしまった自分——孤独と罪悪感が、越えたはずの一線をふたたび越えがたいものとして出現させていました。こんな時に大道芸だなんて悪趣味なやつめ、不謹慎じゃあないかと誹謗されて石を投げられても、十郎はあたかも娘が生きているふりをして、残されたその〝気配〟を喜ばせるためだけにパントマイムに明け暮れました。彼女が送るはずだった営為を、見るはずだった風景を、つかの間の白昼夢のようにもうひとつの世界に浮かび上がらせようとして。

しかしそんな試みもむなしかった。虚無に落ち、失意に暮れた十郎は、ほどなくして覚悟を決めて、かつて聞いた旅芸人の一座を訪ねる旅に出たのです。伯父は言っていました。その一座には奇妙な術をあやつる道化師がいたと——

歳月をかけて大陸を転々とし、三年目に逢えたコンメディア・デッラルテの道化師は、現身に奇跡をもたらす呪術師でもありました。年齢も人種もさだかではなく、菱形の模様のついた襤褸の衣裳をまとい、顔の半分を隠した仮面の奥には、頭蓋骨のうろに棲みついた別の生き物のような二つの眼球がうごめいています。身ぶり手ぶりで計画を伝えると、道化師はお前の望みを叶えてやれるだろうと答えたのです。さすがの十郎も半信半疑でしたが、段取りの一つ目はまず信じることだと説かれました。

信じることならできると十郎は思いました。今ならどんなことでも、一瞬で数十万人が焼きつくされ、町がひとつ消滅するこの世界ではどんなことでも起きる。

道化師の言葉にしたがい、さらに年月を費やして旅をつづけて、サウジアラビアとイラクの中立地帯で皆既日食を望みました。太陽と月と地球が一列に並び、月の影が視界に満ちていきます。気温が下がり、鳥も虫も植物も呼吸を止めます。牧草地の上のひろびろした空が、地平線の向こうまで暗くなり、高みにある太陽が月の影に食われていきます。それは疑似的な世界の死でした。部分日食ではない本影のなかで、十郎は言いつけどおり、壜の中の液体を干しました。するとたちまちその魂は、自身の影へと落ちていったのです。

影はそもそも第二の魂なのだ、と道化師は言っていました。影は人を抑圧する過去であるとともに、未来の姿でもあるのだと――

そのようにして十郎は、生きた人間の座を降りて、影そのものとなって。

故郷へと戻ってきます。

骨組みだけになったドーム屋根が浮かび上がります。

船から下り、陸を歩く十郎はいますが、肉体を動かしているのは影となった十郎です。かつてのように見ることも聞くこともできませんでしたが、影として独自に脱け殻の肉体をあやつり、そこに不便は感じません。数年ぶりに向き合った階段の影の前で、その肉体ともさよならして、完全に影だけの存在となって娘と再会を果たします。ああ、と十郎は嘆息します。見えないはずが見えています。無いはずの心臓が高鳴ります。生まれてこのかた味わったことのない感情の高波にさらわれそうになります。

おたがいに体があるうちにそうすることができればよかったけど、今からだって遅くはない。影になった十郎は、手を伸ばし、階段に焼きついた彼女の影に影を重ねます。細い指の感触を感じます。なめらかな体の線を感じます。後悔はありません、これでよかったと十郎は思います。一生にたった一度のかけがえのない節目を、愛を告白する瞬間を迎えているのだと感じ入りました。

ところがどんなに影を重ねても、その肩や横顔にふれて思いをこめても、彼女の影は反応を返しません。冷たい階段の感触だけがそこにあり、彼女の影は微動だにしません。いったいどうして——影になった十郎は祈るように問いかけました。

ねえ、どうして君は動かないの。

あるいは娘が即死だったからではないか、直感がそう知らせていました。熱線を浴びたその直後に影が焼きついたのなら、ここにあるのは屍体の影。自分は愛しい人の亡骸に添い寝して、懸命に体をすり寄せているにすぎないのか。ああ、なんということでしょう。幸福感から一転して絶望へと転がり落ちるようでした。

あの日の劫火は、影のささやかな希望の光すら奪うのか。このまま硬い沈黙の中で、誰にも顧みられない壁や地面の染みとして余生を送るのか——

頭上に散らばるまばらな雲が流れていきます。瓦礫を積んだリヤカーが十郎の足を踏みつけて通っていきます。誰も階段に二つの影が並んでいることに気づきません。十郎はその輪郭をうなだれさせ、夕暮れを迎えてもそこにとどまります。どこにも行くあてはなく、行きたいとも思わず、影としての意思も朦朧と薄れていくのを感じました。そんな時です。残照の目映さがひときわ強くなる時間に、淋しく澄んだ嗚咽が聞こえました。君なんだね、そこにいるんだねと十郎は訊ねました。どうして泣くの？

だって、わたしは影だから。

それなら心配ご無用、ぼくだって影だよ。

あなたのように、みんなが動けるわけじゃない。

それを聞いて十郎は、ああっ、と肩の線をわななかせました。生きた肉体と切り離されても十郎が動いていられるのは、魂を受け止めたその影が、人の動きに精通していたがゆえ――十郎がパントマイマーであるがゆえだったのです。

現世に残された影はそもそも、自らの死の墓守のようにその場にとどまりつづけるしかない。そのことを思い知らされて、娘の影はさめざめと泣いていたのです。

恐ろしいことに彼女の影の下には、数えきれない亡霊のような影が十重二十重にからみつき、領土も濃度も嵩を増しているようなのです。だからわたしはここを離れることができないと娘は告げます。だけど、だけどぼくなら？　すかさず十郎は返します。ぼくだったら君の手を引いて、ここから影を剝がせるかもしれない。君の手を摑んで、この地に降った束縛を断ち切って、途切れることのない光の中へと向かうことができるかもしれない。

そのまま十郎は、階段の前にとどまります。

昼と夜とがめぐり、強い陽差しや雨風に耐え、月の盈ち欠けを望みます。

ある時、十郎の願いは叶います。かつての五感を、手足の躍動をよみがえらせて、十郎はゆっくりと娘を抱き寄せます。

無言のままで、しかしどこかに響く音楽を聴きながら、手と手を取りあって路地で踊り、跳ねまわります。重なりあう影は、弾むように大通りを遠ざかっていきます。

あなたも世界の辻で、路面や建物の壁で、抱き合って踊る二つの影を見ることがあるかもしれません。それはあの日のあとで、ようやく結ばれた恋人たちです。二人はそのようにして生者のパントマイムをつづけているのです。やがて訪れる真の闇が、二人を分かつその日まで。

一九三九年の帝国ホテル

一

燃えつきた灰の堆積（たいせき）から、あざやかに蘇（よみがえ）った不死鳥のようなホテルだった。陸（ろく）屋根と勾配（こうばい）屋根の連なりは煉瓦細工（れんがざいく）で飾られ、玄関の池にはえんじ色の睡蓮（すいれん）が咲いた。内装のレリーフや飾り棚は調光によって幾何学（きかがく）模様のように彩られ、つづれ織りのタペストリーのようにも交響楽の譜面のようにも映（は）えた。劇。詩。音楽。そこかしこに人の手による芸術の粋（すい）がたゆたうような空間の抑揚が、遥々（はるばる）とやってきた宿泊客たちに甘やかな陶酔をもたらした。

　訪れるのは、海外の国家元首や大臣、アジアの王族やその奥方、有名俳優、花形スポーツ選手。国内からもなかんずく有産階級、襟（えり）や袖（そで）の色で爵位（しゃくい）がわかる華族、略綬（りゃくじゅ）にカイゼル髭（ひげ）の軍人たちが出入りした。春から冬まで客足がとぎれることはなく、失火による全焼ののちに〈新館〉が竣工（しゅんこう）してからはなおのこと享楽とモダニズムの象徴と謳（うた）われた。

　一九三〇年代、首都のあちこちに貧民街が出現していたころのことだ。あたかもそれは都市という生き物の、見えない部位にできた火ぶくれや瘡蓋（かさぶた）だった。

　ひしめきあう荒長屋（あばらながや）。浮浪児。天秤棒（てんびんぼう）をかついだ汲み取り屋。

陸軍士官学校から出された残飯を転売する露天商。一銭おくれ、二銭おくれと声をかけてはお菜や煮染め、焦げた飯を笊につめこむ住民たち。悪臭の去らない路地裏を、托鉢の僧が錫杖を鳴らしながら歩いてゆく。彼らは、ホテルに泊まることはない。

女がいた。

四谷の鮫河橋の生まれで、名をカヤといった。

新聞の求人広告で応募して、女子客室係としてホテルに採用された。

わたしで良かったのかしら。面接に来ていたのはおしゃれで賢そうなモダンガールばかりだったのに。丈夫でよく働きそうに見えたから採用されたんだろう。恩に報いるべくカヤは、ホテルにふさわしい気品や教養を学び、よく働き、清潔な笑顔をたやさない熟練の客室係を志した。毎朝いちばんに出勤して、紫地に矢羽の模様が入った着物をまとい、髪もみずから結って毛くずは一本も落とさなかった。

宿泊客を迎えたら、お茶を出して、バスタブに湯を張り、荷物から衣類を出して衣装箪笥に掛けて、洗濯物があれば地下のランドリーへと運ぶ。呼ばれたら飛んでいって、身の回りの世話をしたり、退屈した奥方の話し相手になったり、木綿のハンカチで手品を披露したり、こっそり連れこまれた珍獣の餌を調達したこともあった。どんな要望にも「かしこまりました」と応えられるように心掛けて、ロビーやプロムナード、饗宴場、地下にバーや撞球室の設えられたホテルの中央棟から南北棟までひとめぐり案内してまわったこともあった。

宿泊客が発ったあとは掃除、ひたすら掃除。着物の袖をたすき掛けにして、薙刀をかついで合戦に乗りこむような意気で臨んだ。顔が映るくらいに床を磨いて、引き出しの真鍮の把手もひとつずつ取り外して拭き、バスルームや便器はどの向きから見ても曇りがないように磨き上げた。骨に染みる水の冷たさは冬場でなくてもつらかった。手の皮を裂くあかぎれやささくれで、いつしか両手は牛馬の皮よりも分厚くなった。

客からのからかいや人いきれにあてられて鼻血を吹くこともあったが、客室係キャプテンに叱られてもめげず、他の女子客室係が重労働に音を上げて次々と辞めていってもカヤは決して辞めなかった。かしこまりました、承りました、と客の要望に応えつづけて、申し訳ありませんそれはできませんと一回も言わない記録を五年六年と更新して、おのずと総支配人やキャプテンから〈客室係の鑑〉と褒めそやされるようになり、後輩からもお姉さんと慕われて、常連客たちの贔屓にも与るようになった。

できることならば、このホテルと同化したいと願っていた。

鮫河橋の家には、帰りたくなかった。

他の客室係も言うとおり、たくさんのことをここでは学べる。身だしなみや化粧、一般教養、それから海の向こうの戦争のこと。カヤはいつからか自身がこのホテルの精霊のような、細胞のようなものなんだと感じるようになっていた。建物の外では食いはぐれた人々が、犯罪と病気の巣のような貧民街が増えるばかりでも、ここでは華美な人いきれがたえず、ブルジョワジーな生態系をかたちづくっている。その輪の中に融けているような感覚がよすがになった。新人時代のように気遣いの連続でかたときも気持ちが解れないということもなくなって、このホテルこそは自分の居場所であり、ずっとここで働けたらそれだけで満足だと思えた。

あなたは〈できませんと言わない客室係〉と呼ばれているそうですね。あるときそんなふうに語りかけてくる宿泊客がいた。

背の高い四十代の、洋装の紳士だった。以前にカヤの世話になったことがあると打ち明けたが、記憶力には自信があった彼女もすぐには誰だかわからなかった。客室棟の廊下を歩きながらその男は、カヤの勤続歴のなかでも、飛びぬけて無茶な要望を向けてきたのだった。

「では、お願いがあります。俺と結婚してもらえませんか」

婚姻届の用紙すら、男は持参していた。

二

男は、軍人だった。

かつては戦争の英雄と讃えられたこともあった。

男の名は、城代新八郎（きのしろしんぱちろう）といった。陸軍に志願入隊して、シベリア出兵ではパルチザンの遊撃戦に立ち向かった。髭に霜（しも）をまぶし、零下四〇度で凍傷になりながら、背嚢（はいのう）と銃の重みに耐えて荒漠（こうばく）の大地を進んだ。敵勢が潜んでいる村落を焼き、捕虜となった同胞を奪還して勲章（くんしょう）を授与された。満州（まんしゅう）では熱河（ねっか）の占領作戦に加わり、終わりのない野営と行軍、野戦病院に群がる巨大な蠅（はえ）、釜風呂となった塹壕（ざんごう）の底にたえず忠義の心を試された。進撃の号令とともに壕を這（は）いだすと、頭の上をかすめてゆく銃弾の音がどこか音楽のようでもあって、できればこれを楽な姿勢で聴きたいものだと願った。

俺はどうして出征したかったのか、何のために生き急ぐのか。納得のいく〈理由〉は見つからなかった。熱河でも白兵戦を制して戦勲者に数えられたが、内地に戻ってからふいに何もかもが馬鹿らしくなって、軍総司令部に無断で軍部を離れ、おのずから名誉を返上してあてどもない放浪の身となった。

そのころから、佩刀（はいとう）するようになったのだ。

家宝の日本刀と脇差（わきざし）を、肌身離さず腰から下げるようになった。

従軍時代から変わり者とされていた彼は、嘲笑（ちょうしょう）と憐憫（れんびん）を交えて〈最後の侍（さむらい）〉と呼ばれるようになった。悪くない異名だ。当時の彼にはアナクロニズムが心地よかった。

大正と昭和の世にあって、侍などは封建制度の負の遺産だ。近代化政策の妨（さまた）げにしかならない。廃刀令が下されてからは帯刀を許されず、秩禄（ちつろく）にもありつけず、苗字（みょうじ）の名乗りを平民も義務付けられたのちには士族だけの恩典はひとつも残っていない。至誠を重んじ、帯刀して戦にそなえる心を涵養したいなら軍隊にいるしかないが、彼はそんな唯一の居場所にも背を向けた。それからは賭場の用心棒をやったり、貧民街に棲みついたりして、すれちがった旧知の者にはぎょっとされ、幾度となく警察沙汰にもなった。城代新八郎は軍を抜けてからおかしくなって、帯刀して歩くようになったと醜聞まがいの噂を流布された。

世間さまからすれば、懐に匕首をしのばせた俠客と変わらないらしい。

軍人でもない者が、刀を佩いていれば、不法行為として咎められるのが世の理だった。

放浪をはじめて三年、ついに官憲に刀と脇差を取り上げられた。

倒れるまで酒を食らった。土砂降りの雨のなかをさまよい、気がつけばどこかで拾った細長い棒きれにすがりつきながら、どこかのホテルの中庭で嘔吐していた。覚醒と微睡みのはざまを漂いながら、雨粒を降らす真っ暗な夜空を眺めていた。

（ずぶ濡れですよ、お客さま……）

朦朧とした意識に、覗きこんでくる着物の女の顔と、その声が残った。

翌朝、ホテルの地下の従業員控室で目を覚ました。あの丸顔の女子従業員が、床をのべてくれたらしい。この俺がお客さまか。宿代などないのに、勝手に這入りこんだ敷地を吐物で汚しただけなのに。布団は清潔でしわひとつなく、枕元にはサンドイッチと果物の皿も置かれていた。朝食を平らげ〈一宿一飯、有難う〉と走り書きのメモを残して、勤務中の彼女が戻ってくる前に立ち去った。あの女(ひと)の名はなんだろう、と様々に想像をめぐらせながら。

欧米列強にさいなまれる祖国を憂(うれ)う心情はあったが、やむにやまれぬ衝動というわけではなかった。つまらぬ気まぐれを、巷(ちまた)に喧伝(けんでん)された戦争の大義名分により糊塗(こと)されて、大東亜の共栄に燃えているかのごとく自身を騙(だま)していただけかもしれない――出征の動機について語る新八郎の言葉にも、カヤはぎこちなく頬笑(ほほえ)みながら、左様(さよう)でございますか、と相槌(あいづち)を返すばかりだった。

「内地に帰ってきたら英雄です。だけどどうにも据(す)わりが悪かった。憂国の志を抱いて大陸に渡った俺は、痴(し)れ者になって戻ってきたんです」

「ご乱心なさった、ということですか」

「それで佩刀です。しかし結婚を申しこむ権利は、乱心者にもあるでしょう」

「ですからそれは、お断わり申し上げました」

「あの夜の温情に、濡れた野良犬を拾うような心馳(こころば)せに、俺は救われたんです。だからもっとましな身なりになってあなたと再会したかった。無礼ながらカヤさんの客室係としての噂は聞かせてもらいました。あなたには美学がおありのようだ、俺はあなたのような女(ひと)と夫婦になりたい」

「たった一度、寝床と朝食を差しあげただけなのに、それだけで結婚だなんて」

「軽率ですか。すぐに返事は望みません。数日はこちらに滞在するので」

「申し訳ありません、お断わりします」

「あ、ですから、今すぐじゃなくても」

「お断わりします」

あくまでも頬笑みながらカヤは答えた。こんな望みに「かしこまりました」と応じる馬鹿な客室係がいるわけない。相手のことを何も知らないし、年齢差もあるようだし。ああ、できませんと言わない最長記録が止まってしまったと内心でむくれていた。

あの方はいつお発ちになるのだろう。カヤは気を揉みつづけた。宿帳には貿易商と記されていたが、新八郎は商談や外出をするでもなくホテルの隅々を歩きまわり、総支配人にも声をかけ、海外の客とラウンジで歓談して過ごしていた。申しつけられればカヤも接遇したが、できることなら関わりたくなかった。完璧なもてなしを信条とする女子客室係としては、二十余年の人生で初めて求婚されたことを変に意識し、通常と変わらない働きができなくなるのが許せなかった。

新八郎はカヤを見つけるたびに声をかけてきた。国賓のなかにはカヤを贔屓にしてくれる年配客がいて、それぞれの国の言葉はわからなくても、わからないなりに笑みをふりまき、立ち話にも応じるのが常だったが、新八郎がそのあとで寄ってきて、あの男は金はありそうだが狡からそうだと評してみたり、あなたを専用の女中として召し抱えたいと言いだしたらどうするんですか、と苦言を呈してカヤを辟易させるのだ。

他の客を巻きこんだ騒動も起こった。玄関屋根の下が騒がしいので行ってみると、新八郎が何やら在郷軍人会の団体客と揉めていた。

事情を聞けば、酔った軍人会の男たちが人力車の車夫に差別めいた言辞を投げかけ、新八郎がたしなめたところ小突きかえされ、あわや乱闘という事態になったのだという。空いた腰の軽さに手を遊ばせていた新八郎は、ドアマンが持っていた蝙蝠傘を取り上げると、木刀の代わりにして軍人会の一人一人を打ち据えていった。

「お前たちは、このホテルにふさわしくない」

あるいは戦地での苛烈な経験が、そのひと打ちひと打ちを重くするのかもしれない。傘の太刀筋にはめざましいものがあり、武道に疎いカヤでも瞠目せずにはいられなかった。

みずからを囲んだ軍人たちの間を、新八郎はすいすいと通過していった。ふるうべきところに得物をふるい、急所を突き、首筋に打ちつける。持ってまわった大仰さも、あからさまな力の示威もない。軍人たちの叫び、悲鳴、肉を打つ音、衣類の擦れる音が、あたかも律せられた音楽のように調和を生み、太刀さばきのもとに腰や手や足の運びが端然と統一された剣の舞いは、鼻息を荒らげる男たちの全員に地面を舐めさせていた。

「大騒ぎをしてすまない。外国の客の目もある、俺も目立ちたくなかったんだが」

町場の諍いとあって軍人会も事を荒立てず、警察沙汰にはならなかったが、その日からカヤのなかで新八郎は、軽々しく求婚をする不実な男から、何をしでかすかわからない要注意人物へと躍りだしていた。カヤが守るべきは客室の清潔さにもましてホテルの安寧と秩序、路地裏のつばぜりあいが頻発する場であってはならない。大前提すらも覆しかねない新八郎は〈早くお発ちになってほしいお客さま〉の筆頭に挙がってきていた。

新八郎はそれでも滞在を切り上げず、朝な夕なうろついてホテルの内部構造にも通じてしまい、従業員用の通路にまで出没するようになって迷惑千万、あげくに他の客のことまで詮索しはじめた。「ドイツの団体客が来ているようだが、どの棟のどの階に泊まっていますか」としつこく訊いてきて、他のお客さまのことは話せませんと返すしかないカヤを困らせた。

たしかにドイツの団体客は、泊まっていた。

国際連盟を脱退した日本は、出口のない大陸政策に行きづまり、ドイツとイタリアとの三国同盟にまつわる号外ビラが街頭を沸かせていた。ホテルにもドイツの軍人や外交官がよく訪れていて、軍服の客はたいてい寡黙で近寄りがたかったが、連れ添いの夫人などは偉ぶらず、慎ましやかで、それもあってカヤは欧州屈指の軍事国家にも悪い印象を抱いていなかった。

連泊していたのは在日ドイツ人の団体で、宿泊先を決める責任者が領事館の手配した宿舎を拒んでこのホテルを選んだのだという。なかんずく団体の人数が多かったし、かなりの長期滞在ではあったが、政府の使節団やスポーツの代表選手団が常宿とすることは珍しくなかったし、貸し切りというわけでもない。ただでさえそのころは、他にもオーストラリアの実業家、米エール大学の水泳選手団などを迎えるので忙しくしていて、ことさらにドイツの団体客ばかりに意識を割(さ)いてはいられなかった。

「あなたにだけは本当のことを言いましょう。俺は貿易商ではありません。ここにはある人を探しにきています」

他言無用で頼みます、と新八郎は告げた。自分はある〈密命〉を帯びてホテルに宿泊しているのだと。左様でございますか、と客室のシーツ替えをしながらカヤは返した。城代さまがまた変なことを言いだした、と警戒しながらその告白に耳を傾けた。

「では、結婚の申しこみは、そちらの用事のついでだったんですね」

「あれは〈私(し)〉。個人の本懐です。これから話すのは〈公〉です」

「はーぁ、左様でございますか」

「参ったな、どうも俺の言葉はあなたにとって重みをともなわないようだが……俺には一命を賭(と)す価値がある恩人がいて、その人はある〈財団〉に属しています」

政府や陸軍省、その他の国家組織のいずれからも独立した〈財団〉――軍人や華族、財閥の有力者たちが一つの信念のもとに集まった議会民主制の非公然組織。有力財閥を中心として資本が貯えられ、政令や軍令からも離れて真に有益な人材を支援、経済の促進を働きかけているというこの組織を、先だってドイツの使者が表敬訪問したという。〈財団〉の莫大(ばくだい)な財を当てにして提携を望んできたが、出迎えた〈財団〉の代表は「新独の気運は高まっているが、人種同士が覇権を争っているというあなた方の世界観は呑みこみづらい。他の民族を斥けることで増す党勢を後押しはできない」と言い放った。防共協定の白紙化からあらためて日独同盟路線が重視されるなかで、けんもほろろな交渉の決裂はまったくの予想外だったらしく、使者は真っ赤な顔でその場を立ち去った。

そのとき会合の席についたのが、組織の良心とされる〈伯爵〉であり、新八郎を拾った人物でもあったらしい。その伯爵がつい数日前、忽然と消息を絶っていた。

邸宅にも戻らず、音信も途絶えていた。これを〈財団〉は非常事態ととらえ、新八郎が呼ばれた。調べても他に疑わしい線はない。ドイツとの会合が関係しているとしか思えない。そこで使者団が泊まっているホテルに来てみれば、ドイツ人たちの警戒ぶりは異常だった。建物や敷地のなかを巡回している者すらいるではないか。あなた方はお気づきじゃないかもしれないが、と新八郎は言った。たったいまこのホテルはドイツの要塞と化しています。

わたしたちのホテルが、よ、よ、要塞？　にわかには信じがたくて頭をふるカヤに、新八郎は鋭い眼差しを投げてきた。

「伯爵はかなりの高齢だ。そんな御仁がかどわかされて、このホテルの客室のどこかに幽閉されているようなのです」

報告を受けた陸軍省も外務省もおよび腰で、行政機関も捜索に踏みきれずにいる。ドイツ人たちはいまだに連絡を寄越(よこ)してこない。老いた伯爵を人質にして再交渉に臨むつもりのようだが、吹っかける条件を検討し、時機を探っているのか。あるいは無言の揺さぶりをかけているのやもしれず、伯爵が消息を絶ってから十二日がすぎている事実にも鑑(かんが)みて、〈財団〉としても無為に手を拱(こまね)いてはいられなくなっていた。

「昨夜、〈財団〉の本部からのお達しで、直(ただ)ちに救出計画を立案するように命じられた。つまり偵察を終えて強硬手段に打って出ろということ。俺としてはドイツ人たちを端から斬って捨てたいところだが、無血作戦となるとホテルの人間の協力は欠かせない。そこでカヤさん、あなたに様子を探ってほしいんです」

城代新八郎の帯びた使命は、囚(とら)われた人質の救出だった。

ホテルに潜入して、監禁されている伯爵を救助、かかるのちに脱出せよ——

この突飛な告白をカヤは疑い、だが最後には、信じた。

これが一九三九年のホテルの、二人にとっての、最大の事件となった。

三

オーディトリウムで演奏会が催される夜、新八郎とカヤは洗濯係を装(よそお)って、要救助者の居場所を見極めるべく動きだした。

大きな鳥が両翼を広げているようなホテルの、翼に当たる南北棟に客室が集まっていて、オーディトリウムや饗宴場のある中央棟とは連絡通路でつながっている。新八郎は従業員のタキシードを着こみ、カヤはたすき掛けの着物姿で、車輪のついた洗濯かごを押してゆく。中央棟に人が集まっていれば、おのずと南北の客室棟は手薄になる。催しの最中なら動きやすくなるという目算があった。

ああ、それにしても、これほどの事態に巻きこまれるなんて――

こんな間諜めいた真似は、客室係の仕事に含まれていない。

あるいは新八郎は、結婚を餌にしてカヤを籠絡しようと目論んだのか。

だとしたら見下げ果てた男だと思ったし、ホテルにかけられた疑念を晴らしたくて奔走もした。何かの間違いであってほしい。新八郎や〈財団〉の見込み違いであってほしかったが、願いに反して黙過できない証言が集まっていた。

現在、最上階のペントハウスをドイツの団体の責任者が使っている。階下から連れてこられた白髪の老翁がそこへ入っていったという証言があった。数時間がすぎて客室棟のどこかへ戻ったが、ドイツ人たちに無理やり歩かされているようだったという。総支配人にもかけあったが「そんな馬鹿なことがあるはずない」と取りつく島もなかった。

限りなく疑念は深まって、もはや捨て置くことはできなかった。愛するホテルが犯罪の現場になるなんて耐えがたかったし、かといってすぐに得物をふりまわす男の好きにさせていてはホテルが無法地帯となってしまう。これ以上の秩序の崩壊を見すごせず、一介の客室係ながらカヤは新八郎の協力要請を呑むしかなかった。

決行にあたって〈財団〉は数人の男たちを送りこんできた。精鋭たちもみなホテルの制服を着こんでいる。彼らとともに汚れ物を回収し、洗い終えたものを返却する従業員になりすまして、南北棟の二階から四階までを往き来する。演奏会の幕が下りる時刻までに伯爵が監禁されている客室を突き止めたかった。

「ひとつ伺いたいんですが……どうしてナチス党が？」

オーディトリウムに入っていく招待客に視線を配らせ、規律の取れた動きで巡回もしている若いドイツ人たちは、褐色の軍服に着替え、腕章には〈卐〉の党章が印されている。本国からも要人が訪れているので万難を排するための警備、というのが口実ではあったが、この警戒ぶりではドイツの要塞とあげつらわれてもしかたない。ヒトラー・ユーゲントは知っていますかと新八郎が訊いてきた。ドイツでは十歳から十八歳の未成年の参加が義務づけられた青少年育成組織。前年のユーゲントの交歓訪問では『萬歳ヒットラー・ユウゲント』なる歓迎歌も作られた。

〽燦たり輝くハーケンクロイツ　ようこそ遥々西なる盟友　いざ今見えん　朝日に迎へて

我等ぞ東亜の青年日本　萬歳ヒットラー・ユウゲント　萬歳ナチス――

カヤもそらで歌えた。それほどよく知られていた。

このときのユーゲントの全国遊学で、ナチスは種蒔き（たねま）をしていった。共鳴する思想団体や青年団に密か（ひそ）に接触を図り、日本における活動基盤を整備した。通常、政党の国家外交のすべては大使館や領事館を通してのみ行われるが、このホテルにいるのは、政府組織ではなくあくまでも青少年組織、在日ドイツ人子弟によるヒトラー・ユーゲントなのだ。この事実こそが一連の騒動にねじれや転倒を生んでいた。官憲はなぜ立ち入らないのか、なぜ自国のホテルで間諜めいた動きをしなくてはならないのか――それはこの現状が、他国の軍や政党によって国土を不法占拠されているわけではなく、あくまでも青少年団による団体宿泊であるからだった。この国の警察も陸軍省も証拠なくしては動けないし、隠密裡に〈財団〉が救出計画を進めたがっているのもナチスドイツが最大の盟邦であるがゆえだった。

歩哨（ほしょう）に出ているユーゲント、通路を守っているユーゲント、十代から二十代の青少年団員の警戒の目をかいくぐり、カヤと男たちはドイツが占有する二階から四階までの一五〇部屋を当たっていった。洗濯伝票を総ざらいして、団体宿泊に利用されている客室のなかから、ドイツ製の衣類が洗濯に出されていない部屋を優先する。ユーゲントが泊まっておらず、〈幽閉〉用の部屋になっている可能性が高いからだ。南棟の二階からはじめて客室の様子をうかがい、扉を叩いて返事がなければ合鍵を使って入室していった。

ところがその中途で躓いた。計画に乱れが生じた。隊列を組んで中央棟のロビー上部を横切り、サンクガーデンと日本庭園を区切ったブリッジを渡りかけたところで、

「待ちたまえ」

襟首を吊り上げるような命令口調に呼び止められた。オーディトリウムから数人の党員たちが出てきていた。マナーを重んじる西欧人が音楽鑑賞の席を中座するなんて、しかもこんなに早くに？　おかげで予定が狂ってしまった。

「あれがユーゲントの親玉だ」と新八郎は言った。「教練によって在日ユーゲントを青少年団から準軍事組織にまで鍛え上げた。青少年全国指導部のグスタフ・フォン・ヴィスラー。〈財団〉を訪れた使者というのもあの男だ」

彫りの深い碧眼の男だった。社交界の花形のような長身の伊達男で、詰襟型の軍服には勲章や鉄十字章が飾られている。通路に立っていたユーゲントの隊員はヴィスラーが近づいてきたことで直立の姿勢になり、右手を斜め上に突き出した。敬礼を返したヴィスラーは在日ドイツ人の通訳を介して、見かけない顔だがホテルの従業員かとカヤたちを誰何してきた。こちらに何か不審な点でもあったのか、偽装を見破られたのか——

わたしどもは洗濯部なので、普段はお客さまの前に出ることはございません。カヤは培ってきた笑顔と所作で答える。やりすごそうと試みる。

かたや新八郎は殺気立っている。敵勢の首領といきなりあいまみえて、ここで斬るかと目が

たぎっている。嵐のような脊髄反射にわななく右手は、洗濯かごのシーツの中に沈みこんでいる。新八郎が〈財団〉の者たちに命じて、木刀あるいは竹刀とおぼしき得物を持ってこさせていたのはカヤも知っていた。

「彼は、どうかしたのかね」通訳を介してヴィスラーが言った。

「お声がけいただき、驚いているだけです」とカヤは返した。こちらを値踏みしてくるヴィスラーが人間嘘発見器のように感じられ、腹の底を固く絞るような緊張感にさいなまれながら言葉を継いだ。「……今宵の演奏はお気に召されませんでしたか」

「ワーグナーの真髄は歌劇にあるのだよ、お嬢さん。歌い手のいない演奏は物足りない」

「左様でございましたか、その旨、総支配人にも伝えておきます」

「だが、ホテルのもてなしには感謝している。私がもっとも感動しているのは……」

もてなしという単語を強調すると、ヴィスラーは通訳が日本語に訳しきるのも待たず、「君たちだよ！」と高らかな声を発してカヤの肩を叩き、このホテルの洗濯技術はすばらしい、世界最高の水準にあると褒めちぎった。だから呼び止めたということか。ヴィスラーの振舞いは連れだった他の党員にも向けられていた。通りすがりの従業員を呼び止めて謝意を伝えられるほど自分は目配りがきくのだとこれ見よがしに誇示しているふしがあった。我々は軍服を極めて重視しているとヴィスラーは言った。先だってもオーバーコートを駄目にしかけたが、このホテルで洗濯に出したら新品同様で戻ってきた。あれはどんな魔法を使ったんだね？　と質問を重ねてくる。

「わたしどもはぬるま湯で洗います。それでも落ちなければ過酸化水素水で漂白します。お預かりした衣類によって染み抜きの方法も変わってくるのですが……」

「実を言うとアジアは好きではなかった。この国に派遣が決まったときも貧乏くじを引かされたと思ったものだ」ヴィスラーは芝居がかった仕草で肩をすくめて党員たちの笑いを誘った。「だが諸君、この国の技術力には目をみはるものがある。政治屋たちは無能だが、下々の者はおしなべて勤勉で、従順で、わが国に連れて帰ればアーリア民族によく仕えるだろう。このホテルの洗濯係がそう気づかせてくれたのだ」

　通訳はヴィスラーのそんな放言まで、ご丁寧にも日本語に訳して聞かせた。応対しながらカヤは、とぐろを崩した蛇(くちなわ)に締められているような息苦しさを味わった。ヴィスラーの真意は未知数で、本物の洗濯係かどうかを試しているようでもあった。偽装してユーゲントが泊まる客室を端から物色していたと知れれば、救出計画はここで潰(つい)える。新八郎がシーツに沈めた得物を抜いてしまえば、あるまじき修羅場が出来(しゅったい)して、政治や外交にも影響をおよぼしかねない——身を切られるような思いで洗濯の知恵を語っていたところで、

「あなたもどうですか。その軍服は、血の染みを気にする必要はなさそうですが」ヴィスラーが党員の一人に言った。「ザーレ中佐もこのホテルの洗濯をぜひ試してほしい。この者たちはおもしろいように染みや汚れを落とします」

「いや(ナイン)、結構だ(ダンケ)」

　無愛想に答えたその将校はただ一人、真っ黒な制服をまとっていた。運動選手のように引き締まった体形をしていて、髑髏の紋章(トーテン・コップ)つきの制帽をかぶっている。銀製のバックルの鷲章には〈忠誠こそわが名誉(マイネ・エーレ・ハイスト・トラウエ)〉と銘が刻まれ、腰にはSSのルーン文字を柄(つか)に刻んだ長剣(サーベル)を佩いている。鼻筋に寄ったちいさな三白眼、西欧人らしからぬのっぺりした能面のような顔。その酷薄さと威圧感に、カヤは本能がよろめくような恐怖心を抱いた。

「第三帝国の誇る剣術指導官にお越しいただかずとも、我々だけで対処できましたものを。本国までの護衛の任の前に、滞在を満喫してもらいたい……」

　将校同士のやりとりは通訳も訳さなかったので、カヤには聞き取れなかった。一行を睨(ね)めつけたザーレ中佐の視線は、新八郎のもとで止まった。ヴィスラーにもまして疑り深そうな眼差しを新八郎は沈黙のうちに受け止めた。

　立哨のユーゲントが、憧れの対象なのかどぎまぎしながら中佐に敬礼を向けた。ザーレも儀礼的に返す。ナチス党ではこんなに頻繁(ひんぱん)に敬礼をしあうのかとカヤは思った。ヴィスラーたちが一行を解放してぞろぞろとオーディトリウムに戻っていくあいだも、トーテン・コップの章(しるし)をいただいたザーレだけが最後まで視線を切らなかった。

「あとから出てきた黒服は、何者だ」

　視線を突きあわせたことで、寸前まで決壊しかけていた新八郎の殺気も、地下水脈の深みで波打つうねりのようなものになっていた。あの黒い制服は親衛隊（SS）です、とドイツ語を解する〈財団〉の一人が言った。剣術の指南役も務めていると話していたという。新八郎たちにもなぜ青少年全国指導部の会合に、本国の治安維持に当たる親衛隊員が来ているのかは見当がつかないようだった。

「ナチスにも剣術があるのか、それは初耳だな……」

新八郎の眼（まなこ）が震える。どうやらそれは、武者震いのようだった。

四

囚われた老翁が、そこにいた。

銀鼠色（ぎんねずいろ）の髪はくたくたに乱れて、憔悴（しょうすい）してやつれた頬を白髯（はくぜん）が埋めている。

「おぬしが来たのか、新八郎……」

南棟三階の三一五号室。洗濯伝票を確認してもたしかにドイツ人の服は出ていない。三人ものユーゲントが扉を守っていたし、警備の面からも三階の東端というのは妥当だった。

ユーゲントたちは裸絞（はだかじ）めで落とされた。竹刀を持ちだすまでもなく新八郎に制圧され、拘束してリネン室に抛（ほう）りこまれた。建物の外にいる〈財団〉の後方支援班は、滑車がついた一人乗りのゴンドラを用意していて、要救助者を窓から下ろす準備も万端だったが、此岸（しがん）を漂う傷んだ流木のような老翁はすぐに腰を上げようとしない。

「この人は客室係のカヤさんだ。彼女さえ承諾してくれれば、夫婦になりたいと思っている。あなたには立会人になってほしい」

こんなときにする話ですか。新八郎がだしぬけに言うので、カヤの顔は熱くなった。

ところが伯爵は、このままでは脱出できない、私だけが救助されるわけにはいかないと言って動かない。おなじように拉致(らち)されたり、身売りされた二〇人ほどの民間人が、齢や性別を問わずおなじ棟の客室に監禁されているという。他にもいるんですか？　カヤの頭がぐらぐらと揺れた。新八郎や〈財団〉の者たちも寝耳に水だったらしい。

「あの男はペントハウスに私を呼びつけて、〈財団〉との再交渉の前に懐柔(かいじゅう)しようとした。提携を拒むのなら、罪のない国民が犠牲になるとも口走った」

ヴィスラーたちはそこまでするのか。他国の民間人をさらうリスクを冒してまで〈財団〉の資産が欲しいのか。もはや自分が生きる平らかな世界の話とはカヤには思えなかった。ナチスドイツが国防費をふくれあがらせ、戦争にほとんど無尽蔵の予算を注(つ)ぎこめるのは五〇〇におよぶ大財閥や企業を従わせてきたからだと伯爵は言った。ヴィスラーも本国での地位を上げるために、こちらでの財源をなりふりかまわず確保しようとしているのだという。憔悴(しょうすい)しながらも伯爵は決然と告げた。最大多数の最大幸福を信条とするわが〈財団〉はそのような暴挙を許すわけにはいかぬのだ――

たしかに伯爵の眼底には、各界の有力者が集ってなお〈財団〉の精神的な主柱とされるだけの賢者の光が宿っていた。カヤはその言葉を、信じた。新八郎も無視できない。

時を経ずして、オーディトリウムの演奏会が終演の刻(とき)を迎えた。

一行はすぐに伯爵の客室を離れていたが、リネン室に抛りこんだユーゲントが発見されるまでにそれほどの時間はかからなかった。

鉄の規律でならすナチス党の準軍事組織が、たちまちホテルの出入口を塞(ふさ)いでいく。従業員の通用口にも外周の道路にも、蟻(あり)の子一匹通さない警備が張りめぐらされる。勇みたつユーゲントは軍靴(ぐんか)を鳴らし、いくつかの小隊をなして、営業妨害すらも意に介さずにホテルを封鎖してしまった。

「ヴィスラーの部屋にもう一人？」

南棟から人質の数十名を救出して、新たに脱出策が講じられていたところで、人質が一人足りないという報(しら)せが舞いこんできた。家族によって売られてきた兄妹の、妹のほうがヴィスラーの起居するペントハウスから戻らないという。驚いたことに伯爵がその身の消耗をかえりみず、老骨に鞭(むち)を打って救助に向かったということだった。

カヤはこっちですと新八郎を案内して、南棟の屋上部に出てきた。勾配屋根の縁に平たい通路があり、ここを通って鳥の胴部である中央棟の屋上部を抜け、反対側の翼に当たる北棟のペントハウスに向からのが最短距離だった。

オーディトリウムの真上に当たる中央棟の屋上部は、ホテルのなかで最も高所となる。見渡すかぎりの夜の景観がカヤを慄(おのの)かせた。正面の池はホテルの光を滲(にじ)ませ、街灯や車の光が鬼火のように揺らめいている。あたかも太古より張られた夜の天幕を、近代化を進めるこの国が引き剝(は)がそうとしているかのようだ。驕(おご)りたかぶった首都という生き物が、ついには夜までも克服しようとして、酔うほどの灯(あか)りを氾濫(はんらん)させている。それは神をも恐れぬ冒瀆(ぼうとく)のようでもあった。おのずとカヤの鼓動は高ぶり、眩暈(めまい)をおぼえて足元が揺れた。

豪奢(ごうしゃ)な内装と広々とした間取りのペントハウスは、無気味なほどに静まりかえっていた。室内を捜索すると、鋳鉄(ちゅうてつ)製のラジエーターに鎖錠(さじょう)でつながれた十歳ほどの全裸の少女が見つかった。流氷の上に置き去りにされたように震え、今にも叫びだしそうな面差(おもざ)しをよぎらせ、しかし何も言えず、視界に映るすべての大人を恐れるように頭をふった。この娘は安値で買い叩かれたくちのようだ、と先に着いていた伯爵が言った。

「この娘は、この娘は、わたしです」

われ知らず、震える声でカヤは口走っていた。

あなたも鮫河橋の出身でしたね、と新八郎に言われてさらに思いがあふれた。

身の上をすすんで話したことなど、なかったのに――聞かれるままに短い言葉で答えていた。

七人きょうだいの三番目に生まれた。父親は商売に失敗し、母親は弟や妹を産んだあとの肥(ひ)

立ちが悪く寝たきりで、兄は脊椎カリエスで早世した。奉公に出されたカヤは、あかぎれだらけの手指の痛みをこらえ、頬笑みをたやさずに昼も夜も働きながら、この日々から決して解放されることはないと知っていた。貧民街を這いだしても何も変わらない。茫々たる世界の向こうにある景色をこの目に映すことはないと知っていた。

家族への情は、責任感は、皮膚のように脱ぎ去れないものだった。田中カヤという個人の境涯から踏み出すことはできない。貧困。限界。不平等。自分ではどうにもならない縛めをこのホテルでかえって意識させられ、それでも意地を張って、居場所にすがり、弱音は吐かなくても期待もせず、毎日を精一杯に生きていたけれど、薄い膜のような落胆と失意が重なって、いつしか濃い幾重もの影に被われていた。

「この娘は、わたしが、外に連れだしてあげなくちゃ」

ここまでは、わたしのお役目。お客さまの要望に応えてきた。

だけどここからは自分の意思だ。自分でこの子の手を引いて、安全なところまで走ろう。

新八郎は何も言わずに頷き、脱いだタキシードの上衣を裸の少女に羽織らせた。

「もうお帰りですか、伯爵?」

屋上部の通路に出たところで、ヴィスラーの声に捕まった。

振り返ればそこには、踵をそろえた軍靴、縦に列なるハーケンクロイツの腕章。

助けた少女が震えだし、悲痛な声でうめきだす。武装した三〇余名のユーゲントのかたわらには在日ドイツ人の通訳と、親衛隊(SS)のザーレ中佐も立っている。立錐(りっすい)の余地もなくなった通路は、通路としての機能を失っていた。

あなたはどうやら、私があなたを正賓として迎えていることを配下の者に伝えていないようですね。他の日本人はどこですか、とヴィスラーが問いただす。通訳されてもカヤには言わんとすることが半分も理解できなかったが、民間人の拉致という重大な犯罪が明るみに出てなおヴィスラーは人質を手放すまいとし、巧言(こうげん)を弄(ろう)して懐柔を試みているとおぼしかった。

「彼らに教えてやったらいい。先の会合の物別れは、そのように見せかけられたもの。賢明な伯爵どのは我らの優生思想(ユージェニクス)に共鳴なさっている」

嘲(あざけ)りと苛立(いらだ)ちをはらんだヴィスラーの眼差しは、伯爵に注がれていた。

両者のあいだで、暗黙の目配せのようなものが交わされた。

何か、様子がおかしい。

新八郎がそこで大きな溜息(ためいき)を風に溶かした。何ごとかの欺瞞(ぎまん)を察したようだったが、カヤにはすぐに事情が呑みこめない。それでもヴィスラーと伯爵との秘めた関係が暴露されていることはわかった。たしかに伯爵は〈財団〉の権力者ではあるが、白紙委任状を託されているわけではないとヴィスラーはつづけた。莫大(ばくだい)な資産力を有していても合議なくしては一円も動かせない。〈財団〉にはナチス党の政策を忌(い)み嫌っている加盟者も少なくない。そこでヴィスラーは〈財団〉の議会民主制を空洞化することを画策した。かつてナチス党の根回しがヴァイマル憲法を骨抜きにしたように。

冷えた夜気が背中を撫ぜていった。眼下の夜景が遠ざかり、胸のざわめきが鼓動を早鳴らせた。居丈高にまくしたてるヴィスラーは通訳もまごつくほどの早口になって、

「事実を知れば、君たちは従順になれるはずだ。ありていに言えば、私と伯爵はある契約を結んでいた。君たちの目にはならず者の集団のように映っていたかもしれないが、我々はあまんじてその役割を引き受けたのだ」

「そうでもなけりゃ、平仄（ひょうそく）があわないか」

新八郎は険しい面持ちになっていた。伯爵はというと憮然（ぶぜん）として口を噤（つぐ）み、弁解や反論を試みようともしなかった。

「俺の知ってる御仁（ごじん）は、姑息（こそく）な策略を、狂言誘拐なんぞを謀（はか）るような奸物（かんぶつ）じゃなかったが」

そこには密約、策謀（さくぼう）、欺瞞があった。新八郎は苦しげに表情をうごめかせる。ああそうか、そういうことかと口走る。高邁（こうまい）な理想家が目的の成就のために二枚舌の売国奴（ばいこくど）に成り果てた。

「よくある話か、それならそれで好きにやるさ」と、何ごとかを直ちにふっきった。

そして得物を、抜きはなつ。

シーツにくるんで携えていたのは、木刀でも竹刀でもなかった。

新八郎が〈財団〉に手配させたのは、本身（ほんみ）の刀だった。

一斉にドイツ製の拳銃がもたげられても、新八郎は動じない。

「こいつは、なかなかの業物だ」

指先ではばきをなぞり、鞘から刀身を抜いて、眼の底を沸騰させる。

つむじ風が吹き、塵が舞い、シャツの裾がはためいて。

吹きつける風が新八郎の前で、崩れた。

銅板葺きの屋根に飛び乗った新八郎が、弾かれたように動きだす。

雪崩を打ったように、ヒトラー・ユーゲントが追いかける。

動きまわって銃の照準を絞らせず、死角を突いて近接戦に持ちこんでいく。

屋根の連なりや起伏を活かし、新八郎はたてつづけに一人、二人と斬り捨てていく。

柱頭飾りが天空の一点と接触する、その最上段を蹴って、ふりかざした刀でユーゲントに斬りつけた。最後の侍、その異名は伊達ではなかった。


間隙を衝いてカヤは少女の手をつかみ、脱出地点をめざして駆けだした。

ところがすぐに進路を、ユーゲントの銃口に阻まれる。

「他の日本人のところに連れていけ」

ヴィスラーはあくまで日本人たちに執心していた。

無理強いされて歩かされながら、カヤは頭上の乱戦を見上げた。わずかにでも判断を謬れば、体力がつきて足が止まれば、さしもの新八郎も銃弾の餌食だ。悔しいけど長くは保ちそうにない、矛を収めるように伯爵にも説得してほしかった。だけど――

「この女の子、裸んぼで……ずっとペントハウスにいたって」

騒動に乗じてペントハウスに向かった伯爵の、咄嗟の行動は不自然だった。証言によればヴィスラーと伯爵はペントハウスで夜な夜な話しこんでいたという。するとこの娘は、二人が密かに通じている現場を目の当たりにしていた証人。あるいは伯爵は都合の悪い事実を隠蔽するべく、彼女の口を封じにいったのではなかったか。

「わかるまい、まだお前たちには……」伯爵がつぶやいた。「ドイツはいまや政策で生殖問題をあつかえる唯一の国家。断種や隔離は舌を巻くほどの成果を上げている。純血アーリア民族を殖やさんとするその政策力と科学力に、我々は頼らなくてはならん。進歩や繁栄をつかむためには、断種や育種の観点に立たなければならん」

真意のすべては語られない。

それでも伯爵が、ナチスドイツに傾倒しているのはあきらかだった。

彼の国では、優生政策にからむものだけでも多様な研究機関を有している。

ヴァイスマンの生殖質連続説にもとづいて、断種法を建議し、遺伝子を培養し、注意深い選択交配を進めていこうとしている。遺伝理論を確立するための機関には、他民族の人種遺伝学にまつわる分科もあり、アーリア人の人口増加と純血性の維持のため、北西アフリカ、中東、そして東アジアなどにわたる他民族の〈遺伝研究〉、ひいては〈生体実験〉も進められていた。

研究機関を統括しているのは国家保安本部、親衛隊（SS）。

被験者の引き渡しのために、一人の中佐がやってきた。


望楼（ぼうろう）ではユーゲントがまた一人、斬りふせられて屋根を滑り落ちた。

新八郎は、いまだ手傷を負っていなかった。

乱戦を見守っていたザーレ中佐が、そこで動きだす。

青白い顔にあざやかな血の気が差し、薄い唇がゆがむ。

ザーレ中佐は、頬笑んだようだった。

腰差しの名誉長剣を抜いて、つかつかと通路を歩いていく。

最上級のダマスカス鋼の刃面（ブレード）には、ハインリヒ・ヒムラーの献辞が彫られている。

危難なくして抜くことなかれ、名誉なくして納めることなかれ——（Zihen sie ihn niemals ohne not Stecken sie ihn niemals ein ohne ehre）

真っ直ぐなその切っ先が、新八郎へともたげられる。

「はっは、指南役のおでましか」

すすんで高所から下りて、新八郎もためらわずに迎え撃つ。

ザーレの足運びは完璧だった。美しい旋律のようにブーツが通路を鳴らす。

攻勢にうってつけで、守勢にも転じられる位置をたえず先に踏みつける。

腕と肩が、腰と足が、あざやかな運動のつらなりとなって細身の剣を躍らせる。刃と刃がぶつかるごとに切れを増し、剣のさばきが加速する。

このジークムント・ザーレ中佐は、親衛隊（SS）の第一線で功を上げてきた上級将校であり、フェンシングのドイツ代表選手でもあった。その技はドイツ流剣術（ドイチュ・フェヒトシューレ）の流れをくんでいて、簡略さと速さを重んじた殺人術を自家薬籠中（じかやくろうちゅう）のものとしていた。

フェンシングの足の運びで一歩前へ（マルシェ）、一歩後ろへ（ロンペ）、前跳び（ボンナヴァン）、後ろ跳び（ボンナリエール）をくりかえし、ときおり両手で柄をつかみ、頭の左右のどちらかに剣先をあげる〈雄牛（オクス）〉、後ろ腰の左右どちらかに剣を据える〈鋤（プルーク）〉、下段におろした剣を地面に向ける〈愚者（アルバー）〉と、緩急自在にかまえを変えて新八郎を翻弄（ほんろう）する。遠い間合いからどのように太刀筋が襲ってくるかわからない。長剣による上段斬り、下段斬りがつづき、切っ先による刺突（ファンデヴ）が狙われる。双方の間を左から右へ、右から左へと薙（な）ぎはらう両刃（もろは）を活かした斬撃は、日本刀ではありえないものだった。

新八郎が飛び退（すさ）って、勾配屋根を駆け上がった。

ザーレ中佐が、追う。

剣戟（けんげき）の尾を彗星（すいせい）のように引きながら、望楼の一騎打ちは中央棟の最上部に達していた。

たがいのひと斬りひと斬りを階梯（かいてい）のように踏み上がり、楼閣（ろうかく）の高みからそのまま螺旋（らせん）を描いて天に昇りつめていきそうな、稀（まれ）に見る至高の領域に達していた。

カヤたちは、その真下にいた。

ヴィスラーが長広舌をふるっていた。わが国では日本人への生物的関心が高まっていてね。ぼろぼろと崩れる大豆の加工食を食べながら、他国と戦争をして負け知らずの強さはどこからくるのか？　世界でも類を見ない殉国気質は、あるいは遺伝的形質によるものではないのか？　研究者たちはインド人やアフリカ人とともに、日本人もその俎上に載せたがった。健康な男女をドイツに連行することとなり、伯爵はそれに協力したというわけだ。

「我々の目的は〈財団〉の資産獲得と、実験材料の確保、このふたつだ」

カヤは絶句していた。とんでもないことを言っている。生殖のレベルから人種を研究しつくすことが、ひいては民族の躍進につながるとヴィスラーも伯爵も本気で信じているのだ。

震えながらこうも思う。この人たちは自分より遥か先の未来を遠望しているのかもしれない。教養の深い賢者のような人たちにはなら、時局にかなった政策を主導できるのかもしれない。数年後や数十年後には、自分たちの想像もおよばないような日本社会が展がっていて、時代の奔流にあらがうことはできないのかもしれない。だけどそれでも――

「どうした、止まるな」

ヴィスラーが吐き捨てた。通路の途中で、カヤは立ち止まっていた。

手をつないだ少女を抱き寄せて、銃口で威されても、頑として動かない。

つまらん客室係ふぜいが、私を誰だと思っている、と声を上げるヴィスラーは驕慢な気取りも捨て去って、危険なほどに昂揚している。

「申し訳ありません、お客さまの願いは聞けません」

すくみ上がりながらも、それでもカヤは毅然と告げた。


新八郎が上体を反らし、上段から袈裟(けさ)がけに斬りつける。

ザーレは退きも逸らしもせず、刺突(ファンデヴ)で踏みだす。空いた肩を貫(つらぬ)きにかかる。

新八郎が払う。刃と刃をあわせた状態からザーレは切っ先を刀の下に滑らせ、胴の急所を狙う。

だがそれは、陽動(フェイント)だ。

裏刃による左上段が、新八郎の首筋を斬りはらった。

後方に跳んだ新八郎との間合いを、ザーレが前跳び(ボンナヴァン)でつめる。

新八郎のひとふりを斬り上げで返して、腹から胸、頤(おとがい)までを縦一線に斬りつける。

返す刀で、ザーレの長剣が戻ってくる。新八郎の肩口に斬りつけ、体重を刃にかけての押し斬りになる。ザーレがとどめを刺そうとしていた。

新八郎の頬が震えた。

そこに——

修羅の貌(かお)が現われる。

新八郎は、名誉長剣の性質を見極めていた。

長身の刀剣は突きには有利だが、日本刀ほどの斬れ味はない。すべての刺突（ファンデヴ）を返していれば、総身を預けての押し斬り・引き斬りを狙ってくる。

捨て身の殺気を気取って、ザーレは離れようとする。けれど一歩後退（ロンペ）できない。居合いのような一瞬の斬撃で、渾身の太刀筋がザーレを深々と斬りはらった。

「おお、世界に冠たるドイツ国（ドイチュラント・ユーバー・アレス）！」ヴィスラーが高らかに吼（ほ）えた。「その輝かしい業績に、我が党の威光にあやからんとして、お前たちは魂を売り渡したのだ。我らこそが獅子の眷属（けんぞく）。劣等民族が分け前に与りたければ、奴隷のようにその通路を歩け！」

ヴィスラーは、支配者の恍惚に酔っている。

あらわなまでに、侵略の快感に昂（たか）ぶっている。

すぐ真上では、剣士たちの雌雄が決せられて、血のしぶきを散らしながら黒い影が望楼から転落する。

昂揚のあまりにヴィスラーは、ザーレの落下に気がついていない。伯爵やカヤにも見せつけるように、直立して胸の位置で水平にかまえた右手を、ジーク・ハイル！　と叫びながら突き上げる。その瞬間、望楼の上でもうひとつの影が跳び上がった。

新八郎が、猛禽（もうきん）のように地に滑降して。

通路にいたる中空で、刀身をひるがえして。

敬礼に捧げられたヴィスラーの右手を、一刀のもとに斬り落とした。

え？

手首で寸断された手が、指先まで張りつめたままで、どさっと通路に落ちた。

落ちた手を、もう一方の手で拾おうとして、体勢を崩してヴィスラーは転倒する。

激痛にのたうちまわりながら、噴きだす血で二枚目俳優のような面差しを汚す。驕りや気取りは消滅して、降ってわいた死の恐怖にあられもない醜態をさらしていた。

「すぐに止血しないと死ぬぞ、さっさと連れていけ」

ヴィスラーの絶叫はもはや言葉の体をなしていない。急転直下、お役御免となってあたふたする通訳に、新八郎は粛然と告げていた。


これで全員ですか、みなさんで確認してください。

出入口が封鎖されているので、緊急手段でみなさんを救助します。

動揺せず、先を争わず、我々の指示に従ってください――

南棟では〈財団〉の男たちが叫んでいる。屋上部の端から、隣接するビルの屋上へとロープが渡されている。滑車つきのゴンドラをぶらさげて、両側をボルトで固定したうえで往還させる仕組みだった。カヤの素人目に見てもそれは、危急の時にあってこれ以上の完成度は望めない、即席のロープウェイのようなものだった。

あちこちに深傷を負った新八郎を、カヤはみずからの体で支えるようにして、屋上の通路を抜けて南棟の脱出地点にまで達していた。

「残念だ。財団がお前を寄越すとはな、新八郎」

「最後の侍、俺を初めてそう呼んだのは、あなたでしたね」

「そうだったか？　帯刀したいならすればよいと言ったことはあったが」

「あなたはそのときこう言った。刀を佩くから侍なのではない、侍とは伺候するものだと。大本営に愛想がつきたなら、本当に伺候できるものを探せと。俺はずっと、あんたこそがよほどの侍だと思ってたが、そのあんたはいつから他国のファシズムに伺候した？」

新八郎は伯爵と言葉を交わしていた。カヤにも二人の浅からぬ交誼が思いなされるやりとりだった。〈伺候〉とは主の側に控えて奉仕するという意味で〈さもらい〉とも読み、これが〈侍〉の語源となっている。あんたはナチズムに伺候した、という新八郎の批難は痛烈だった。

「最大多数の最大幸福と言ったな、そのための犠牲はいとわないということか。シベリアや熱河もそういうお偉方の判断で、無駄な犠牲を出すことが明々白々な愚策のもとに進んだ。あんたたちは神の真似事でもしているつもりか」

お前たちは戦場では死なないだろう。その手で家族を抱くだろう。子や孫にかこまれて畳の上で天寿を全うするだろう。だが俺は、俺はそんなふうにくたばれない。何十人もの敵を殺した。何百人もの同志を見殺しにした。メンツだけで発令された作戦を止めず屍ばかりを積みあげた。そんな男を軍部は英雄とまつりあげた。だがその英雄は、帰還したときには正気をどこかに落としていた――

みずから狂っていると自覚している狂人はいない、とカヤは思う。むしろ城代新八郎は、ナチスや伯爵よりも理知に満ちていた。新八郎はその理性の刃で、ナチス党員の腕を、すべての不条理に捧げられた敬礼の手を斬り捨てたのだ。

どくん、とカヤの鼓動が高鳴った。

この人は、強者の理屈に付き合わない。たとえ数人の命を犠牲にして恒久の世界平和が訪れるとしても、犠牲となる数人のほうを見殺しにしないだろう。

この人は、ずっと向こうにあるものを見られる。そこに満ちた音を聴き、風の匂いを嗅げる。この人はそのように生まれついた、自分の境涯を踏み越えていける人だ。

この人が渡っていく世界の景色を、わたしもこの目で見たい。

初めてそう思えて、鼓動が高鳴った。

他の人質のゴンドラ輸送は終わっていた。急いでペントハウスから救出した少女を、つづけて伯爵をゴンドラに乗せた。ヴィスラーとザーレが離脱したことでユーゲントの統率は崩れていて、この脱出地点にまで手は回っていないが、それでも気配や怒号は途切れていない。伯爵を届けたゴンドラが戻ってきたが、つづけて乗るべき新八郎はひょいとカヤを抱き上げてゴンドラに乗せ、すでに対岸にいる〈財団〉の男たちにロープを引けと命じた。

「連中に伝えてくれ、ホテルを脱出してもナチスは追ってくる。だから建物を離れたらその足で坂下門から宮城に入れと。早急の事情により一時退避させてほしいと要請しろ。護りにあたる近衛師団も民間の被害者までは放りだすまい」

御前にすがれと言うのだ。さしものナチスも大本営令に定められた最高統帥機関には手を出せない。それはホテルの立地をふまえたうえでの最善の避難手段と言えそうだった。少なくとも被害者は保護される。あとは〈財団〉や政府が処理に当たるべきことだ。それでもどうしてもカヤには、新八郎が残る、というのは納得がいかなかった。

「俺たちに手を貸したからには、あなたもここにいては危険だ。好いた女をこれ以上、危険な目にさらすわけにいかない。俺は残る。ユーゲントはまだいる」

「わたしが残ります、わたしはホテルの人間なのだから」

「事が落ち着いたら、戻ってくればいい」

「あの申し出は、結婚の申し出は、わたしに協力させるための方便ですか」

「違う、あれこそ俺の本懐だ」

新八郎は叫んだ。初めてあなたにもてなされたときに得た感情が、俺を支えた。自分を納得させられる〈理由〉にようやく出逢った。その歓びが心の内側を照らしてくれた。

「あなたといられるなら、刀はいらないと思った」

勾配屋根の向こうに、ヒトラー・ユーゲントの大群が見えた。統率を失っても戦線を離れなかった三〇人ほどが合流して、最後まで任務を果たそうとしている。

建物の向こう側では〈財団〉の男たちが、カヤを乗せたゴンドラの綱を引きはじめた。

向かいの屋上についても、新八郎はゴンドラを引っぱり戻そうとしない。

「あなたには美学がある。できませんとは言わず、最後まで俺の頼みに付き合ってくれた」

「お願いです、あなたとはもっと……お話がしたいんです」

「胸を張れ、あなたは最高の客室係だ」

「そんなこと……お願いだから、ロープを引いてください」

「戻ったら、夫婦になろう」

新八郎が、風の向こうで笑った。

次の瞬間、その刀が、ひとふりで目の前のロープを斬り落とした。

固定を失ったゴンドラが、凄まじい音と粉塵をあげて、街路に落下した。

視界に展がる地平線には、青みがかった暁光が滲んでいた。菫色に染まった都市の中心が、そして、静かになった。


ホテルがあった。

そこで男と、女が出逢い、語らいや逢瀬を経ることもなく望楼を駆け抜けた。

たった一夜にして二人は、都市にはびこる貧富差と、欧化や選民思想と、人の世にこびりつく数多（あまた）の理不尽と闘った。

遥かな都市の俯瞰（ふかん）に、営為の灯が生じては消え、様々な出来事が訪れては去った。カヤはそれからも粛々（しゅくしゅく）と働いた。家族を養い、暮らしを立てた。あの夜、一人で残った新八郎は、後の立ち入り捜査でも見つからなかった。ナチスに生け捕りにされたか、いや、あの人は新たな天地に旅立ったんだとカヤは思った。そう信じれば、苦難の季節もしのいでいけた。

一九三九年、この国は戦争への道を進んでいた。あくる年には日独伊の三国同盟が結ばれて枢軸国のひとつに数えられるが、貧窮と富貴（ふうき）のあわいに生きる首都の人々は、これできっと国が泥沼を脱（ぬ）け出して、不平等な世界にも光明が差すと信じた。国威発揚（こくいはつよう）の歌でたえまなく国土を脈打たせ、日没寸前に残った深紫色の夕焼けのもとで皇国の勝利を祈った。同盟のあくる年には、真珠湾（しんじゅわん）攻撃が展開されて——

他人に話しても、どこまで本当なの？　と言われる逸話（いつわ）をカヤは持った。

訊かれるたびにカヤは言う。すべては事実です、と。

あれからカヤは、なんでもない一日の終わりにふらりと刀を下げた宿泊客が訪ねてくるのを待っている。あの方との再会を心待ちにしながら働くホテルは、大陸にひろがる海や山の絶景や高粱（コーリャン）畑の先の景色よりも遥かに宏大で、豊饒（ほうじょう）な場所になるのだと気がつけたから。

剣が峰に立っていた時代に思いを馳せるたびに、脳裏には新八郎の言葉がよぎる。最果ての地をさすらう侍の目には、破局へと押し流される世界がどのように映っていたのか。あなたはあれから何を斬り、何に伺候したのか。

わたしはここで働き、あるいは誰かと所帯を築き、子をなして、やがては風や土に還るでしょう。それでもお待ち申し上げております。あなたは戻ってくると、確信を抱いているから。

こうして遠い物語を語りつぎながら、お待ち申し上げております。

レディ・フォックス

一

海が、燃えている。

夜の底が熾って、沖合で一隻の船が傾いで崩れる。

熱で大気が揺れ、海景がゆがむ。潮風が焦げた異臭を運んでくる。

壊れた溶鉱炉のように船は火焔をまとい、燃えあがる数百の蛇が空に咬みつく。

憐れなものだ、機雷にやられたんだな。高台から海の惨事を望んでいた国籍不詳の男が言った。

あなたが手にした代物がないかぎり、機雷封鎖の海を渡ることはできまい。

あの黒い筋を見てごらん。あれは、人が燃えている煙だ——

海難事故を目の当たりにしたのはその男だけではない。商談相手の女が、細かな渦の模様の襟巻に顔を埋めて、紅蓮の火を降らす水平線に、恐ろしくも荘厳な景観に見入っている。

凜とした玲瓏たる目差し。長い睫毛。鴉の濡れ羽色の黒い髪。購ったばかりの品を収めた筒形の容器をたすき掛けにしながら、襟巻の下で微かな声音をくぐもらせた。

「銀の滴降る降るまわりに、金の滴降る降るまわりに――」

それは詩かな？　あなたの笑う顔はついぞ拝めなかったが、詩作を嗜むとは意外だね。詮索してくる男に愛想の声も返さず、その女は高台をあとにする。

隠した唇がこぼした一節の意味を、出自も国籍も異なる男が知るよしもない。

機雷が、北海道を孤立させていた。

二

一九四五年の梅雨の明け、北の大地を訪う者があった。

伝手を頼って一〇〇式輸送機に乗りこんだまではよかったが、輸送機はアメリカ航空隊の網にかかって外翼に穴を開けられ、津軽海峡の上空で航続不能となり、函館の北の原野に不時着した。

あわや客死という難を逃れた五十枝晋吉は、北の原野でたくましく生き延びる。凍てつく吹雪の季節じゃなかったのは幸いだった。森林の土にまみれ、蛇を食らい、喜茂別でようやく幌つきの自動車を買い受けて、道央の目的地へと移動をつづけた。

本州のそこかしこに焼夷弾(しょういだん)が降るなかで、マリアナを発(た)つB29爆撃機の航続圏外にあった北海道は空襲を免れていたが、折々に通りすぎる市街では、縞木綿(しまもめん)や藍絣(あいがすり)のもんぺを穿(は)いた女子供、竹槍訓練、配給に並ぶ長蛇(ちょうだ)の列といったお馴染(なじ)みの風景を望むことができた。とはいえ食糧事情はかなり違っているようで、本土では乾パンや干し飯(いい)、煎(い)り米、蜆(しじみ)のむき身で出汁(だし)を取った雑炊(ぞうすい)にありつくのが精々だったが、こちらでは大根やすぐき菜(な)、牛蒡(ごぼう)や人参、馬鈴薯(れいしょ)、出し雑魚(じゃこ)などが時価で取引されていた。多くの入植者が暮らす北海道はおしなべて貧しかったが、農用地が広く取られているのと、本土ほどに人口密度が高くないのもあって、各戸に食糧を行きわたらせる生産と供給がまだ機能不全に陥っていないのだ。

椎茸(しいたけ)や玉葱(たまねぎ)の入った雑炊を食べたのはひさしぶりだ。墜落死しかけたことも忘れ、ぽんぽんと腹鼓を鳴らしながら五十枝は車を走らせた。熊が出没するという森林の先に海岸沿いのトーチカが見晴らせた。彼方(かなた)の水平線にはものものしいアメリカの艦隊が揺曳(ようえい)している。

五日をかけて二風谷(にぶたに)にたどりついた。

アイヌ系のちいさな村落では、祖霊祭が催されていた。

屋外の広場にくまなく茣蓙(ござ)が敷かれ、住民たちが五弦琴(トンコリ)や太鼓(カチヨー)、馬頭琴(ウマトンコリ)をにぎやかに演奏している。おほっほ！　宴会に目がない五十枝はちゃっかり紛れこみ、すすんで輪踊り(ホリッパ)に加わった。拍子をとって腰や尻を振り、汗をかきながら体の動くままに踊りに踊った。

たちまち馴染んでしまった遠来の客を面白がり、村民があれこれと楽器の名や祭事について教えてくれた。歌はウポポと呼ばれ、輪唱のかたちで歌われる。踊りにも決まりがなくウポポとおなじ即興性の高いもので、手拍子に合わせて五十枝は軽い自己紹介を歌に乗せた。ほっほっ！　ほっ！　故郷を離れたこの地でも、歌や芸能が息づいていることが嬉しかった。

「あそこにいるのがその女だよ」

アザミやオオウバユリの球根を使った山菜料理、柳の串に刺した塩鮭、黍を使った団子、エゾシカの肉料理、佳肴を供されているのは村民ではない。宴の上座には〝北鎮部隊〟と呼ばれる陸軍第七師団歩兵連隊の将校たちが招かれていた。軍人たちに濁酒を注いでいるのは二十代から三十代の女たちだ。そのなかの一人が、五十枝の目差しに気がついて腰を上げた。

「お前さが五十枝さん？　無事に来られてえがったねえ」

「大変な目に遭った。あのぶんじゃ空路は期待できませんな」

「そのわりに楽しそうだったでねえか、ウポポまで歌って」

「ああ、呼び屋をやっておったもので、宴となると血が騒いでしまって」

想像していたよりもうら若く、明眸がきわだっている。ようやく出会えた敦賀千晶に、五十枝は乗ってきた機が不時着したこと、興行師の自分がどうして食糧の仕入れをしているかを話した。四十の坂を越える齢まで浪曲や芝居、寄席、クラシックやタンゴの招聘公演を催してきたが、戦時となって興行が抑制されてからは、呼び屋の人脈を活かした食糧調達、闇市の仕入れに活計を見出(みいだ)していた。ここまで来るのも命がけだったと伝えても女の態度はそっけない。労(ねぎら)いの言葉もなく、どこまでも目差しは生硬(せいこう)で、襟巻に埋めた口元はどんな表情を湛(たた)えているかもうかがい知れなかった。

「わたしはもう少し、あちらさんの相手せねばなんねがら。食い意地(イペウナラ)ばっかりが突っぱった狸親父(モユク)だっぱい」

通商の世界ではその名を知られていた。食の流通に頭角を現わし、一部では〝密貿易の女傑〟と呼ばれる敦賀千晶がこんなに若かったとは。聞くところによると、アイヌの女でありながら東北や道南(どうなん)地方を転々とし、戦前より各地の労働争議やアイヌの復権運動にも関わってきた。あるころから大陸や本土との通商に人脈を築き、陸軍とも通じて現地協力者となって働き、アメリカやソ連の諜報(ちょうほう)工作員にも知られているという稀有(けう)な女だった。

いやはや凄(すご)いもんですなあ。性や出自をものともせずに、この戦時下でそこまで勇躍できる女がいようとは、五十枝もその目で拝むまでは信じられなかった。

確かに敦賀千晶は、歩兵連隊の将校たちにも気後(きおく)れしていなかった。濃い眉にも目元にも喜怒哀楽をうかがわせず、氷の像のように血の温度を感じさせない。道南方言とアイヌ語を交えてしゃべる独特のクレオールが耳に心地よい。宴の座では敦賀千晶がしきりに軍人を説得しているようだったが、手厚いもてなしにもかかわらず、連隊の将校たちの反応はおしなべて鈍かった。

「食べ物を運ぶ、ただそれだけのことだばい」敦賀千晶はなおもつづけた。「室蘭で開発したソナーも載せます。アメリカの艦隊にやられて海峡は具合悪ぐなってるでしょう。ソナーが使えるとわかったら軍事輸送にも活路を拓けるはずです」

たった今、海峡には百や千もの機雷がひしめいている。封鎖の網を抜けるための最新鋭の音響探知装置の開発にも、この敦賀千晶が陰で暗躍したという噂があった。彼女はソナーが信頼に足ることを証明するためにも、空ではなく海、船舶輸送に踏みきろうとしている。海岸陣地を築くために港や公道は歩兵連隊の監督下にあるので、わざわざ接待をして輸送の許可を得ようというのだ。

（しかし本気で、海上輸送するつもりかね）

五十枝は気を揉まされた。俺はまだ機雷の好餌にゃなりたくないんだがね。

本土側の受け取り業者として、輸送に立ち会うために五十枝はやってきた。大きな収益が見込まれていたが、立ち会いなので輸送には付き添わなくてはならない。海上輸送となれば船にも乗ることになるが、どうにかして最後の添乗は避けたいところだった。

「沖合でこっそり試運転をしたんで、信頼はできます。昨今ではどこの米櫃もからからに乾いて、配給食でも足らねえで栄養不良児が菜っ葉を舐ってるっていうでないですか。陣地の建設よりも食糧の輸送のほうが大事ではないですか」

敦賀千晶のその一言が不興を買った。すぐそこにまでアメリカの艦隊が押し寄せているんだぞ、本土決戦の備えは北辺の最重要任務である！　しかつめらしい怒声が飛びかうなかで、敦賀千晶にそれなりに理解を示しているらしい連隊長が口を開いた。

「解せないな、レディ・フォックス。各国の諜報員にも異名を知られるアイヌの狐が、どうして本土のために身を粉にするんだね」

敦賀千晶は、その呼び名にはうんざり、といった面持ちで襟巻に顔を埋めた。

連隊長の問いかけには答えずじまいで、しばらくして一足先に退席してしまった。

五十枝もそこは気になるところだった。連隊長はつまりこう言っている。和人を敬遠しがちなアイヌがなぜ本土の食糧難を気にかけるのか。利益のためか功名心のためか、他になんらかの企みがあるのではないか、その襟巻の下にはどんな微笑を隠しているのか？

うむうむ、ソナーの図面入手の噂にしてもそうだ。敦賀千晶の動きには余人の想像がおよばないところがあった。興行の世界でこれまで海千山千の芸人や大陸浪人と渉りあってきた五十枝の第六感も警鐘を鳴らしている。千晶が輸送で得られる利益以上の算盤を弾いているのなら、厄介な謀り事に巻きこまれるのは御免を被りたかった。

肩入れは禁物、無条件の信頼を預けるべからず。肝に銘じておいたほうがよさそうだ。敵国工作員に〝女狐〟と呼ばれるほどの人物なのだ。狐といったら古今東西の寓話でも、油断のならない食わせ者として語られているではないか——

連合軍によって実行された〝飢餓作戦〟によって、日本国民の食糧を積んだ商船はことごとく沈められていた。頼みの綱だった日本海の海上交通路(シーレーン)まで艦隊に鎖(とざ)されて、通商の破壊による兵糧攻めが全国民を苦しめていた。

海峡は封鎖され、本州と北海道をつなぐ海路にも六千の機雷が投じられた。日本海軍がアメリカの艦隊を日本海に入れまいとしたものと、あとからアメリカが列島を孤立させるためにばらまいたもので、とりわけアメリカ製の機雷は性能も高く掃海手段がなかった。沖合に出ようものなら巡航する駆逐艦に撃沈される。制海権を掌握されていたところで、室蘭の製鉄所において開発された待望のアクティヴ・ソナー——方位偏差指示器と連接してエコーの方位を読み、長距離には十四キロヘルツの低周波を、精密走査には五十キロヘルツの高周波を使用できる優れもの——が実用に耐えるとしたら、まぎれもなく天の賜物(たまもの)と呼ぶにふさわしかった。

三

明石(あかし)運送を築いた明石富壱(とみいち)は、〝北の陸運業界の父〟とも称されたがすでに不帰(ふき)の客となり、現在では妻の美枝子(みえこ)が社長の座についている。

道内では先例のなかった大型車輸送を導入したのも明石運送で、帯広(おびひろ)の本社にはいすゞの九七式やウーズレー社製の大型トラックが、明石家の功勲を讃えるトロフィーのようにぴかぴかに磨かれて駐車されていた。

「お前さはそれでも、無許可でも運ぶんだばい」

先代の写真を飾った応接室で向き合った女社長と、敦賀千晶はすでに密な関係を築いていた。

「輸送には、妨害が入るような気がしてならねえ」と千晶が返す。「アメリカやソ連の動きも活発になってるはんで。歩兵連隊さ巻きこんでおけたら、いざってときの護衛になるかと思ったんだけっぢょも」

「穏やかじゃありませんな」同席した五十枝は言った。「食糧輸送を阻むのに、大国の工作員がわざわざ乗りだしてくるんですか」

「アメリカとしては、ソナーの実用化を見すごせねえ。大陸の商人から設計図を入手したときからさんざん妨害工作してたはんで。ソ連のほうは情報が足らねえけども、あっちの国も食糧難が深刻だっていうべさ。蓄えられた食糧の強奪はあちこちで起きでんのよ。あんまりにひどいもんで輸送の準備が整うまでは食糧も隠してるのさ。五十枝さんもこっちでは、尾行や盗聴に気をつけねばなんねえよ」

「あなたはしかし、本物の工作員さながらですな……つまりこの計画は、輸送の妨害と食糧強奪の二重の危機にさらされてるってことですか」

五十枝もこの戦時下の運輸がたやすいものだとは思っていないが、それにしても剣呑な話ではないか。飢餓作戦を徒や疎かにしたくないアメリカ、食糧危機にあえぐソ連の跳梁、それらが杞憂でないとしたら、海を渡る前の輸送段階でものっぴきならない諍いが、権謀術数のうごめく諜報戦が、事の如何によれば任侠芝居もかくやの切った張ったが待ちかまえているかもしれない。ああ、これが剣呑でなかったらなんだ！

「だども車の心配はいらないよ」明石社長は怯んでいなかった。「先代もよく言っていたものさ、事業を成功させた者は公益になることをせねば、明石の名を孫子が誇れることをせねばなんねえって。それにあたしはお前に惚れこんでっからね。歩兵連隊に守らせねえでもびくともしねえ丈夫な車を、腕っこきの運転手つきで用意してやるべさ」

惜しみない全面協力を社長は約束していた。そのまま委細を話しこんでいたところで、若い女がふらりと社屋に姿を見せた。額縁に飾られた先代によく似ている。明石家の令嬢のようだが、髪の結い方にも表情にもどこか投げやりなところがあった。

「お前、防火訓練はなじょした」

母親の問いかけに答えず、娘は千晶をじろじろと見つめた。

「あんたがレディ・フォックス？　聞いてたよりもアイヌらしくねえべさ」

「榮子、失礼なことを吐かすんでねえ」

大事な商談中なのがわがんねえのか、と社長がどやしつける。榮子と呼ばれた娘はますます反発をむきだしにして、

「ははん、アイヌの女がうまいこと周りを巻きこんで輸送さ手伝わせようってんだべ。訊きてえんだけっぢょも、はっちゃきになって食糧さ集めて、それをなじょして内地にくれてやるのさ？　あんた大本営から感謝状でも授かりてえわけ？　なぁにがレディ・フォックスよ、はんかくせえ！」

跳ねっかえりの罵倒を浴びても、千晶は何も言い返さなかった。アイヌ系の道民と入植者を祖とする道民との軋轢は、五十枝が思うよりも根強くくすぶっているのかもしれない。素面でくだを巻いた娘の桀子を追いはらった明石社長は、溜め息まじりに家族の非礼を詫びた。

「すっかり世を拗ねちまって。乙種合格した婚約者が戦死しちまってね。婿さ来てもらって会社切り盛りするべって張りきってた矢先だったもんで、警防団の訓練もなんも身が入らねえ。お前さを見習えって言いすぎたはんで、ああして目の仇にしてんのさ」

四

アイヌとは北の叙事詩そのもの、と語った者がいた。

失われた時代の恩寵、と語った者がいた。

五十枝にも異論はない。アイヌは豊饒な自然から糧を得て、獣を狩り、魚や貝を漁り、樺太を通じてロシアや千島列島に渡ってカムチャッカの先住民と交易して、この地に独自の文化圏を築いてきた。アイヌ史とはまぎれもなく異民族に運命を翻弄された歴史であり、領土拡大の野心を帯びたロシアも、豊かな資源や土地を欲しがった和人たちも脅威となった。徹底抗戦の果てに疲弊しきったアイヌは、藩や政府によって商い場の決定権を奪われ、現地の交易相手から強制労働者へと貶める制度を呑まざるを得なかった。かくして民族の自立性は損なわれ、部族間の結びつきも断たれ、大規模な開拓とともに政府による〝同化政策〟を強いられていった。

かくしてアイヌの天地は、近代化と和人化の波に呑みほされた。

生きる糧を得るための狩場や漁場を奪われて、民族の血と誇りを揺るがせにされて。

天然痘などの感染症にもまして、おびただしい絶望と無力感がはびこっていった。

ああ、空や海におわす神よ、どうしたら我らは救われるのか。アイヌがアイヌらしく生きる術はないのか。我らの魂は帰ってゆく故郷を見失い、葛藤と失意のうちに歳月は過ぎるだけなのか。誰もが破壊される景観をただ茫然と見つめて、引き戻せない過去に胸を焼き、砂塵に煙る空の下で途方に暮れていた。

朝まだき旅籠の玄関で、五十枝は待ちぼうけを食っていた。

早朝に発つはずが、千晶が現われない。

二階の部屋に行ってみると、戸は開いていた。声をかけたが返事がないので五十枝は部屋を覗きこんだ。布団は敷かれたままだったが、千晶の姿はない。枕元には数冊の本が積まれている。和綴じの薄い冊子が目に留まった。裏向きに置かれているので題名は見えない。頁がだぶついてふくらんでいる様子からしてもかなり読みこんでいるようだ。

（ほほう、どんな本を？）

五十枝のなかの紳士が、無礼じゃないか、と窘めてくる。しかし好奇心には勝てずに冊子に手を伸ばした。何しろ相手は女狐だ、あるいは諜報戦に係る暗号文でも記されているかもしれず、運命をともにする相手の思惑を探っておくに若くはない。

「悪い、朝方にウトウトしてしまって」

そこで声が聞こえて、五十枝は手にしかけた本を元に戻した。裏手の井戸端で顔を洗ってきたという。うなじにかかる結い髪も、ゆるく巻いた襟巻も水滴をまとっていた。

「ちゃちゃっと支度すっから」

廊下に出た五十枝の横をすり抜けて、千晶は布団を畳むと、積んだ本を雑嚢に仕舞って、おもむろに寝間着の浴衣を脱ぎだした。あ、いかん、これは見てはいかん！　騒ぎだした紳士の五十枝と下種の五十枝が取っ組みあいの喧嘩を始める。少しく寝惚けているのか、戸口に男の視線があるにもかかわらず千晶は襟巻も解き、首筋や肩胛骨をあらわにした。ヴァイオリンの名器を思わせる肩や腰の曲線、片膝を立てて屈みこむと硝子のすだれのような窓の陽差しがその地肌を照らす。腰から太腿、膝の裏の膕まで、みずみずしい裸体は暗い室内でいよいよ白く、腿や脹脛にはいかにも弾力があって、小刀を落としてもはね返しそうだった。

気がついた千晶が、振り返らずに声だけで牽制した。

「……おっちゃん、見てねえが？」

「ゴホン、ウォッホン、見てません見てません」

視線を外し、わかりやすく音を立てて階段を下りたが、覆水盆に返らず。ややあって玄関に現われた千晶には、羞恥心よりも同行者への蔑みが勝っていた。

明け方まで本を読んでいたという。移動の車中では目を閉じていた。

陰影が目元を縁取っている。影を濃くしているのは長い睫毛だ。

微睡んでいるのか、額を車窓につけている。陽差しの変化で閉じた瞼の色が薄紅から黄金色へと階調を移ろわせる。この女が密貿易の世界で名を轟かせ、ソナーの開発にも関与して現地の輸送を仕切っているというのは、やはりどこか信じがたかった。

通りすぎる自然は雄大だった。垂れこめる夏の匂いのなかで、ヒバリやシジュウカラが鳴いている。野薔薇の向こうに見える沼では数羽の鴨が泳いでいる。茅の群生する斜面では、雄のエゾイタチがムササビと格闘していた。激しく争ったはてに、ムササビが首を噛みちぎられる。イタチは山吹色の尻尾をそそりたてて獲物を貪り食らう。夏の陽光に獣の血が眩しいほどに輝いていた。

輸送の日程は決まっていない。遺漏なく準備を整えたいのだと千晶は言った。幌内岳に出かけたその日は、渓谷に沿って獣道を下りたところにある建物へと導かれた。林業業者のプレハブ小屋を改装したという貯蔵庫には、あふれんばかりの食糧が隠されていた。

大豆などの雑穀、砂糖、味噌、片栗粉。かまぼこ、はんぺん、海苔、佃煮、乾燥とうもろこしなどの加工食品。大根、蔬菜、鼠大根、もやし、玉葱、牛蒡といった野菜や根菜類も保存されている。これだけ膨大な量をよくぞ一ヶ所に集めたものだ。本土に運びこめれば飢えた国民をどれだけ救えるか、五十枚の懐もそれはもう温かくなる。そのためにまずはこの幌内岳から室蘭港までの陸路を運ばなくてはならない。

「おーい、千晶！」食糧の管理に当たっているのは大半が女だった。宴会でも見かけた沢渡三ツ葉という女が手を振ってくる。「踊りの上手えおっちゃんも一緒だべか」

「覗きも上手えばい」

季節外れの吹雪のひと吹きのような千晶の一言が、肩身を狭くさせた。

「昨日は話さまとまんながっだね、あのあともうちの旦那が説得したんだけっちょも、連隊長が首を縦にふらねえんだって」

周囲の人々を巻きこむ千晶の求心力にはつくづく感嘆する。アイヌではないが三ツ葉は、千晶とは幼馴染みなのだそうだ。二風谷の宴への連隊の招待がかなったのも、彼女の夫である沢渡伍長の尽力が大きいようだった。

「だけっぢょも、アメリカやソ連がうろちょろしてるって噂は本当なんだべか。お前さは強情っぱりだはんで、それでも決行するんだべさ」
明石社長にしても、沢渡三ツ葉にしても、千晶への協力を表明しているのはいずれも女たちだった。その気丈な意思はどこから来るのか、彼女たちもこの戦時下で瓶のなかの玄米を搗いたり、防火や竹槍の訓練に明け暮れる以上に、自分たちにしか果たせないなんらかの役割を望んでいるのだろうか。

アイヌの女傑、その仲間たち——

輸送の成否を握るのは、北の地で生きる女たち。

それにしても男っ気がないですな。職業柄、五十枝はそちらの方面に敏かった。

凍った河の下に真情を隠しているような千晶は、この齢の女らしい纏綿たる情緒を欠いている。馬蹄を呑んだようなコチコチの堅物として妙齢の年月をすごしているようだった。

(俺があと十も若ければな)

そんなことを思いかけて、五十枝は頭をふった。

無用な肩入れはくれぐれも禁物、好事魔多しだ。

「だどもそんな物騒な話があるなら、暁良には声をかけたほうがいいんでねえか」

貯蔵庫の机に大判の地図を広げて、室蘭港までの経路を練りはじめていた千晶に、横から三ツ葉が忠告をした。暁良。初めて男の名前が出てきた。

「あったらもんでねえ、声だけはかけてみるけっぢょも」

あと一人、協力者の心当たりがあるようだ。千晶の顔には繊細な翳(かげ)りが差していた。

訪れたシビチャリ山の深奥(しんおう)では、あろうことかヒグマに遭遇した。

地形はきわめて急峻(きゅうしゅん)だった。歩きやすい獣道など皆無(かいむ)に等しかった。

五十枝にとって未知の領域だった。アイヌの精霊信仰のとおり山の神(キムンカムイ)がここに坐(おわ)すなら、おそらくその神は人間など歯牙にもかけていない。人間というものが存在することすら知らないかもしれない。息も絶え絶えになりながらかなりの標高に達したところで千晶が、おったばい、と呟(つぶや)いた。つられて見れば視界の前方、窪地になったミズナラの木立(こだち)に、体長一・五メートルほどのエゾヒグマが佇立(ちょりつ)しているではないか。

黒褐色の体軀(たいく)で、後ろ肢(あし)だけで仁王立ちしている。ブラキストン線――本州と北海道の間に引かれた生物分布境界線――を越えてヒグマに出遭えばただちに生死に関わる。五十枝は尻をからげて逃げだそうとしたが、千晶にうながされてヒグマの視線を追ってみると、手拭をまとって胴着(チョッキ)を羽織った人物が銃を構えていた。直線上にいる猛獣に狙いを定めている。

「あれはマタギか、しかし、どうして撃たないんです」五十枝は声をひそめた。

「あの鉄砲は、村田銃(むらたじゅう)の十八年式」千晶が言った。「弾一発しか込めらんねえ」

「というと下手(へた)を打ったら、次を装塡(そうてん)するあいだに……」

「オダブツだばい」

マタギもヒグマも動かない。夕暮れでもないのに四方(よも)に薄闇が降りてくる。ヒグマの唸(うな)りもマタギの息遣いも静まっていく。閑寂(かんじゃく)としたその一帯だけが幽明(ゆうめい)の境にあるようだった。生死のかかった膠着(こうちゃく)を破ったのは、ヒグマのほうだった。

瞬(まばた)きひとつするかしないかのうちに、ヒグマは間合いの半ばに達していた。地鳴りもさながらの咆哮(ほうこう)をはねつけるように、ハアアアアアッとマタギも叫んだ。響きわたる銃声、翔(と)びたつ野鳥、荒ぶる機関車のように突進をはじめたヒグマは、マタギに届くまぎわで動きが鈍くなり、前のめりに地面に倒れこんだ。

「おほっほ、一発で仕留めた！」

五十枝が声を上げた矢先だった。歩み寄ろうとしたマタギの目前で、ヒグマが起き上がった。致命傷にいたらなかったか、次の弾丸は銃に装填されていない。ひゃあっと頓狂(とんきょう)な声を出したマタギは踵(きびす)を返して逃げだした。よりにもよって五十枝たちのほうに逃げてくる。つられてヒグマも追ってくる。せっかくの勇姿を台無しにしたマタギは千晶に気がついて「お前(め)、なじょした？」と声を張りあげた。

「一発で仕留めねえが、暁良！」

真っ黒な高波のようにヒグマが伸び上がった。前肢を上げたヒグマの体長は三メートルを超えて見える。開かれた口腔(こうこう)は竈(かまど)のように赫々(あかあか)と燃えていた。そこですかさず身を捩(ひね)ったマタギが、燃える口腔に弾を撃ちこむ。逃げながら装填をしていたらしい。五十枝たちに圧(の)しかかる手前でヒグマは崩れて、それきり二度と動くことはなかった。

「初弾でも急所さ撃(ぶ)った。どのみちおっ死(ち)んでたべさ」マタギが強がるように言った。「このおやじは和人でねえが。どうにも空気がそむづかねえと思ったら、お前(め)が和人を入れだがら山の呼吸が乱れだんでねえが。この畜生(タン・シルニケ)め、とっとと去(い)ね」

筋骨たくましく怒り肩で、野生の熊もかくやの荒くれた山男にしか見えなかったが、すぐそばで向き合ってみてわかった。能戸(のと)暁良は四十代半ばの女だった。女のマタギというのは全国を見渡してもきわめて稀(まれ)なのではないか？

純血のアイヌにして極度の和人嫌いだというその瞳は、見入られるだけで皮膚が粟立(あわだ)つような殺気を帯びている。山小屋に戻ってきて村田銃の手入れをしながらも暁良は、齢(とし)の離れた従妹(いとこ)の頼みに耳を貸そうともしなかった。

「身内(ウタリ)の頼みだろうが、銭(じぇ)んこいくら積まれようがおなじことだべ。あったらもんでねえ、和人のために働くこたぁできねえ」

お前(め)さの熊撃ちの師匠も和人でねえが、女が山さ入るもんでねえって常識を打ち破ってくれたべさと千晶が言っても無駄。たったいま全国で飢えているのはアイヌを虐(しいた)げた和人ではありませんと五十枝が説いても無駄。従妹とはちがって和人を憎みすぎて、情念がこじれ、鉄砲の照準よりも狭い視野でしか世界を見ようとしていなかった。

「和人は和人だばい。お前(め)だって昔の和人の子孫だばい。アイヌの子孫はどうだべ、おれや従妹のほかはちょんぼり残るだけでねえが。お前らに村落さつぶされ、血さ絶やされたはんで。和人が一度だってアイヌの飢えや貧しさを救ったことがあっだかよ」

五十枝の言葉が仇となって、能戸暁良はますます頑迷固陋になっていった。射るような視線はおなじアイヌの末裔にも突きつけられた。

「顔さ上げねえが、千晶。暑苦しい襟巻さ外してこっち見れ。ろくでもねえ場所請負制が敷かれて年頃の女はどうなった。国後や宗谷に連れていかれて慰み者にされたべさ。人妻ですら番人の妾にされたべさ。なんもかんも同化政策のためだばい、アイヌの血さ絶やすためだばい。どうにかこうにか残ったおれだちは最後の血を守り抜くのに必死だはんで。だってのにお前は、なじょしてだ？」

敦賀千晶にくりかえし向けられる問いだった。

お前は、いい、なじょしていい、だ？

アイヌの血が流れていながら、お前はどうして？

この世からアイヌを葬ろうとした和人の救済に、どうして心血を注ぐことができるのか。

どうして歳月をかけて、労苦をいとわず、和人のために命の糧を運ぶのか。お前がその胸に秘めているものは、いったいいい、なんだ？

他でもない身内との対話だ。彼女の真意を知れるかもしれないと五十枝も固唾を呑んだ。ところが千晶は、従姉の問いにも答えなかった。鋭い目つきと口調を突き返して、

「アイヌ、アイヌとやかましい。お前らは血筋でがんじがらめでねえか。だったら訊くが、お前の名前はなんだばい。暁良、お前のアイヌの名はなんだばい」

アイヌ名。近代の戸籍制度によってアイヌにも和名の登録が義務づけられたが、伝統にもとづいた名前を戸籍とは別につけているという。アイヌ系の道民は、その多くが二つ名のようにアイヌ名を持っていた。千晶と暁良にもアイヌ同士で通じる名前があるのだ。

「お前のアイヌ名は、チャシアシでねがったが」千晶は従姉に問いかけた。

「言われねえでも、忘れるわけあっが」暁良がおざなりに言い返した。

「チャシアシ、どういう意味なんですか」五十枝は二人に訊ねた。

「チャシアシは〝砦に立つ者〟だっぱい」

「お前の頼みごとに、民族の名前は関係ねえべさ」

「大事なものを守る番人、というのがお前の民族名ではねえか」

「動かねえものが砦だべ。この土地、村落のことだばい」

「アイヌは？　アイヌはどういう意味だべ」

「はんかくせえ。お前から郷土の言葉さ教わる道理はねえ」

「アイヌは〝人間〟だばい。怠けねえで働く人間だけをアイヌと呼ぶんでねがったか」

「お前はそっだら小理屈こねるようになって。研いだ柳の枝みてえに尖ってた昔の従妹がおれはめんこがったべさ。若気の至りで無茶するお前が、お前らしかったべさ」

「働かねえのはウェンペでねえか、真人間でなくて駄目人間。輸送さ手伝わねえならお前をアイヌと思わねえ、死ぬまでウェンペとしか思わねえ」

「こっちこそお前の性悪な面は願い下げだべ、帰れ、帰れ！」

「さらば、ウェンペ」

襟巻の端をひるがえして千晶は山小屋を飛びだしていった。銃身の手入れもやめて、暁良は座して沈黙していた。交渉は決裂したようだ。このマタギを引っ張りだすのは、日本政府が公式に謝罪でも出さないかぎり不可能であるようだった。

戸外に出ると、シビチャリ山の裾野は真っ暗だった。星ばかりが空に穴を穿ち、夜の向こうで存在しないはずの漁火が揺れていた。

五

おびただしい機雷を呑んだ海原は、海鳴りの音も異様だった。

こだまをつらねて強風が吹きわたり、獣の号哭のような音を立てて四散する。

敦賀千晶の懸念は、懸念に終わらなかった。凶風に見舞われたのは、明石運送だった。

帯広の本社が襲われた。社内は荒らされ、駐まっていた大型車両は一台残らず奪われた。

折悪しく居合わせていた運転手四名が重傷を負った。正体不明の襲撃者たちが持ちこんだ伐採用の鉈の餌食になったのは、明石運送の社長も同様だった。

報せを聞きつけて、運びこまれた病院に駆けつけたが、社長は意識不明の重体となっていた。

あるいはこれも工作員の仕業なのか、食糧を運ばせないために運送業者を襲ったのか？　目下道警が犯人一味を追いかけている。病院では緊急手術の運びとなって、施術を待つ病室の前には明石榮子の姿もあった。

「お前らのせいだべさ……」

五十枝は動揺を隠せなかった。食糧の輸送計画がよもやこれほどの惨事を招くとは――この襲撃はおそらく妨害と脅迫を狙ったものだ。かねてより阻んできていたという工作員がついに一線を越えたとおぼしかった。明石運送の関与をどこから聞きつけたのか。廊下にくずおれた榮子に肩を揺すぶられる千晶も、寄る辺ない視線を漂わせるしかなかった。

それでも病院から離れようとはしない。夜が明けても帰宿せず、被害者のすぐそばに居残ることを選んだ。手術がつづくなかで瞼を閉じても眠ってはいない。「あなたまで倒れてしまいますよ」五十枝は見かねて忠告した。「こういうときこそ、寝床でちゃんと休まないと」

「大変なことさなっだね、おっちゃん。わたしは平気だはんで」

「これでは輸送の車を確保することができない、怪我人も出てしまって。歩兵連隊の許可も下りず、運送手段も断たれてしまっては……」

数日後、別行動をしていた五十枝が病院に戻ると、オッホルルル……、と喉を鳴らすような声音が聞こえた。巻き舌の音声を伴奏のようにして、千晶がウポポを口ずさんでいた。

即興のアイヌの歌。この瞬間の願いや祈りがこめられた独唱。

瞼を閉じて、襟巻に口を埋めながらも、歌っていた。

それは、歌であり、祈りだった。

あるいは希望が消えかけて、悲運に押しつぶされそうになったとき、彼女の先祖たちがずっとそうしてきたように。歌や踊りでくるんだ祈りこそは自分たちの発明品だとでもいうように。悪霊が社長たちの病室を避けて通るように、暗闇の淵から犠牲者を引き上げようとして我を忘れ、他のすべてが目に入らないほどにウポポに思いを注いでいる。五十枝も声をかけられなかった。千晶はすぐそばに明石榮子が来ていることにもしばらく気がつかなかった。

妬みや偏見を抜きにして榮子は、千晶のウポポに、祈りにほだされたように、強ばっていた面差しを氷解させて本音を吐露していた。

「あたしが悪い、あたしが悪いんだ。他言無用って釘を刺されたのに、面白ぐなくて食堂でお前らの計画さしゃべっちまった。その店には、うさん臭え外国人も来てたはんで……」

明石榮子から情報は漏れていたようだ。幸か不幸か、食糧の隠し場所についてはもともと知らされていないので吹聴もしていないという。無分別を恥じた榮子は「親の仕事はあたしが引き継ぐ」と申し出た。両親ほどの人望はなくても、横のつながりがある道内の業者に頭を下げて、借金を作ってでも車両と運転手を手配すると。なんなら一台は自分が運転してもいいと。大型車の免許は持っているという。両親に教えられて大きな車を転がしたときの、自分はなんでもできるんじゃないかという胸の高鳴りは今でも覚えていると胸を張った。

七月も半ばになって、ついに北海道にも空襲警報が響きわたった。沖合の航空母艦を飛びたった戦闘機が二度にわたり室蘭、根室、釧路といった重工業地区に焼夷弾を降らせ、函館や小樽や帯広、青函連絡船にまで被害がおよんでいたが、すでに千晶がソナーを積ませた輸送船はかろうじて難を逃れ、内浦湾の東端の埠頭で積み荷を待っていた。

輸送の日時が決まった。明石榮子はその言葉どおり、積載量五トンの有蓋トラックを五台も手配してきた。これだけの積載量があれば、往復をしなくても一度の輸送で運びきれる。ただちに幌内岳の貯蔵庫で積みこみが急がれ、千晶たちは空襲の被害も踏まえたうえで輸送の経路を固めていった。

あくる日の未明、輸送は決行される。それまでに万難を排して車両の点検、経路の下見、運転の予行練習をしながら、めいめいが粛々と時間をすごした。

敦賀千晶が、渓谷から上がってくる。

彼女にとってそれは、浄めの儀式のようなものにちがいない。

身じろぐたびに、長い黒髪から蠟涙のようにしずくが滴り落ちる。

腿をまだらに濡らす水の縞（しま）、ランタンの火によって彼女は、琥珀色（こはくいろ）のしなやかな発光体となる。飛沫（しぶき）すらも彼女の体から離れたがっていないように見えた。

覗いていたわけではない。積み荷の勘定をしていた五十枝は、水場から上がってきた千晶を目の端に入れまいとして数え直しに励んだ。頬やうなじに紅みを残した千晶は、出立に用意していたアイヌの衣裳をまとって五十枝のそばにやってきた。

「おお、すばらしい衣裳ですな……」

うろこや渦巻きを模した模様をイラクサの糸で縫いつけた、美しい上衣（ルウンペ）。

敦賀千晶の一族が、彼女の晴れ着とするために保管していたものだという。

和服とも似ているが筒袖で、衽（おくみ）や襟（えり）のない単衣（ひとえ）だ。

後頭部でその手と手を交差させた千晶は、ひっつめ髪の上に幅広の布を巻いた。手甲（テクンペ）と脚絆（ホシ）をはめて、耳輪（ニンカリ）や首飾り（タマサイ）をまとった。楽屋で出番を待つ女優などと違っているのは、身支度の仕上げに化粧をしないことか。彼女は素顔のままだった。その口元は、これまで肌身離さなかった襟巻にも隠されていなかった。

五十枝は息を呑んだ。彼女の顔には文身（いれずみ）が彫られていた。

濃い墨色の、まごうかたなき彫り物だった。

唇のまわりから両端を塗りつぶす墨色が、左右の頬の下部にかけて延びている。獣や蛇の口を模したような文身を昔のアイヌの女が彫ったのは、悪霊除けだったとも、出産時の痛みの予行練習だったとも聞いたことがあった。この目で見るのはもちろん初めてだ。

「驚いたな、それは化粧とはわけが違う。痛かったんじゃないですか」

「肝をつぶすほどのものではねえべさ」

「彫ったのはいつです？」

「七、八年前。暁良が〝若気の至り〟といったのはこれだばい」

砥いだ小刀（マキリ）で傷をつけてシラカバの樹皮を焼いた煤（すす）を擦（す）りこむ、激痛をともなう伝統の手段でその顔に文身を刻みつけた彼女の心境はいかばかりか。少なからず動揺や困惑を与えるからか、普段は見せないようにしていることからも推して知れる。恥じてはいない。アイヌの一員たらんとする凄烈な意思表示は、他人に見せるためのものではないということか。

「あなたはとても大きなものを、無茶な痛みを一人で背負わんとする人なんですね」

「五十枝のおっちゃんは大袈裟（おおげさ）だばい」

消えないそれは苦難の源（もと）にもなるだろう。彼女が人並みの幸福を眼中に入れず、仮借（かしゃく）なく世界と向き合おうとしていることがよくわかった。しかし、どうしてそこまでして——五十枝は身震いしながらも疑問をぶり返させずにいられなかった。お前はなじょしてだ？

「この輸送にしてもそうです。どうしてこだわるのか、あなたを見ていると、大きな仕事のあとにも自身の人生は続いていくことを考えていないようにも見える。戦争にしても民族の争いにしてもいずれは終わる。そのあとにあなたは、どう生きるんですか」

「あとでどう生きるか、そんなことは……」

「出発の前にひとつ教えてください。あなたの民族の名を」

すべての準備は終わった。先祖たちの痛みも、過去からつらなる記憶も、未来への願いも引き受けて、彼女は起つ。

伝統に与えられたもうひとつの名前は、アベナンカ。

彼女のアイヌ名は〝炎の貌〟だ。

敦賀千晶が、起つ。

六

シマフクロウが一羽、カラマツの梢に留まっている。

麓の木で羽を畳み、夜をひそやかに睥睨している。

アイヌにとっては高位の神の化身。村落の守り神とされる鳥。

ホッホ、ホ、とフクロウは面輪を傾げる。

二つの眸の虹彩に、数条の光をつらねた車群が映しだされる。

夜陰をつらぬく三台の大型トラックが、土煙を上げながら山道を走っていた。

手配された車のすべてに食糧は積まれたが、五台のうちの二台は、事前にソ連側に付け届けられていた。これは千晶の英断というしかなかった。食糧が足らねえのはどこもおなじだばい？　と他の者を説得して、情報が漏れた食堂に言伝(ことづて)を残した。旭川(あさひかわ)の山道に停めた二台に白人たちが乗りこむのも確認された。この配慮が功を奏して、ソ連の工作員が警戒を解いてくれると期待したいところだった。

「あとはアメリカ側がどう出るか、きっとその文身も厄除けになってくれるでしょう。例の〝レディ・フォックス〟の異名の由来もそれですか？」

　俺は勘繰りすぎていたのかもしれない、と五十枝は自省していた。狐の口吻(こうふん)のようにも見える文身を、彼女の素顔をどこかで目にした他国の工作員が、驚嘆と畏怖(いふ)を込めてそう呼んだのではないか。すでに輸送は始まった、ここからは下手な疑念で目を曇らせまい。

　数珠(じゅず)つなぎで走る三台のうちの一号車を運転するのは五十枝だった。助手席に千晶が座っている。ここまで大型の車を運転したことはなかったが、叩(たた)き上げの興行師としてはこのぐらいこなせなくては恥ずかしい。二号車の運転席には明石榮子が座っていて、しんがりの三号車には沢渡三ツ葉が夫とともに乗りこんでいた。

「お前(め)さはどうなんだべさ。このあとどんなふうに生きでえ？」

　視線をまっすぐ前に固定した千晶が、出立前の問いをそのまま返してくる。

「おっちゃんの話だばい。郷里(さと)に家族は？」

「ずっと独りですわ。こんな太鼓腹の中年になっちまって。だけどまあ、こんな齢でもまだまだやりたいことだらけです。腹いっぱい美味いものが食えるようになったら、呼び屋も再開したいし、所帯も持ってみたい。人生ってやつは短くて足りやしません。いろんな生を追体験できるから興行に惹かれるのかもしれません。あなたのような〝女傑〟の生きざまを講談にして語り聞かせるのもいいですな」

「語り聞かせだべか」そう言うと千晶は黙りこんだ。何かを考えこんでいると思ったら、ややあってどこか神妙な口ぶりで「それでいったら、わたしは本物の〝女傑〟を知ってるべさ。短い人生でその命を燃やしつくした人」

「ほほう？　それは気になるな、なんという方ですか」

「おっちゃんはウポポを聴いたべさ。わたしたちには歌のほかにも、たくさん大事にせねばなんねえものがあって……」

「……おや、ちょっと待って」

車中の対話をさえぎったのは、芦別を越えたさきの山道を塞いでいる倒木だった。両側のミズナラやカラマツが伐り倒され、枝葉が重なり、傾いだ木の洞から虫や小動物が這いだしている。めぼしい経路を塞ぎにかかったのか、やはりこの輸送は察知されている――

倒木をどかしていては時間を浪費するだけだ。五十枝たちは大急ぎで車群を転回させる。枝分かれする別の経路も想定ずみだ、悪路となるがしかたない。進路変更を強いられたことで抜き差しならない危機感が高まった。まさか、まさか本当に、と念じずにいられなかったが、神居山(かむいやま)の裾野まで戻ってきたところで、そのまさかが現実となった。

「本当においでなすった。無理やり奪おうってんですかい」

夜の鼓動が、ドッ、ドッドッ、ドッドッドッと脈打ちはじめる。

悪路や傾斜をいとわずに、数方向から車や自動二輪が現われる。

銃声が響きわたった。停まれ、と警告している。強硬手段も辞さないつもりのようだ。

あれはアメリカか、ソ連か、明石運送を襲ったのとおなじ連中か。ためらいなくゲリラ戦を仕掛けてくるあたり、話せばわかるような気配は微塵(みじん)もなかった。

「威嚇(いかく)じゃないですよ、これは、停めたらばどうなるか」

あたかも巻き狩りにおよぶハイエナの群れだった。わずかにでも運転を誤れば、接近しあった他の車を巻きこんで大事故につながる。だがここで停車して輸送を止めては相手の思うつぼだ。五十枝は車を停めずに疾走する。敵勢はタイヤのパンクや横滑りを狙ってくる。最後尾につく沢渡伍長が、携行した軍用拳銃で応戦しているが、三号車に一台が車体ごとぶつかり、別の一台がその横をすり抜けて、二号車のすぐ隣に追いついてくる。連続する銃声、土煙、飛散する土砂、敵勢の車はぎりぎりまで急接近してきて、乗員の一人が車窓から身を乗りだした。欧米系と一目でわかる大男が、片足を窓枠にかけて、車と車の距離をうかがっていた。

「あの男、まさか輸送車に――」

飛び移るつもりか、正気の沙汰ではない。明石榮子の二号車が狙われている。この団子状態では加速してふりきるにも限度がある。右に左にひろがって引き離すこともできない。沢渡伍長が三号車から二号車の右側に近づいた車を撃ったが、当たらない。悪条件でまともに照準も合わせられていない。

大男が跳んだ。運転席と荷室の連結部にうまく飛びつき、両足を載せて、そのまま運転席の窓を割ろうとしたところで、稲妻のような鋭い音が響きわたった。

他とは一線を画する銃声が、山と山のはざまでこだまを呼んだ。

放たれた銃弾が、針の穴を通すような精確さで二号車にとりついた男に命中した。たまらずに男は滑落して、地面に落ちてごろごろと転がった。

聞きおぼえのある銃声、すぐそばに来ている。五十枝の位置からは見えなかったが、脳裏にまざまざとその姿を思い描くことができた。調達された自動二輪にまたがって、弾帯と村田銃とともに馳せ参じた猟師の姿を——

「暁良か、暁良が来でんのか！」

助手席で千晶も気がついた。一定の間隔を空けて、ひと撃ちひと撃ちが敵勢に向けられる。状況に応じて鳥やウサギに使用する散弾と熊用の単弾を使い分けているようだ。大物撃ちを生業としてきたマタギの腕前は、止まらない奔流のなかでもずばぬけた命中精度を誇っていた。「あのウェンペ、気でも変わったか」

「どうやらそのようですな」

五十枝はみずから再度の説得に当たったことを明かさなかった。腐っても呼び屋だ、調べをつくしてふさわしい好餌（えさ）で釣った。ヒグマの胆嚢（たんのう）を取引していた商人たちに話を聞いてまわって、能戸暁良には腹を痛めた息子がいることを突き止めた。女だてらに大物撃ちのスリルに憑（つ）かれ、生殺与奪（せいさつよだつ）の危うい領域に浸かった彼女には、とうてい稚児（ややこ）を抱きつづけることはできなかった。あるときアイヌの出自を嘲（あざけ）った和人に発砲し、女刑務所に入れられて、おなじアイヌの夫には離縁されてしまった。

夕張（ゆうばり）にある製鉄会社の上役に気に入られた元夫は、上司の遠戚（えんせき）の娘との縁談がまとまり、息子を実の母に会わせなくなった。和人とはいえ、連れ子のいるアイヌを拒まなかった一家だ。息子は幸せに育つだろう。けれど会いたい、この手で抱きたい。

五十枝の腕の見せどころだった。ここぞとばかりに三顧（さんこ）の礼を尽くし、巧言令色を並べたてて、額を土下座で目減りさせた。暁良が気高（けだか）い猟師であること、飢えた国民を救おうとしていることを説き、月に一度の面会を許してほしいと懇願した。興行師の交渉の術（すべ）をもって取りつけた約束を、遠巻きにわが子を見るだけになっていた暁良に伝え、なしてそこまで、と声を震るわせる彼女に自動二輪（オートバイ）を調達しておきますのでと告げた。

あいつのことなら、千晶ならこんな小さな糞（ポン・ソン）みでえなころから世話してっぱい、と暁良は言っていた。従姉妹（いとこ）として関係が深いぶんだけ愛憎半ばするようだが、息子に誇れる名誉をつかんでほしくて暁良を輸送に誘ったふしが千晶にもあった。従姉（サポ）ちゃん、従姉（サポ）ちゃん、とくっついて離れなかったという従妹の面影を暁良の目差しは忘れていない。だとしたら和人を救うんじゃなくてもいい、千晶に降りかかる危難を払ってくれるだけでいい。

蓋を開けてみれば、期待を上回る働きぶりだった。遊撃手のようにオートバイに乗った勇姿を見え隠れさせる暁良の、八面六臂（はちめんろっぴ）の活躍はそれこそ神がかっていた。

怖いほどに外さない。奇襲に対する奇襲。あたかも山の神（キムンカムイ）が助太刀に来たかのようだった。夫と子に去られ、里のどこにも行き場をなくしたマタギの魂は、降ってわいた生と死の境界で暗く揺れる燐光（りんこう）のような唯一無二の輝きを放っていた。

「おっちゃん、わたしが言うところで曲がってけれ」

敵勢の車影は減ったが、千晶の指示にしたがって石狩川（いしかりがわ）沿いを斜めに下りる小径（みち）に退避して、密生する木の陰で車灯を落とし、追ってきた四台、五台を先に行かせる。充分な時間を置いてから後進して元の経路に戻った。一号車から三号車まで無事だった。ここから十キロほど南進すれば、室蘭の港に向かう経路にふたたび乗ることができる。

「急がねばなんねえ、まだ半分も来てねえべさ」

明石榮子も、沢渡夫妻も、窓から顔を出して肯（うなず）いた。

夜が終わるころには、と五十枝は思う。敦賀千晶を中心にまとまったこの女たちとなら、道行きの果てに前途の開けた海岸線へ達することができるはずだ。

夜明けを待つ北の地は、嗜眠(しみん)の淵で微睡んでいる。

彼方の空は、青磁(せいじ)の色に染まりはじめていた。

七

焼けた街路樹、路上の瓦礫(がれき)、半焼した家屋。

先住民からつづく歴史のなかで、北の大地は初めての空襲を体験したばかりだ。

休まずに車を走らせる。鷲別(わしべつ)から中島町(なかじまちょう)へ――視界の前方では、室蘭の製鉄地区が織りなすでこぼこの地平線が暁光(ぎょうこう)を滲ませている。

このあたりにも焼夷弾は降ったのだ。それでも夜も明けきらないうちから、野菜を背負い子(しょいこ)につめている老婆がいる。配給の準備をしている地元の団体もある。張りつめた暁(あかつき)の空気のなかで、瓦礫の欠片(かけら)を踏みつけるタイヤの揺れが運転席にも伝わってきた。

酸のような疲れと眠気が、五十枝の身心に垂れこめていた。

だらしがない。輸送は中途なのに、どうしてこんなにも眠いのか。

おそらくそれは、夜を徹して運転してきたからというだけではない。余燼(よじん)の冷めやらぬ戦禍のはざまを、土地の傷痕(きずあと)の上を通過しているからだ。本土でもそうだった。破壊された街の風景を見るにつけ、復旧や再起にかかる歳月の途方もなさに気が遠くなる。家を焼かれ、街を壊され、飢えながら、それでも人の営みはつづいていく。疲弊や虚無感、身を喰らう無常観。B29の爆撃に焼かれる都市を見るたびに抑えようもなく込みあげる感情が、五十枝の胸をふたたび温く炙っていた。

世界はいまや剝きだしだった。なにひとつ体裁を取り繕おうとしていない。

ここではどんな約束事も通じない。すべてが狂った風景のなかでは、無辺の死の暗さだけが口を開けている。人々は打ちひしがれ、暗く生温い大地に沈んでいくしかない。どこからか伸びてくる髑髏の手のような闇に心臓を鷲摑みにされて——

「……おっちゃん、おっちゃん」

かたわらの声で我に返った。助手席に目をやると、混濁や曇りのない瞳が見返していた。

「おっと、いかん。大丈夫です」

「疲れたんでねえか。それにしても空襲はひでえもんだな」

「戦争のあとに待つのは、街の瓦礫ですよ」

「だけっぢょも、おっちゃんが言うようにたらふく美味えもんが食べられる朝が来るべさ。そのうちきっと、この先に進めばもっとええ風景が見られるべさ」

辺りの惨禍にあてられ、疲弊と虚無の淵に落ちかけた同乗者を引っぱり上げようとして、千晶が努めておしゃべりをしようとしてくれているのがわかった。彼女の声音がもたらすひんやりと澄んだ感覚が、そのときの五十枝にはありがたかった。

「思うんだども、わたしたちはみんな誰かの、つづきだばい。次から次に生まれては死んで、生まれては死んで、これからもそれはつづく。望みとは関係なしに誰かは誰かのつづきさ生きていて、腹さ減るってことはまだ先につづきがあるからだべさ」

だはんで運んでいかねばなんねえ、そこまで言って千晶はかすかに面差しを和らげた。ごっとも、もう居眠り運転なぞしませんのでと五十枝が言いかけたところで、だしぬけに車の前を背の低い影がよぎった。「……うわ、危ないっ」

とっさにブレーキを踏んだ。飛びだしてきたのは数匹のキタキツネだ。後続車もつられて停まった。なじょしたぁ？　栄子や三ツ葉の声が聞こえた。

食べものを探して人里に迷いこんだのか、地面を舐めながらキタキツネは道を横断していく。民族の言葉でキタキツネは、私たちがたくさん殺すもの、とも呼ぶと千晶が教えてくれた。五十枝はひと息ついて、おもむろに朝方の空をふり仰いだ。雲が出てきたか、灰色がかった空に星の名残のようにポッと淡く灯るものがあった。

あれは？　芥子粒から鳥影ほどの大きさになる。飛来する箭のようなそれは、風切り音とともに急接近してきて、三キロほど先の建物の奥に吸いこまれた。

次の瞬間、凄まじい縦の震動で世界が揺れた。

跳ねあがったキタキツネが、ケエェェエェン、と鳴いた。爪先から頭頂にまで激甚な揺れが走っていった。つづけざまに降ってくる飛来物、衝撃と音の津波、すぐに鳴りだしたのは空襲警報だった。機影もないのに空襲？　この爆撃はどこから――

「海の方角だばい」

砲撃はさながら隕石群の飛来だった。街の人々が逃げ惑う。防空壕へと急ぐその足元の地盤がめくれて吹き飛ぶ。市街が見る見るうちに粉塵と瓦礫に覆われていく。硝子は割れ、電柱は折れ、飛散した瓦礫が別の瓦礫を生んで、朝まだき世界に塵の雨が降りつもる。電線がのたくり、剝きだしになった鉄骨の間から黒い煙が噴きだした。停まってもいられずに車を出発させたが、混乱のなかでは進路も見通せず、後続車や助手席の声すら聞こえない。

「おっちゃん、暁良が」

後方、単車で走ってくる暁良の姿が見えた。加速して輸送車に追いつこうとしている。あきらかに我を失っている。行くな、戻れ、と号ぶように村田銃を空に向けて発砲する。そっちこそ来るんでねえと千晶が叫んだ矢先だった、オートバイの進路に電柱が倒れてくる。避けきれずに前輪をとられて、暁良が宙を舞った。頭から地面に叩きつけられたところへ、砲弾が直撃して、建物の倒壊に巻きこまれる――

窓から身を乗りだした千晶の、アベナンカの文身が凍りついた。爆撃のなかで急停車したが、立ちこめる粉塵で何も見えない。おなじく二号車も停まった。三号車からは沢渡夫妻が降りてくる。その瞬間、頭上に降る轟音が大きくなった。避けがたい衝撃が、視界から細部の色をかき消した。あっ、と思った刹那にすべてが吹き飛んでいた。

被弾したのは二号車のすぐ真横の路上だ。五十枝はそこで生まれて初めて、被爆の中心から見る風景がどんなものかを知った。建物や電柱や地面をことごとく細切れにする貪欲な竜巻のようなエネルギーの奔流が、前後不覚になるほどの熱波で五感を圧し、視界のいっさいを一瞬で焼きつくして八方に飛散した。

「助げっから、いま助げっから」

五十枝はおそらく気絶していた。ふらつく意識の片隅で、千晶が叫んでいる。頭や体には激痛が走り、喉や目の粘膜が焼かれていたが、二号車の被害はそれどころではすまなかった。

細かい瓦礫の欠片とともに、馬鈴薯や玄米や乾燥とうもろこしの粒が飛び散っている。二号車はぐしゃぐしゃになっていた。めくれた地盤が車体を傾がせ、側部はひしゃげ、扉は蝶番がゆるんで落ちて、車を降りたばかりだった明石榮子は倒れて血を流し、腰から下は鉄骨に潰されていた。なんてことだ――五十枝は叫びだしたかった。暁良が、榮子が、ひと瞬きのうちに灰塵に呑みほされ、彼女たちの躍動は跡形もなく奪い去られていた。

「痛え、痛えよう」榮子はそれでもなお言った。「車、運転しねえと」

「動いちゃだめです、その傷では運転なんて無理だ」

「だはんで輸送があっぱい、あとすこしなのに。ここで抜けたらあたしは……」

張りつめた表情を瓦解させて、肺腑を絞るような声でうめいた。眼窩のまわりに割れた硝子の破片が刺さっていた。「あたしは、あたしは二号車を任せられて嬉しくて、誰にも必要とされねえままで死ぬのが怖ぐて、だどもこれで終わったらなんも変わんねえ」

「お前は死なねえ、お前の人生はつづく、おっ母と二人で会社ば切り盛りせねばなんねえ」

千晶は言いかえしたが、自分たちの生がつづいていく確信を五十枝は見つけられなかった。四方のどちらに視線を転じても、見たくないものから目を逸らすことができなかった。逃げていく住民が次の瞬間、砲弾の餌食になる。個々の世界が一瞬で奪われる。街をことごとく破壊しつくしてもなお、降りしきる砲弾は終息の兆しもなかった。

「これは、艦砲射撃だべさ」

叫んだのは、妻ともども瓦礫から這いだした沢渡伍長だった。アイオワ、ミズーリ、ウィスコンシン、戦艦三隻のみならず軽巡洋艦や駆逐艦も来ている。沖合につめかけた艦隊の主砲が一斉に火を噴いているのだ。室蘭には重砲を備えた第七師団の大隊がいるが対応しきれていないらしい、自分たちは重工業地帯を攻める爆撃の巻き添えになったのだと伍長は言った。埠頭や工場はまだ先なのに爆撃の範囲が広すぎる。大地を沈めんばかりの集中砲火は、兵器製造の要衝のみならずその周辺一帯も焼きつくそうとしていた。

「防空壕さ入ってけれ、わたしが一人で行ぐから」

砲弾の降ってくる密度は、インフラの集中した埠頭や工場方面に向かうほどに上がるにちがいなかった。このありさまでは停泊する輸送船だって無事ではないかもしれない。だがそれでも千晶は――

もはや二号車も三号車も走行不能だった。沢渡夫妻に重傷を負った榮子を任せ、すぐそばの防空壕に避難してもらうことにした。「おっちゃん、あの女（ひと）を、レディ・フォックスを頼んだはんで」と榮子がすがるように言い残していった。

「これだけの集中砲火が長くつづくわけがない。あなただけに背負わせられん、あなた一人だけを行かせるわけにいきません」

五十枝も千晶の反対を押しきって一号車に飛び乗った。出発してしばらく千晶は黙っていた。独りで世界に投げだされたような面差しで、見開かれた瞳は悔し涙で潤んでいた。震える唇はふさわしい言葉を探しあぐねていた。

あるいは洩らしそうになる言葉を堪（こら）えていたのかもしれない。もしも危険な輸送を強行していなければ、嵐が過ぎるのを待っていれば、明石親子や暁良はあんな目に遭わなかったかもしれない。彼女のすぐ目の前で、彼女の生まれ育った北の大地が、彼女の世界が灰に還（かえ）っていく――それでも千晶は車を降りなかった。砲弾の止（や）まないなかで五十枝の運転する車は、亀裂や障害物だらけの道路を南下し、車道を外れて、湿地帯を疾走して、遠方に見えてきた室蘭港への最短の経路をたどっていった。

「暁良さんは大丈夫です、榮子さんだって」五十枝はみずからにも言い聞かせるように言った。「あんなに強い女（ひと）たちなんだから。俺にはわかるんです、伊達に十年も二十年もやくざな稼業をしてきちゃいませんから」

「おっちゃんが言うなら、そうなのかもしんねえな」

「あとすこし、海まではあとすこしです、俺たちは大事なものを運ばないと」

「ああ、そだばい」

「ねえ、それは食糧だけではないのでしょう。聞きそびれた話があったじゃないですか。教えてくださいな、あなたの力の源になっているものを」

ちゃんと聞いておきたいんですと五十枝は言葉を重ねた。何かを話していなければ、自身も暗い泥濘（ぬかるみ）に呑みこまれてしまいそうだったから。だから教えてくれ、あなたが誰のつづきを生きているのかを――

五十枝の願いに応じて、千晶はおもむろに一冊の本を取りだした。

座右の書だ。彼女がつねに携行している和綴じの冊子。

助手席でその頁を開くと、千晶は目に止まった一節を朗読する。目差しはすぐに宙を浮遊する。文字を追わなくてもその一言一句を諳（そら）んじられるようだった。

「銀の滴降る降るまわりに
金の滴降る降るまわりに.」
という歌を歌いながら
子供等の上を通りますと,

（子供等は）私の下を走りながら
　云うことには、
「美しい鳥！　神様の鳥！
　さあ、矢を射てあの鳥
　神様の鳥を射当てたものは、
　一ばんさきに取った者は
　ほんとうの勇者、本当の強者だぞ．」

　頭上からは、止まらずに砲弾が降りつづけている。

　千晶が手にしているのは『アイヌ神謡集』という一冊の書物だった。

「ずっとそれを読んでいましたね。アイヌのおとぎ話なんですか」

「ユカラというんだばい。編んだのは幸恵さん、知里幸恵さん」

「あなたにとっての〝女傑〟というのは」

「この本の、この編訳者がそだばい」

　千晶はそう言って、視線を落とさずに手元の頁をめくった。


　私は私の体の耳と耳の間に坐っていましたが

やがて，ちょうど，真夜中時分に起き上りました．
「銀の滴降る降るまわりに，
金の滴降る降るまわりに．」
という歌を静かにうたいながら
この家の左の座へ右の座へ
美しい音をたてて飛びました．
私が羽ばたきをすると，
私のまわりに美しい宝物，
神の宝物が美しい音をたてて
落ち散りました．
一寸のうちに，この小さい家を，りっぱな宝物
神の宝物で一ぱいにしました．
「銀の滴降る降るまわりに，
金の滴降る降るまわりに．」
という歌を
うたいながらこの小さい家を
一寸の間に

かねの家，大きな家に
作りかえてしまいました

ウポポだけではない。大事なもの、ユカラ。

屋外に集まって輪唱され、労働や祭事とともに歌われるウポポに対し、屋内のみでユカラは歌われる。即興性が高いのはおなじだが、ユカラは語られる内容に重点が置かれている。〝歌〟というよりは〝詩〟。ある種の旋律をともないながら物語や文芸の色が強いものといえた。

朗々と千晶の唇がつむぎだすのは、アイヌが口伝えに継いできた神の詩（カムイユカラ）だった。文字を持たないアイヌにとって語り継がれる口承物語は、生活の知恵や道徳、価値観、伝統文化を子孫に伝える無二の役割を果たした。千晶がその名を挙げた知里幸恵は、祖母や古老の語るカムイユカラを幼いころから聞かされて育っていた。

知里幸恵――

アイヌの娘にして、民族きっての文学者。

千晶が敬愛する、カムイユカラの伝承者。

千晶の手が携えた『アイヌ神謡集』には、編訳者の古ぼけた写真の切り抜きも挟まれていた。

楚々（そそ）とした和装姿、童顔の娘だが、眉目には確かにアイヌの意思が宿っている。

つまびらかに千晶が語ってくれた。知里幸恵が生まれたのは北海道の開拓が始まって三十年がすぎたころ。彼女は十五歳のときに北海道を訪れたアイヌ語の研究者・金田一京助と出逢い、アイヌ語を日本語に訳す作業を手伝った。彼女の言語能力を高く評価した金田一先生の勧めもあって、幸恵はみずから訳をつけた口承物語の編纂にとりかかる。その決心に至った最大の動機が『アイヌ神謡集』の序文に綴られている。アイヌは土地を接収され、生活の場を破壊され、漁業や狩猟の糧を収奪されたことで、影が人生をすごしているような深い無力感にとらわれていた。亡びゆく民族の文化、言語や伝承への汲めどもつきない哀惜が、それらを自身の筆で語り継ぎたいという思いに駆りたてた。

アイヌにとって身近な、動物の神々——

キタキツネやシマフクロウが、アイヌの人たちの幸福を願って語るもの。

それが、カムイユカラだ。

親が読み聞かせられ、子にも理解しやすいように。文字のないアイヌ語の物語を誰もが気軽に音読できるように。平易な訳文とローマ字の原音表記が二段構えになった十三篇の神謡集には、知里幸恵のアイヌ語と日本語を深く豊かに操る非凡な才能がちりばめられている。

アイヌの風が吹いてくるような闊達な文章は、ただのひらがなやローマ字の羅列ではない。一篇一篇が生きた魂の言語だった。アイヌの希望や自立、覚醒、解放をつむいだ神託にほかならなかった。彼女によって初めて、記録の手段がないアイヌの伝承が、北の地に息づいてきた言葉が、文字となり書物となって後世に残された。

だけど知里幸恵は、重い心臓の病を患っていて、処女作の刊行を待たず十九歳の若さで夭逝した。彼女のこの仕事によって、生きる意味や存在理由を失いかけていたアイヌが〝目覚め〟を迎えたと語る者もいる。その仕事は当時の新聞にも大きく取り上げられ、アイヌの人々はもう一度、民族の誇りを思い出し、座して死を待つのをやめてアイヌの復権や地位向上の声を上げるようになった。知里幸恵はその祈りの手を、民族や土地の外へ向けることで、消滅の危機に瀕したアイヌの歌や詩を救い、アイヌの人々をも救っていた。

千晶が、顔をもたげた。

銀のしずく降る降るまわりに、金のしずく降る降るまわりに――

すべてを灰燼に帰すような砲撃の嵐のなかで、彼女の諳んじるユカラは、不整脈を起こした世界の唯一の正しい鼓動のように聞こえた。

「さあ、積みこみを急がねば」

輸送船は無事だった。埠頭のあちこちから火の手が上がっていたが、鉄の網に囲まれた細い通路を抜けた先の、桟橋に舫われたソナー搭載の船は被弾を免れていた。

たった一台しかたどりつけなかったが、待っていた港湾作業員とともに食糧を船倉に移していった。室蘭のインフラを破壊しきったと判断したのか、食糧の半分ほどを積みこんだところで砲撃は止んだ。このまま海が静まっているうちに、大急ぎで離岸したいところだった。

積み荷を運ぶ五十枝の身にも染みていた。ここにいたってよくよくわかった。敦賀千晶という女が、どのように立っていたのかを――

美しい言葉の代わりに、千晶は食糧を運ぶ。祈りをその道行きに載せて、振り返らずに海へ向かった。それこそが彼女のユカラだった。呼び屋の本懐にも通じるものがある。彼女は彼女なりの詩を届けることで、世界との融和を夢見たのだろう。

だがそこで荷積みの作業に邪魔が入った。焼け野原となった室蘭に排煙を散らして数台の車が走ってくる。アメリカの艦砲射撃が止んだとみるや強襲を再開したのは、山道でやりすごした連中だ。おそらくソ連の工作員たちだ。食糧はまだ積みきれていない。五十枝は埠頭入口の鉄の網を鎖し、作業員たちに手伝ってもらって土嚢を積み上げ、桟橋まで入ってこられないように防塞を張りめぐらせた。

埠頭の入口に殺到したのは、やはり西洋人だった。鎖された網や防塞をものともせず、車を降りてきた一人が長い筒を担いでいるのを見て、五十枝は肺からすべての空気が吹き飛ばされるような衝撃をおぼえた。

「ここから全員、退避、退避してください！」

持ちだされたのは欧州の兵器、大戦で一躍有名になった六十ミリ擲弾発射器だった。

避難の号令が行きわたる前に、ためらいなく擲弾を撃ちこまれて、桟橋の入口は木っ端微塵に破壊された。

防塞もことごとく消し飛んだ。もろとも吹っ飛ばされて傷や打撲を負った五十枝は、埠頭を離れるように千晶に告げた。あいつらに条理は通じない、あいつらは歯止めがきかない。

「出港すら危険だ、逃げないと、ほらこっちに来る!」

港湾の作業員はたまらずに逃散したが、千晶だけは埠頭を離れようとしない。次にまた擲弾を撃ちこまれたらどうなるか。抵抗する術はない。遮蔽になるものすらない。進退きわまったかに思われたそのときだった。燃えくすぶる土嚢を越えようとした男たちの一人が、耳をつんざく銃声とともに狙撃され、真横に吹っ飛んだ。

離れた物陰から撃っているのは、暁良だった。五十枝の位置からもその姿が見てとれた。銃弾を装塡しながら陰から陰へ、瓦礫の裏へ、ダンプカーの横へ移動して工作員たちを引きつける。擲弾の狙いを絞らせず、あべこべに敵を射貫(いぬ)いていく。

「お前(め)、なじょして」

そこにいるのは、最後の砦を守り抜く番人(チャシアアシ)だった。

とても無事といえる様子ではなかった。千晶も息を呑んでいた。

血と火傷(やけど)にまみれ、ヒグマの爪で掻(か)かれたように皮膚が削(そ)げただれ、焦げた衣類は赤黒い傷痕を隠せていない。完膚なきまでにぼろぼろになっても、暁良は最後までその役目を果たすために室蘭港にやってきた。おそらく軍用車なりを奪って埠頭に駆けつけたのだ。

だがしかし躍動もつづかない。一晩じゅう撃ちに撃ったせいで弾切れとなったか、村田銃の発砲が聞こえなくなる。物陰にへたりこんだ暁良はもはや丸腰だった。こちらを向いて、その唇がしきりに何かを言っている。隔たりのせいでこちらまで声は届いてこない。

それでも聞こえた。たしかにその思いが聞こえた。

安心しろ、お前には指一本ふれさせせねえ――

暁良は、雄弁に語っていた。

雄々しい風景だった。言葉がなくても意思は伝わってくる。五十枝は動くことも息を継ぐこともできなかった。暁良のなかに宿っているマタギの魂が、アイヌの誇りが、真綿に染みこむ血のように自分のなかにも流れこんでくるのを感じた。

「従姉ちゃん」

千晶が呼ばわった。男たちの得物が火を噴いた。

敵弾の集中砲火を浴びる寸前に、マタギはその目の裏に望んでいた風景を視ることができただろうか。彼女の唇は、めんこい息子に聴かせる子守唄を口ずさめたのか、欠けるもののない小さな円に結ばれた家族の情景を、つかのまの永遠を、たとえ幻想だとしても抱きしめることはかなったたか?

わずかな時間稼ぎにしかならなかった。暁良のいた場所は、生死を問うまでもないほど瓦礫と残骸に変わり、風景の遺灰のような塵が舞っていた。それでも銃撃の音を聞きつけて第七師団の大隊が、室蘭の防衛隊が埠頭に回ってきてくれた。敵の工作員はそちらに反撃したが、多勢に無勢でどうにもならずに数人が取り押さえられ、数人が撤退していった。

出港の準備をすませて、五十枝は甲板に立っていた。

波打つ海は、液状の金属のような鈍色(にびいろ)に染まっている。

「あとは俺が、ちゃんと届けます。あなたは他の女(ひと)たちのことを」

「おっちゃん、機雷は、機雷は怖ぐねえのか」

栈橋に立った千晶に言われて思い出した。あれだけ乗船したくなかったのに、今となっては不思議とまったく怖くない。ソナーの運用や航行は専門家にゆだねるしかないが、ここまでの陸路をしのぐ危難が待っているとは思えなかった。

「かならずまた会いましょう。あなたが運んだものはこれからこの国を養っていく。命を懸けたアイヌの思いも伝わるはずです。あなたは俺が知るかぎりでも、女傑のなかの女傑でした」

「まぁた、そっだら大袈裟な。わたしはアイヌの女狐だばい」

「ただし、カムイユカラを歌う雌キツネでしょう」

「達者でな、おっちゃん」

アベナンカの文身が笑った。胸が痛くなるような笑顔だった。

「千晶さん、あなたは――」

勇ましい女だった。彼女には、自分が誰かを忘れないでいてほしい。

桟橋から船が離れていく。雲間から差しつける白銀の光が瞬き、五十枝はその手を額にかざして千晶の姿を見つめつづけた。アベナンカ。レディ・フォックス。数多の異称に彩られながらひとすじの光の矢のような軌跡を焼きつけた傑物――機雷の海を渡りきれることは疑っていないのに、五十枝はどういうわけか、これが敦賀千晶との最後になるような気がしてならなかった。陸に残った彼女が遠ざかっていく海景は、ひとつの演目を終えて舞台に幕が下りるような永訣の予感をはらんでいた。

敬虔さは毛ほどもない五十枝だったが、潮風のなかで目を閉じて、敦賀千晶を守ってくれるようにアイヌの神々に祈らずにいられなかった。

一月後、日本は無条件降伏をして、進駐軍による占領統治が始まった。

焼けた街の残骸は、亡んだ恐竜の死骸のようにも見えた。

二度と起き上がれそうにない、巨大な亡骸さながらだった。

だが敗戦の瓦礫のなかにも、人々はそれぞれに営みや糧を見出し、ささやかな〝始まり〟を拾い集めていく。都市部では急速に闇市が展がった。海の藻屑にならなかった五十枝は、持ち前のたくましさで食の販路を確立し、そこで得た資金でふたたび興行の世界に返り咲いた。

朝を迎えるたびに世界は生まれかわり、猫のように伸びをする。荒れ果てた焦土からも草が芽吹き、季節がめぐるなかで再興と淘汰をくりかえす。

北海道もいまごろそうか？　五十枝はたびたび思いを馳せた。精霊が囁くような春の風が吹き、過ぎた日々の幻影が揺れて、稲穂のなかで死者がホオッと息をつき、天地を凍らせる雪がいっさいを呑みほして、打ち破れた夢を溶かしていく。

　通商の世界を離れたので、その後の敦賀千晶の噂は聞こえてこなかった。敗戦後にも食糧の輸送に当たったのか、海峡を股にかけて大陸と渉りあったか、それとも〝密貿易の女傑〟の名を返上し、故郷に戻って子をなしたかもしれない。北の地をなかなか訪ねられずにいた五十枝は想像をたくましくするしかなかった。

　最後に彼女と交わした言葉が、ずっと忘れられなかった。

「あなたは、どこに向かうんですか、どう生きるんですか」

　あの日あの桟橋で、五十枝はその人との離別を惜しみ、切々と言葉をつらねた。

「誰だっていつかは帰るんでねえか、元いたところに」その人はそんなふうに叫び返した。

「だけどそれはまだ遠い未来だ、だったら俺と一緒に商売をしませんか」

「そだね。それもいいかもわがんね」

「そっちでの役目を終えたら、戦争が終わったら、あなたも海峡を渡ってきて」

「だけっぢょも、なんだって終わりなんてねえべさ」

　ずっと後年になって五十枝は彼の地を再訪したが、急速な発展を遂げて自然の影も薄れ、山野が開かれ、村落のほとんどが市街となった北海道に、懐かしいその女の足跡をたどることはできなかった。ゆきずりに話ができた道民たちや、さらに少なくなったアイヌの人々にも「敦賀千晶を知っているか」と訊いてまわったが、杳としてその消息は知れなかった。

終わりなんてありはしない。誰かがそのつづきを生きている。千晶と女たちの祈りは、その出奔は、どのように記憶されて、どのように次の世代に渡されていったのか。山から山に季節がめぐるたび、蜃気楼の向こうに土地の神話がよぎり、雄渾の海はそこで起きたことをひそやかに囁くだろう。

アイヌの声を聴けばいい。それらに耳を澄ませればいい。動物の神々は？　キタキツネやシマフクロウはいまも口を開くだろうか。アイヌの声を聴けばいい。北の地にいまも息づくその声は、きっと敦賀千晶のカムイユカラを歌ってくれる。

笑いの世紀

人間のみがこの世で苦しんでいるので、笑いを発明せざるを得なかった

——フリードリヒ・ニーチェ

一

笑い上戸が、笑いながら死ぬ。

はたしてそれは幸福なことなのだろうか？

笑いが死につながった事例は、世界の歴史にも残されている。たとえば中世後期のスペインの王様は、御しきれない笑いと消化不良が重なって急逝した。イタリアではルネサンス期の作家が抱腹絶倒のすえに窒息死、『ガルガンチュアとパンタグリュエル』の英訳者も引きつけを起こすほどの大笑いが死因となった。

わたしたちが知るかぎりでも一九五〇年代、播磨灘を見晴らせる町に暮らすある女性が、医師や家族から笑うことを禁じられていた。

幼少のみぎりから、笑いすぎて病院に運ばれたことは一度や二度ではなかったという。現代の知見に照らすなら、数十分間にわたって笑いつづけることで嚥下性の失神に似た症状を起こし、血圧は下がり、脈が遅くなり、血管迷走神経に過活動を生ぜしめる。あたかも大嵐のなかで飛んできた木の杭が刺さるように、心臓が急停止するおそれがあると診断されていた。生まれつきの痼疾も疑われて、彼女の生活からは寄席や演芸のたぐいが排除された。仄聞したところでは、家族間の冗談まじりのおしゃべりも厳に慎まれていたらしい。ちょっとしたくすくす笑いでも何かのはずみで大笑いにつながりかねないという配慮だったのだろう。

そもそも彼女は、地元でもよく知られた〈ゲラ〉だった。近畿方言で笑い上戸を指す言葉だ。ダイナマイトのまわりでは火気厳禁ということだ。

ゲラでありながら笑えなくなった彼女の胸中はいかばかりか。後年の調査をもってしてもすべてをうかがい知ることはできない。出征した父親の戦死公報が届けられ、母と妹との三人暮らしとなっていた。女ばかりの世帯で、母は漁業組合で働き、妹は書類審査を通っていた宝塚歌劇団への入団をあきらめている。彼女自身は外で働くことなく家事を担い、見飽きた地元の土産物、まどろっこしい哲学や思想の本、ありふれた退屈な風景画といった笑うに笑えないものばかりを身辺に置いて日々を過ごしていたという。

おそらく彼女は、みずからの運命を受け容れていた。自分のために母親や妹が負った犠牲をむげにできなかった。だから巡る季節のいずれにも服喪の表情をつらぬき、微笑も朗笑も失笑も嘲笑も愛想笑いも控えて、静寂のなかで世の移ろいを眺め、染みこんでくる潮騒に身をゆだねていた。

そんな彼女が、あるとき一通の手紙を書いた。

かねてより胸に期するものがあったのか、急に思いたったことなのかはわからない。彼女は家族にも知らせずに、ある芸人の消息を尋ねる便りを書きつづったのだ。

あんじょうやっていますか、坊屋寅之助は――

つづく文章はこういうものだった。先の戦争では慰問遠征に加わったと聞きましたが、それっきり名前が聞こえてこないので気になっています。廃業したのか、高座に今も上がっているのか、さしつかえがなければ教えてもらえませんか？

もしもこの手紙が投函される前に見つけられていたら、家内はそれこそ大変な騒ぎになっていただろう。宿命の昏い影を引きずりながら、地下水脈からあふれる湧水のような好奇心をうかがわせる文面からは、ある種の飢渇の響きを聞くことができる。坊屋寅之助――何を隠そうこの男こそ、彼女が最初に笑いすぎて病院行きとなったその日そのときの高座に上がっていた芸人だった。

さらに言えばこの手紙こそが――時間や死、そして戦争に〈笑い〉で抗おうとした芸人を追う旅へ、わたしたちを誘うきっかけとなったものだった。

二

たけなわの宴のなかで、列席者は出来たばかりの映画の〈顔〉を囲んでいる。

大阪御堂筋の文化会館で、祝賀の酒をあおったぶんだけふくよかな恵比須顔は赤らんでいる。

「あんた方ときたら、高座に上げられるとっておきをお銭も払わずに聞こうってのかい？　芸人から虎の子のネタまでむしりとって、すってんてんの丸禿げにしちゃあいけねえな」

みずからの禿げ頭を肴にして聴衆をくすぐる。当代随一とも称される喜劇人は、登壇していなくても一夕を占められる座談の名手だった。

柳家金語楼が息を継ぎ、酒をあおるわずかな間にしか他の者は言葉を差しはさめない。撮影現場でおなじ釜の飯を食った技師や助手たち、ベテランから子役にいたるまでの共演者、その他の有象無象からも「〈わらわし隊〉の話が聞きたい」とねだられ、当人もその気になってきたとあって聴衆の輪はますます厚くなる。一杯の酒をくいと干した柳家金語楼はしゃっくりを拍子木のように打って、

「こうなりゃ大盤振舞いだ。進軍ラッパもないのでこの口で代用しましょう、パッパプップ・プッププップ、パッパパッパッパ・プッププゥ！　さあさあ、わらわし隊の大陸道中の幕開けだ。つまらなくてもこの崩れた顔をご覧になってりゃ五分や十分は退屈しませんぜ。その名前は軍の

〈荒鷲隊〉をもじったもんでね。軍靴の音もかまびすしい時世に東西の芸人を選りすぐり、演芸慰問団を前線に送りこむことになった。あたしにゃ軍隊経験があったもんだから、芸人たちをまとめる班長に任命されちゃってね」

さかのぼること一九三八年、日中戦争で戦う兵士たちを漫才や落語や浪曲といった演芸で慰撫すべく、大手新聞社と芸能社が計画を立ち上げて、陸軍省の恤兵部による手配や新聞紙上での寄付金の募集を経て〈わらわし隊〉の派遣が実現した。満州事変のころから戦地慰問は行われていたが、柳家金語楼を始めとして錚々たる人気者や芸達者が顔を揃えたのは、後にも先にもこのときが一度きりだった。

柳家金語楼は笑いながら指を折った。「あたしと北支那班に加わったのは、花菱アチャコ・千歳家今男、柳家三亀松、京山若丸……そんなところですかな」

わたしはそこで「師匠、よろしいでしょうか」と話をさえぎった。「北支班には、坊屋寅之助という芸人もいたはずですが」

「……坊屋だぁ？」

すると柳家金語楼はその名に過剰反応して、にこやかな垂れ目を目張り入りの悪代官のように吊り上げた。聴衆の目はわたしにも注がれた。

「あんた誰だい、映画の関係者じゃなさそうだが」祝宴にもぐりこんだわたしたちを金語楼が誰何する。「そんな名前をよくご存じでしたな。あれは正式に召集されたわけじゃなし、世間さまにも知られちゃいないからあえて挙げなかっただけのことでね」
　腰を折ってすみません、とわたしは非礼を詫びた。柳家金語楼はすぐに気を取り直して、軍の兵士とおなじように軍帽とゲートル巻きで出立したところから語りを再開した。東京組は宮城遥拝をしてから夜行列車に乗り、難波八阪神社で大阪組と合流する。その大阪組に、坊屋寅之助も交じっていたはずだ。わたしたちの調べによれば、無名の芸人であった彼が演芸界を挙げての慰問興行に加われたのは、座組をした芸能社において〈女今太閤〉と畏れられる創業者の肝煎りだったかららしい。上方では知る人ぞ知る芸人で、花菱アチャコや柳家三亀松とは知己だったが、柳家金語楼たちは八阪神社が初対面だったはずだ。

「ひとつよろしいですか、坊屋寅之助はどんな芸を？」

　すると今度は、奈津子さんが柳家金語楼の語りに口を挟んだ。わたしが連れだっている才媛はひっつめ髪にロイド眼鏡をかけていて、違う芸人のことばかりを訊かれて面白くなさそうな大物芸人にも臆するところがなかった。

　わたしと奈津子さんの混ぜかえしによって、聴衆の関心はおのずと謎の芸人・坊屋寅之助にも向けられた。そんな場の空気を察した座談の主は、しかめ面になりながら「あたしに言わせりゃあ……」と言葉を継いだ。

「あれは破天荒を気取った与太者。奇をてらった一発屋。どこをどう切りとっても無礼千万な、無礼の金太郎飴みたいな芸人でしたな」

坊屋寅之助の名前は、当時の新聞社告にも挙がっていない。慰問の経過を報せる記事にも出てこない。観る者に忘れがたい印象を残した、という噂だけが独り歩きしていた。

わたしたちも写真でしかその姿を確認できていない。満月のようにまるっこい顔立ちで、牛のようにどっしりした大柄な男だ。泥棒や俠客、宿なし、追いはぎといった引かれ者がらみの創作漫談をよく高座にかけていたという。舞台でのむらっ気が激しく、先輩芸人や芸能社の社員のあいだでも評価は分かれている。大陸遠征のさなかにも金語楼班長は、坊屋寅之助の〈悪たれ〉ぶりにずいぶんと手を焼かされたらしかった。

「あれにはてんから殊勝なところがなかった。なにしろ合流したそばから、他でもない推薦人の創業者を〈婆あ〉呼ばわりだからね」

柳家金語楼はそう言うと、坊屋寅之助と創業者のやりとりを口頭で再現した。〈この寅も連れておいき〉と言う創業者に、寅之助は〈戦地の兵隊さんの夜の相手をしたらええねんな〉と返したという。創業者が〈せやからその慰問ちゃうわ、自分らは兵隊さんを笑わしに行くねん〉と間違いを指摘すると、寅之助は〈戦場は戦うところやろ、わしも戦う〉と返す。〈どないして戦うねん〉〈空いた銃を借りて手柄立てたるわい〉〈だれがおどれなんぞに貸すかえ〉〈貸してくれへんかったら手刀でも戦う、わしは手刀軍隊じゃ〉と寅之助は言って、そこから船でも汽車でもずっと手刀の練習をしていたという。

「一事が万事、そんな塩梅でね。どこからが本気でどこからが冗談なのかわかりゃしない。これは経験から言うんだが、戦地の慰問というのは凝ったネタや風変わりなネタは敬遠される。家族や故郷をしみじみと思い出させるような、喉ごしのよい頓服薬のような笑いがうってつけでね。ところがあいつの芸ときたら、頓服薬というよりも劇薬のたぐいで」

それきり柳家金語楼は、坊屋寅之助の話に寄り道をしなくなった。その語りは、わらわし隊が見送りの万歳三唱を浴びながら船に乗りこみ、大陸東海岸の入口となる大連に着くまでつづいたが、酒が回るとともに雄弁で鳴らす芸人の口跡もあやしくなり、酩酊しきった宴の主役はサゲの言葉も吐かずに「あれはろくなもんじゃない……なっちゃあいない……」と呻きながら壁ぞいの椅子で寝入ってしまった。

「師匠、よほど坊屋寅之助がお気に召さなかったようですね」と奈津子さんが言った。「いずれにしても現在の居場所や連絡先は知らないようですね」

「そうですね、他の芸人たちに当たってみるしかありません」

「わたしたち、彼の演芸がどんなものだったかも知りません。主幹はどう思われますか」

「どうって何がです？」

「劇薬に類するとされた坊屋寅之助の芸は、現地の慰問の場では敬遠されたのでしょうか、それとも笑わせることができたのでしょうか？」

三

すべてがご破算になったあの年、ＧＨＱの主導で始まった経済民主化政策のなかで、わたしたちの組織の母体となる財閥は地下に潜(もぐ)った。日本側に発足した整理委員会があらゆる資財を国に移管していくなかで、母体財閥は委員会の追及をあの手この手でかわし、資産をプールする地下基金(ファンド)を設けて、これをもとに〈公益法人日本近代芸能館〉が創設された。

焼け野原からの復興が急がれるなかで、散逸(さんいつ)していく芸能関係の資料の収集保存、展示企画の立案、各分野の多士済々(たしせいせい)に対する顕彰(けんしょう)や支援、およびその準備段階としての調査に真摯(しんし)に取り組んでいるのはわたしや奈津子さんのような現場の人間だけで、事務局よりも上の面々は国の経済施策をいかに出し抜くか、資産をいかに上手(うま)く運用するかに血道(ちみち)を上げている実情もなきにしもあらずだった。

わたしたちは、伝統芸能や大衆演芸の分野における学術員のようなものだ。少なくともわたしはこの仕事に意義を感じている。振り返ってみれば、甚(はなは)だしい犠牲をはらった先の大戦でわたしたちは笑うことを忘れていたように思える。戦争と演芸のふたつは謂(い)わば人の営みの両極にあるもので、長いあいだ戦時下の〈緊張〉にさらされた市井(しせい)の人々は、振り子が大きく戻るように、豊かな自国の芸がもたらす〈緩和〉によって活力を得たがっている。誰もが笑いたがっているこの時代においては、秩序を蹴り飛ばし、体制を笑いのめせるトリックスターとしての演芸人こそが待望されているのではないかと思うのだ。

わたしたちは時期を区切り、調査対象を絞って、広く情報を集めるべく東京と関西を往き来していた。〈わらわし隊〉の行跡をたどるのは事務局の意向だが、調べを進めれば進めるほどわたしも奈津子さんも、記録に残っていない一人の芸人に強く関心を奪われていった。

坊屋寅之助は〈わらわし隊〉の遠征の後に消息を絶って、芸能社との契約も反故（ほご）にするかたちでいずれの高座にも上がっていない。事実上の失踪状態となってひさしかった。もう関西にはいないのか、日本にはいるのか、この世にとどまっているのかすらもわからない。彼は今現在、どこで何をしているのか――


わらわし隊に加わった芸人の一人、花菱アチャコには京都の撮影所で話を聞くことができた。

「あきまへんで、金語楼は寅の字を毛嫌いしとったからな。ぼくのところに真っ先に来なあきまへん。もともとあれを婆さんに引き合わせたのもぼくやさかいに」

エンタツ・アチャコで一世を風靡（ふうび）した上方漫才の雄は、ザトウクジラが潮を噴くようにコテコテの関西弁で捲（まく）したてる豪放（ごうほう）な芸人だった。坊屋寅之助に目をつけるとは半可通（はんかつう）やないね、そういう相手なら話しがいもあるわ、と大陸に渡ってからの経緯を語ってくれた。

わらわし隊が訪れた大連は、日露戦争でロシアから租借権を奪った関東州（かんとうしゅう）の一都市で、満州国の入口であった。〈ようこそわらわし隊！〉の垂れ幕のもとで大陸の土を踏んだ日の思い出を、浪速の漫才師はあざやかに甦らせることができた。

数えきれない鳥の群れ、地面をまだらに染める動物の糞、アカシアの並木の向こうでは、忠霊塔のある白玉山を土埃が蔽っている。川べりには刺身の皿のような小舟が舫われ、陸の上では苦力が荷物を運び、駆けまわる子供たちのかたわらに落花生の殻が積まれている。わらわし隊はその足で旅順におもむき、駐屯地でさっそく最初の慰問公演を催した。椅子や桟敷が足りなくなるほどの満員御礼、舞台袖にも立ち見客があふれる盛況ぶりだった。誰もが宣伝でわらわし隊のことを知り、祖国の人気者たちの訪れを心待ちにしていたのだ。

「そらぁもう、こっちが武者震いするほどの熱気でしたわ」

軍服色に染まった客席を思いかえし、花菱アチャコは懐かしむように言った。

「ぼくらにとっても、およそ一ヶ月の遠征の試金石になる舞台や。班長の金語楼がまず出ていってから、挨拶かたがたお得意の兵隊落語で客を温めてね。それから二番手だか三番手だかに寅之助が舞台に上がった。ぼくらは袖からお手並み拝見ですわ。あいつは顔を知られてへんから、どちらさま？　なんて空気が客席に漂っていた」

静まりかえった客席を前にして、坊屋寅之助はしばらく黙りこんでいた。おもろ、と袖から見ていてアチャコは思ったという。檜舞台で緊張しすぎたあげくに、わやくちゃになって裸踊りでもやらかしたらおもろいこっちゃと。

「せやけどそれは、あいつ一流のタメやったんや。ぼくらが袖で笑うてたら、ささらが鳴りだしてね。寅の字がネタをやりはじめよった」

あいつはささらを鳴り物にして、漫談や声色や即興芝居をなんでもするよろず芸人ですねんとアチャコは言った。ささらというのは竹の先を割った茶筅のような食器洗いの道具で、古くから田楽や説教節などで伴奏に使われてきたが、近代芸能においてアコーディオンや三味線の代わりにささらを使う芸人というのはちょっと聞いたことがなかった。

「お披露目したのは〈トツゲキ一等兵〉やった。こんなけしからんネタを戦地でやるやつがあるか！　と班長どのが薬罐のように顔を真っ赤にしてましたわ」

わたしも奈津子さんもそこで、坊屋寅之助のネタを再現してもらえるものと期待した。ところがアチャコはもったいつけて、

「他人のネタを演れと？　あんたらそらぁ野暮っちゅうもんやで」

「さわりだけでも。坊屋寅之助はもう高座に上がっていないようなので」

「しゃあないな。ほんまにさわりだけやで」

坊屋寅之助は、トツゲキ、トツゲキ、と叫びながら舞台の上を走りまわる。落語や軽演劇のように〈トツゲキ一等兵〉なる人物を演じている体だった。

故郷ではコワモテでならす荒くれ者が軍隊に入るのだが、実はこの男、すこぶるつきの臆病者だった。痛いのがいやだから殴られる前に殴る。自分を害する者がいたら先回りして痛めつ

ける。本土に支那が攻めてくるという風聞におののいて軍に入営し、大陸に渡ってからも攻められるのを恐れて先に攻める。「トツゲキー」と攻めこんでいく。

そんな本音と行動のちぐはぐさを、一等兵や上官や郷里の母をたくみに演じ分けながらドタバタに披露してみせる。最後には矢つき刀折れ、敵の捕虜となるのだが――

「さすがにオチは言われまへん、本人を見つけて訊いたらどないだす」

「客のウケはどうだったんですか」

「それですわ、どうやったと思う？」

「戦地の兵隊には、やはり顰蹙を買ったとか」

「大ウケでしたわ。話の筋もさることながら、動きや面つきがふるっていた。中盤からは寅の字が〈トツゲキー〉言うたびに客席が沸いてな。オチではすすり泣きまで聞こえたわ。笑って泣けるんやからたいした見世物やおまへんか、大当たりやで」

「坊屋寅之助は、いいところを見せたんですね」

「せやけどわかりまっか、金語楼がなんで目くじらを立てたのか」

「えっとそれは、軍国主義を茶化すようなところがあったから？」

「あれの持ちネタはそんなんばっかりやねん。戦争をしょうもないものと笑い飛ばすネタ、当時でいったら不謹慎の極みでっせ。このときも旅順の上官らは青筋を立てとったし、寅のやつはあとで班長から大目玉を食らった」

あくる日の天津公演でも笑いはつきなかった。芸人にとってこれに勝るものはない。おのれの芸が大舞台で通用すると知った坊屋寅之助は有頂天で、公演がハネたあとのどんちゃん騒ぎでも「イャッハーッ!」と大酒を食らい、柳家三亀松といやらしい都々逸を唄い、独りで相撲をとり、達磨さんが転んだをオニもそれ以外も独りでやり、両手に扇子をひろげて三三七拍子、あげく素っ裸になって陰茎をぶらぶらさせながら岸和田だんじり祭りの山車に上がる大工方の真似を三時間つづけるなど、果てしなく燥ぎまわっていた。

——さぁさあ、みなさん来ましたで。だれもかれをもわらわし隊。戦場でだって笑わなあかん。笑い忘れたもんからおっ死ぬで。

と、宴会の場にしたって不遜な自作の唄をくりかえし唄っていたという。
言うまでもないことだが、わざわざ大陸の前線にまで出向いたわらわし隊は、下にも置かぬ大歓迎を受けていた。宿も車も一級のものをあてがわれ、戦地に来ている緊張感はまったく感じなかったとアチャコは言った。
あくる日からも慰問興行はつづいた。腕を吊り、顔に繃帯を巻いた傷病兵がいる兵站病院でも公演したが、坊屋寅之助は心臓に毛が生えているのか、負傷者がひしめく客席を前にしても屁っぴり腰になることはなかった。戦場で便意をもよおしたときの対処法、軍歌の替え歌、クルマエビと猿股の友情物語、死んだ母親の陰部に泣きながら入っていくごろつきの話など、めっぽうくだらないものから班長の逆鱗にふれるものまで豊富なネタを披露して、他の芸人たちにも一目置かれるまでになっていた。

「遊び人の三亀さんと、特に意気投合してましたわ。兄弟の盃を交わしたなんて言うて、旅順の店という店の酒棚を空っぽにしていった。両足を切断した客、目ェやられてネタを耳で聞くしかない客と向き合ってもけろっとしてんねんから、肝が据わってるわ」

旅順から列車に乗って、大きな戦闘があったばかりの保定や彰徳なども回った。当時、北支那の占領地域は黄河北部や山西省にも拡大していて、華北戦線には八個師団、およそ三十万人が投入されていたのだから客がつきることはない。おのずと過密な日程にもなるし、移動の足にも制限が出てくる。彰徳方面へは一日に一本の貨物列車に乗るしかなく、芸人たちは板敷に莚を敷いて、長時間の尻の痛みに耐えなくてはならなかった。

最前線に達すれば、車窓の外の風景も変わってくる。路上にはしばしば遺体らしきものが転がりはじめる。同行の現地特派員には、このあたりでは中国の敗残兵が匪賊となって襲ってくるので要注意と脅かされた。すれちがう現地民の目もあきらかに変わってきていた。

「被支配地域ですもんね、いやでも神経は過敏になる」

わたしはそこで口を挟んだ。なんといっても芸人たちは、お揃いで軍服をステージ衣裳にしていたのだ。

「現地の人々にとって、軍服の日本人はみんな〈鬼〉だった」

慰問公演の締めは、決まって柳家金語楼がつとめた。それではお時間となりました、皆々さまのご武運をお祈りしております——すると客席からも、君たちも達者でいろよ、と声が飛んでくる。歓呼の声や拍手がいつまでも止まず、舞台袖に駆けてきた上官は、戦死した部下に見せてやれなかったのが無念だと涙する。生と死がきびすを接する戦場でも人は笑いたがるのだとアチャコはつくづく思い知らされていた。わらわし隊の旅路は、相反する衝動をふたつながらに共存させる人間の在りようをたどっていく道行きでもあった。

アチャコへの取材はそのあたりで終わりとなった。出番がやってきた芸人は去りぎわに、坊屋寅之助の消息の心当たりにもふれた。

「ぼくの知り合いが天津におって、そいつが寅之助の話をしてましたわ。大陸からの引き揚げが忙しない時期に、あっちで寅之助を見かけたそうですねん。もちろん向こうはそのころ、演芸にうつつを抜かしていられるときやあらへん。そんなところにおっても芸人に仕事はあらしまへん。せやけどあの寅の字のことやから、もしかすると……もしかするかもなあ」

四

現場の裏方、芸能社の社員たちにも許されるかぎり話を聞いた。坊屋寅之助に対する評価はまさしく毀誉褒貶が相半ばするものだった。他に二人といない芸達者と持てはやす声があれば、最悪の厄介者、八方破れのとっちらかった芸人とこきおろす声もあった。契約をうっちゃって消えてしまったのだから仁義を欠いたろくでなしだという意見も聞かれた。今ごろどこかで野垂れ死んでるのとちゃいますか、と突き放す者も少なくなかった。

高座に上がるのは善良なひょうきん者と相場が決まっていた時節だ。坊屋寅之助の〈悪たれ〉ぶりについていけずに席を立つ客もあったし、特高警察が乗りこんできてどぎつい芸を中止させたこともあった。坊屋寅之助をよく知っているという座付作家は、奈津子さんにこんなことを語っている。

「お上に目をつけられるような諷刺芸は、誰にでもできるものやあらしまへん。あれでも根っこは勤勉やったし、芸についても突きつめるところがあった。なにしろ自分の芸のルーツを路上の乞食に見出すような男ですから」

ささらを鳴らし、茣蓙を抱えて、路上で芸をすることで糧を得ていた人々。おなじ芸人でも最下層と見なされたが、あらゆるしがらみに縛られなかったぶんだけ、官憲や政策を茶化したり、禁忌にも踏みこむことができた。坊屋寅之助への肩入れをうかがわせるその作家は、後の消息について花菱アチャコとは違う証言をもたらした。終戦からしばらくが過ぎたころ、神戸に展がっていた闇市でばったり坊屋寅之助と出くわした知人がいるという。

「憲兵の目を気にしてたらしいわ。密輸でもやってんのかってそいつが言うたら、寅之助は

〈そんなんするわけないやんけー〉ってものすごい棒読みで言うたそうですわ」

「坊屋寅之助が、犯罪に手を染めていたと?」

「あながちなくもないと思いまっせ。法や良識に後ろ足で砂をひっかけるような男やから」

調査の焦点は、やはり十二年前のわらわし隊の旅路へと収斂(しゅうれん)されていく。坊屋寅之助はそこでなんらかの特別な体験をして、人知れずその世界を変容させたのではないか。記録にいっさい残っていないのだから、現地で行動をともにした芸人たちの記憶に当たるしかなかった。


かねてから打診していた浪曲師、京山若丸とは道頓堀(どうとんぼり)の稽古場で会うことができた。浪曲の黄金時代を築いた七十歳を超える重鎮(じゅうちん)だが、わたしたちとの面会にあたって「稽古がてらちょうどよろし」と着流しの裾をまくって、伴奏の曲師とともに演壇に上がった。あらかじめ質問を聞いたうえで、即興の浪曲で答えてくれるというのだ。

「え〜、われわれ北支班は、輸送機に乗せられて華北の最前線におもむきました。そこで見たのは路上に転がる敵兵の、蛆湧(うじわ)き禽獣(きんじゅう)に食(は)まれる亡骸(なきがら)でございます。皇軍の死者はただちに回収されて荼毘(だび)に付される、ところが敵兵は路上で朽ちるのを待つばかり。亡骸のほとんどが野犬に食い荒らされていました。

〽われらはさらにィ、前線へェエ、兵士たちみなァ、泣き笑いィ。

芸人たちのォ、余裕失せ(う)ェ、命の点呼のォ、日々つづくゥゥ。

兵隊たちのォ、まなざしにィ、応えられねば芸すたるゥゥ。
合いの手、喝采ィ、万雷でェエ……
芸人こぞって真剣勝負ゥゥ、屋根なき野原(ハラ)でェ、慰問漬けエエ……
下がる幕なき、露天の舞台(イタ)でェエ、通しの公演、二度三度ォォ……
アチャコはいつしか声嗄(か)らし、三亀松ゥ咳(せき)に血が混ざり、
金語隊長、なおハゲるゥゥ……」

たっぷりの名調子で、三味線の音色にあわせて浪曲師の声が冴(さ)えわたった。啖呵(たんか)と節(ふし)に託された情景がわたしたちの目の前にも展(ひろ)がるようだった。華北でおよそ十日間を過ごした北支班は、そこから二手に分かれる運びとなった。


「〽金語にアチャコ・千歳家はァア、南の楡次(ゆじ)に足ィ延ばすゥ……

かたや北へとわれ向から、三亀松、坊屋を道連れにィィ……

われら車で通州(つうしゅう)へェエ。邦人眠るゥ戦禍の地ィイ。

抗日憎悪ォ暴走しィィ、通州事件は屍(しかばね)のォォ、
二百に上(のぼ)る、犠牲出すゥゥ……

え～、柳家三亀松、坊屋寅之助、それからこの私めが通州に入ったのは通州事件から半年足

らずのころでございます。日本人居留民の惨殺があった土地ですから、濃厚な血の臭いが残っている。まるっきり人心地がつかないのでまいってしまいました。

〽遠方からは銃の音がァア、こだまとなりし、彼岸の地ィィ……

酷寒こたえて身の冷えはァ、喉を傷ませ声奪うゥゥ……

浪曲・都々逸、演る者のォ、命を削る試練の場ァア……

慰問はされど終わりなくゥ、穴開けられじと注射打つゥゥ。

坊屋の寅も、様相を変えェェ、慰問のあとに外出すゥゥ……

屍転がる戦禍の辻でェェ……芸人見たる、世の無常ゥゥ……

野良犬くわえる人の腕ェェ……路上で稚児がァ、飢えて泣きィィ……

冷たい母堂の、乳首ねぶるゥゥ……

芸に憑かれし、風来坊ゥゥ……

若き坊屋が、見たものォはあァアア……

若き坊屋が、見たものォはあァアア……

エアアッ、ゲエエッホッ、ゴホッゴホッ……

ゴオエッ！」

坊屋寅之助について唄いだしたところで、京山若丸はからんだ痰を切れなくなってそのまま咳きこみ、前のめりにうずくまった。鉋で削った肺の削りぶしのような咳を止められなくなり、さしもの曲師も三味線の演奏を止めて師匠に駆け寄った。すぐに人が呼ばれて、町医者に運ばれていってしまった。

わたしたちは唖然としたまま取り残された。京山師匠、大丈夫だろうか？ ご老体に無理を強いたとしたら申し訳ないことをしましたとうなだれるわたしの横で、奈津子さんはちゃっかり浪曲が明かした事実を検証しはじめていた。

「通州に至って、坊屋寅之助の様子も変わってきたって」

「唄ってましたね、慰問のあとで外を出歩いていたと」

「あとひと節、聞きたかったです。〈若き坊屋が見たものは〉なんだったのか。帰国後の人生を左右するような、芸の道をみずから離れるような何かだったのか……」

と、そこで稽古場の電話が鳴った。わたしたちを出してくれと言っているという。受話器を取った奈津子さんがロイド眼鏡の奥の瞳を瞬かせた。「……四国？」

思いがけない人物からの情報提供だった。わたしの単独の調査では叶わなかっただろう。奈津子さんの肌理細かな種蒔きの賜物だ。あちこちに訊いてまわってわたしたちを探していたという電話の相手は、柳家金語楼の祝賀会で知り合った子役の少女だった。十三歳かそこらの娘にまで、奈津子さんは坊屋寅之助のことで何かわかったら報せてほしいと頼んでいたのだ。

「坊屋寅之助が、四国に？」

少女によると、関西の興行を牛耳る後援者（タニマチ）の大親分に、坊屋寅之助のことを訊いてくれたのだという。その筋の情報網は侮（あなど）れない。親分たちの世界では、官憲に追われる組員がほとぼりを冷ますために地方に隠れたりするが、そんなときに四国の遍路（へんろ）はもってこいだ。物乞いや野宿をしていても怪しまれず、土地の人間も放っておいてくれるのだから。

子役の少女を介してもたらされたのは、大陸から復員した一人の組員が、遍路を往く坊屋寅之助を見たというものだった。慰問公演で笑わせてもらったのでその姿は目に焼きついている、あれは間違いなく本人だとその組員は言っているらしい。大陸放浪説、犯罪関与説につづいて、四国巡礼説――前のふたつにもまして摑みどころがなかったが、かといって聞き流すこともできなかった。

電話を切った奈津子さんは、半信半疑でいるわたしにさらに告げた。

「そのお遍路さん、子連れだったそうです」

ちょうど電話の少女とおなじぐらいの、子供を連れていたというのだ。

五

あくる月、旅装を整えたわたしは単独で四国に入った。

弘法大師（こうぼうだいし）ゆかりの霊場や寺院を巡る八十八ヶ所遍路は、世界でも類を見ない独自の巡拝文化として知られている。気楽に臨めるものではない。信仰を目的とした巡礼者のほかにも世間のはみだし者、前科者や疾病者、故郷を追われた人々が往く辺土だ。巡礼者がまとう白衣はいつ行き倒れてもよいという死に装束であり、遍路の道々がほの暗い陰翳を湛えているのは、巡礼者がつねに現生の無常観や贖罪の念を載せてきたからである。間違っても芸人が冗談半分で踏みこんでよい領域ではなかった。

通常であれば、一番札所のある徳島から時計回りにめぐる経路が選ばれるが、わたしは反時計回りでめぐることにした。逆打ちと呼ばれる経路にしたのは、他の巡礼者とすれちがう機会が増えることを期待したからだ。わたしは遍路の装束に袖を通し、頭にかぶった菅笠に陽差しのまだら模様を映しながら、一日のほとんどを黙々と歩きつづけた。

あるいは坊屋寅之助には、放浪者への憧憬や畏敬があるのかもしれない。

だからこそ自身の芸の祖は〈路上の乞食〉とまでうそぶき、四国の巡礼にも引き寄せられたのではないか？

わたしは情報を集めるために、札所を飛ばさずに巡拝した。地元民におにぎりや飲み水を供されることもあった。野宿を重ね、霊場に設けられた通夜堂にも屋根を借りた。歩きはじめて一週間が過ぎたころ、霊場で一夜をともにした僧から当てになりそうな話を聞くことができた。

「これっぽっちの信心もなしにお接待を目当てにする者、篤信者や傷病者のふりをする者、それから子連れをよそおう手合いもあるが、これなどはもっとも質の悪いたぐいです。遍路乞食の典型ですな、子を連れているのはお接待を受けやくするためです」

年配の僧が嘆いているのは、ここ一年で四度ほどおなじ子連れの巡礼者を見かけたからだという。話がしたくて追いかけても、いつもするりと逃げられてしまう。坊屋寅之助なのか、表舞台を去ってから本当に遍路に棲みついたのか。わたしの目はごまかされませんぞ、とその僧は気がかりなことを告げた。

「あれは、本物の親子ではありません」


おなじころ、奈津子さんは京都の先斗町で、柳家三亀松と会っていた。

「ああいう芸人が好みかえ、ずいぶんと物好きなお人だねえ」

遊び人といえば三亀松、三亀松はエロい、と他の芸人にもさんざんあげつらわれてきた音曲漫談の名手は、臙脂に格子柄の着物を着こなした伊達男だった。数々の逸話を裏切らない好色家で、奈津子さんのことも隙あらば口説こうとしたという。

「生け捕っちまいたいね、その柳腰。よくわからん公益法人の使い走りなんてやらせておくのはもったいねえ、今晩の宿はどこだい？」

お茶屋の二階座敷で、舞妓や芸妓をはべらせながら声色をふるまい、興が乗ってくるとチントンシャンと三味線をつまびいて女たちをうっとりさせる。あんなに節操のない艶福家にはお目にかかったことがありませんと奈津子さんはあとでわたしに言っていた。

「たしかに向こうじゃつるんでたね。あいつは酒もいけるくちだし、ああいう〈奇手こそが芸〉って手合いがおれは好きでね。帰国してからも面倒見てやろうと思ってたのに、失踪するほど思いつめるならこの兄さんに相談してくりゃいいものを」

あいつは通州に入るころにはすり減っていた、と柳家三亀松は言った。傷病兵や敵の亡骸をいやというほど見せられて平気の平左でいられるわけがない。本当は誰よりも応えているからこそへっちゃらを装っていたのだと。さすがは芸の道の先輩というべきか、見るところはちゃんと見ていたのだ。

「あけすけに言っちまえば、戦場でおれたち芸人にできることとなんてねえ。せいぜい端っこで茶を沸かすのが関の山さ。他の連中はそのあたりをわきまえていたが、あいつだけは蒙古斑のとれねえ青二才だった。芸人にとっちゃその青臭さが命取りになることもあらぁな」

「あたしたちは彼が通州で、何か特別な体験をしたんじゃないかと踏んでいるんですが」

「特別な体験、それはエッチな意味で？」

「ちがいます。師匠、お願いします」

「わかったわかった、ええと、何かあったかね……」

あったとすれば、と三亀松はいわくありげな眼差しを奈津子さんに向けた。

「通州でも追加公演が重なって、すっかり体にきてたおれたちは兵站病院に手を回して、疲労回復のブドウ糖注射を打ってもらっていた。ところが寅の字は、注射が効きすぎる体質らしくてね。頭がカッカしてしかたねえから夜気に当たりてえって、慰問会場から宿舎まで車に乗らずに歩いて帰ることがあったのさ」

「通州の夜をひとりで？　それは危険すぎるのでは」

「そりゃそうだ。おれたちもそう言ったが、あいつは聞きもしやがらねえ。で、あれは通州の最後の夜だった。宿に戻ってきたあいつが顔面蒼白でアウアウ言ってやがる。何があったんだと頬をはたいて問いただすと、ようやく目の焦点が合ったあいつはこう言ったのさ」

三亀松はそこで言葉を舌で吟味するような間を置いて、

「わしは負けた、わい、わしの芸は戦争に負けた、とな」

「……それはどこか、決定的な言葉ですね」

「おれは言ってやった、そりゃあ最初から勝ち目のねえ勝負だってね。何があったか知らねえが忘れちまえと。だけどあいつは……」

その夜を境に、坊屋寅之助の何かが変わった。あくる日からも舞台を踏んでいったが、観客のウケは上々でも、おなじ芸人の目から見ればダレてはいけないところでダレて芸が板についていないのがわかった。アチャコや金語楼とふたたび合流し、一ヶ月のすべての旅程を消化して凱旋帰国したが、戻ってから一年とたたずに坊屋寅之助は、誰にも告げずにどろんと行方をくらませてしまった。

通州の夜、宿舎までの数キロのあいだに、世界を一変させる出来事が芸人を襲った。奈津子さんの脳裏には、京山若丸の浪曲の響きがよみがえっていた。〽むくろ転がる戦禍の辻で、芸人見たる世の無常……若き坊屋が、見たものォはあァァァ……

六

わたしたちはそして、ついにその人との邂逅を果たすのだ。

海岸に沿った坂道を上がっていたところで、前方からシャラン、シャランと杖の音が聞こえてきた。鳥や虫の鳴き声が強くなる。風景をあぶる陽炎が実体を結ぶようにして、子連れの巡礼者が前方から歩いてきた。

奇観というより他になかった。菅笠からこぼれるごわごわの長髪、あらかた襤褸となりはてた着衣、枝葉や土埃にまみれたむくつけき男。風に乗って甘ったるい異臭が漂ってくる。おびただしい数の羽虫に集られて、着衣の破れ目に覗く皮膚にも虫が這っている。そのすぐ後ろを色黒の男の子が虚ろな足取りで歩いていた。

「坊屋寅之助どのとお見受けします、あなたを探していたんです」

ようやく見つけた芸人は、あごの線が細り、頬骨もごろごろして、頭蓋の奥に巣くう異形の生き物が身じろぐような無気味な呼吸をする、魔物に憑かれたような放浪者になりはてていた。

わたしはまず自分の仕事について説明し、わらわし隊の芸人勢にも会ってきたことを打ち明けたが、坊屋寅之助は取りつく島がなかった。「誰やねん、ついてくんなや」と吐き捨てると、鵜の目鷹の目で餌でも探すように歩いていってしまう。

「ずっと二人で歩いてるのかい、この人は君のお父さん？」

連れの子はさらに無口だった。唇をへの字に結び、素潜りでもしているように顔を強ばらせ、坊屋寅之助のあとをただ追いかけていく。遍路を連れだって歩く者同士の心遣いはなかった。

もしもこの子が、血縁者でもなんでもなく、お接待のための同行を強いられているのだとしたら——実際、この子がいることで地元民にはよく呼び止められる。おはぎや握り飯にありついたときだけ男の子は口元をゆるめるのだが、坊屋寅之助はチィッと舌打ちして、地元民と別れてしばらく行ったところで食料を取りあげるやいなや自分で食らい、腹が減っていないときだけ馬に糧秣を与えるように子供に食べさせるのだった。

「あなたは、ずっとこんなことをしているんですか」

ある霊場の前で待ち合わせた奈津子さんも、あまりの〈悪たれ〉なふるまいを難じた。批判の声がふたつになって、しかもそのひとつはわたしの数倍も容赦がない。さしもの坊屋寅之助もつきまとうわたしたちを無視しきれなくなっていたが、

「かなんわ」とすげなさは変わらない。「公益法人ってなんやねん。わしには関係あらへん」

「あなたの子じゃないなら放っておけません。まずはその子の素性を教えなさい」

「こいつはあれや、親戚の子を預かってんねん」

「だったら親元に確認します、名前は？」

「太郎や」

と、捻りもない名前を口走った。奈津子さんの舌鋒はますます鋭くなる。名も知らないよそさまの子を遍路の物乞いのために連れまわしているのなら、もはや調査どころではない。明白な警察沙汰だ。浮浪者に落ちぶれるだけならいざ知らず、このうえは人さらいになりはてたのかと痛棒を食らわせた。

「あたしたちの買いかぶりでしたか。アチャコや金語楼、海千山千の師匠方にもひけをとらない異才と見込んできたのに。これまで会ってきた芸人はそれぞれに〈華〉があった。だけどあなたと歩いているとお通夜の帰り道のような気分になります。あげくによその子を巻きこむなんて、これがわらわし隊に名をつらねた芸人の末路ですか」

坊屋寅之助は何を言ってもとりあわなかったが、〈トツゲキ一等兵〉を演ってほしかったとわたしが口走ったときだけ「あんたら、わしの高座を観たんか」と反応らしい反応が返ってきた。ここまでの経緯や事情を訊いても暖簾に腕押しなら、芸道にからんだ話題をふったほうがいいのかもしれない。奈津子さんもそのあたりを敏感に察したようで、

「こうしませんか、あなたも芸人ならあたしたちを笑わせてください。漫談でもにわかでもなんでもかまわない。一度でも笑わせてくれたらもう詮索はしません。そのかわり笑わせられな

かったらあらいざらい話してもらいます。この子はどこの子なのか、わらわし隊の道中であなたに何があったのか」

あほらし、と坊屋寅之助は突っぱねたが、断わるのならこの足で駐在所に駆けこみますと奈津子さんは脅しつづけた。

あくる日の午後、霊場のすぐそばの茶堂（さどう）に、わたしたちだけでなく地元の子供やご隠居、巡礼者たちが集められた。

坊屋寅之助はのっそりと腰をもたげて、菅笠も脱がず、仏頂面のままで客前に仁王立ちになった。ここにきて逃げは打たなかったが、かといって勇みたつでもない。なぜかその手はカマキリの卵つきの小枝をつまんでいる。初めて目の当たりにする異端の芸人の〈芸〉がどんなものか、固唾（かたず）を呑（の）んで見守るわたしや奈津子さんには目もくれず、気怠（けだる）そうにもそもそと両足を動かしはじめた。

もちろん足踏みだけで笑いがおこるはずもない。無言のままで足を動かすだけとあって、客のあいだにも焦（じ）れるような気配が波立ちはじめる。たっぷりとタメをつくったうえで、自分を見つめる人々に眼差しをもたげて、坊屋寅之助はようやく口火を切った。

「……あかんわ、もうよう歩けん」

たったそれだけを言って、またしばらく足踏みをつづける。坊屋寅之助がいったい何を始めたのか、誰もすぐには理解ができなかった。

「あきまへん、あんたの杖と交換でもこれは貸されへん」

そう言ってまた足踏み。坊屋寅之助は客から見て右側に顔を向けてしゃべっている。誰かと話をしながら遍路を歩いているという体らしい。ややあって高齢の見物客から、ははあ、と声が漏れた。老人たちの眼差しはいずれも坊屋寅之助のかぶった菅笠へと注がれていた。

「そもそもあんたが、修行なんて言うてあっちゃこっちゃ廻りはるから、わしらこんなに四苦八苦してますねんで」

菅笠はちょうど〈同行二人(どうぎょうににん)〉の文字が前になるようにかぶられている。

わたしもそこでようやく趣向を察した。小首を傾(かし)げている奈津子さんにも耳打ちする。

漫才するのが二人なら、遍路の道行きも二人——

たとえひとりで巡礼していても、つねに四国八十八ヶ所の祖である弘法大師と歩いているのだという遍路の心構えを謳(うた)ったのが〈同行二人〉という言葉だ。

つまり坊屋寅之助は、他でもない大師さんを漫才の相方に見立てている。たぶんに畏れ多い趣向だが、怒りだす客がいなかったのは、大師さんを敬い慕(した)いながらも小僧(こぞう)たらしく難癖をつける坊屋寅之助の口ぶりが可笑(おか)しかったからだし、二人ぶんの台詞(せりふ)を話さずに間を空けるだけで表現する大師さんの人となりにも愛嬌(あいきょう)があって、にわか仕立ての芸を見ていたくなるような妙味があったからだ。なにしろ大師さんは、坊屋寅之助がつまんだカマキリの卵つきの小枝を自分でも持ちたくて、貸してくれとせがんでいるようなのだ。

「だってわしが見つけたんやで、あんたも自分で探しなはれ」

「どこにもあらへん？　ちゃんと探しはったんか」

「橋の下とか、誰も見向きせん草藪（くさやぶ）とか、そういうところで意外なお宝は見（め）っかんねんで」

「あかんて、貸さへんて。そない杖をがんがん突いて息んだって駄目やで」

「まあ、遍路は長いねんし、輪っかになってるから見つかるまで廻ってたらええやん」

「あ、なんやこの臭い」

「くっさっ」

「わしとちゃうわ、大師はんやろ」

「絶対にあんたや。なんやそら、開祖かて屁ェぐらいこくわってどんな開き直りやねん。道連れをつかまえて屁嗅ぎ係ってなんやねん」

「……あれ、茂みが動いたで。どわぁイノシシ！　ごっつい怒ってるやん。あんたがくっさい屁こくからやんけ。突っこんできよるで、えらい坊さんなんやからなんとかしたってや」

「（足踏みを速めて）……えっ、逆方向に逃げてくれはるの、あんたも危ないやん。ほんだらわしは先に逃げまっせ。おおきに、はばかりはん！」

「（後ろを振り返りつつ）えらい目に遭（お）うたわ……あの人、ぜんぜん追いついてこぉへん。どないしはったんやろ。どこまで逃げてもうたんや」

「(振り返りつつ) どないしはったんやろ、イノシシにやられてもうたんかな」

「大師はーん、大師はーん」

「どないしてもうたんや、大師はーん、大師はーん……」

「あんたがおらんかったら、大師はん。あんたがおらんかったら……」

「独りはしんどいわ、大師はん……」わしは独りやないか」

「(間) おっ?」

「(間) おっおっ、なんやあれ」

「(前を見て) 走ってくるの、大師はんやん」

「おーい大師はん。どないしはったの。なんで前から……一周してきはったんか。あんたすごいなぁ、さすがはえらい開祖さんやで」

「……なんやねん、寂しそうになんてしてへんで」

「嬉しそうになんやねん。普通に歩いてただけやん」

「ええから行きまひょ、先は長いねんから」

「(カマキリの卵を差しだして) これ、持ってもええで」

奇をてらった趣向が、ささやかながら思いがけない人情噺に落ち着いた。打ち上げ花火のような派手なネタでこそなかったが、意外性に富み、土地柄を踏まえている。坊屋寅之助という芸人の独自性をわずか数分のネタで見せつけられた思いがした。

地元の客も楽しんだようだった。間の取り方や表情を活かした演技力は見事なもので、大師さんとはぐれるくだりは、坊屋寅之助のまわりに孤独の闇が下りてきたように感じられた。ちょっとやそっとでは笑うまいと石部金吉のごとき硬い表情で身構えていた奈津子さんも「お見それしました」と素直に頭を下げた。坊屋寅之助がいまも他人を笑わせる才覚をそなえ、芸の道を外れていないのはあきらかだった。

ネタを終えた坊屋寅之助は、茶堂の端っこでしらっとした無表情を浮かべた〈太郎〉を見てとめるなり、わずかな表情の火照りをすっと冷まして、

「あかんわな、こんなものでは……」

たしかにそう独りごちたのだった。

七

わらわし隊の足跡をたどるうち、坊屋寅之助をどうしても見つけだしたくなった理由がはっきりわかった。わたしも奈津子さんも、どうしてもその芸を観たかったのだ。

実は、あなたをかつて贔屓にしていたお笑い好きがいる。彼女はとある事情で寄席や高座に通えなくなっているのだが、それでも坊屋寅之助の消息だけは知りたがっている――他にも復帰を望んでいる同業者は少なくない。かく言うわたしも、大向こうの喝采をさらうあなたの雄姿が見てみたい。そんなふうに説得をつづけたが、相好を崩さない坊屋寅之助からは、「わしはわしのおりたいところで、笑わせたい相手を笑わせる。芸人の居場所が高座だなんて誰が決めたんじゃ」と天邪鬼な答えが返ってくるばかりだった。

おとなしく引き下がると約束したので、真っ向から詮索はつづけられない。わたしたちはつかず離れず遍路をめぐりながら坊屋寅之助の様子をうかがった。

観察していてわかったのは、坊屋寅之助は無愛想なようでつねに〈太郎〉の視線を気にしているということだった。奇妙な歩き方を試してみたり、睾丸を捻挫したふりをしたり、めまぐるしく手ぶりを変化させてくるくると回転しながら物凄い速度で進んでみたり、寄り目になったり、尻文字を書いたり、左の穴の鼻糞を舌の先で右の鼻の穴に移植したり。ときにさりげなく、ときに大仰にとぼけてみせるのは〈太郎〉を笑わせたいからか、笑わせたい相手とはこの子のことなのか。坊屋寅之助をもってしてもそれは難題であるようだった。あの手この手でくすぐりを入れても、この年頃の子が好みそうな動きや顔芸をふるまっても〈太郎〉はくすりともしないどころか、あいかわらずひと言も口を利かなかった。

道端に小さな無縁仏がたたずんでいる。夕暮れの空に野鳥の群れが飛びたち、遍路の旅人たちに羽根を散らしていく。夜半もすぎてから星の瞬きが黒い雲にさえぎられ、篠突く雨が路傍の道標を黒ずませはじめた。

「あの人は言いはったわ、お祓いなんていらんって。これまでにも戦争の体験談はようさん聞いてきたけど、しゃべりを生業にしてきた人から聞くのは鬼気迫るものがある。こっちの魂を蚕食するような凄味を感じたもんやわ……」

語り残されていたかつての大陸道中記、その顚末は、演芸人でもなんでもない寡婦がはからずも引き継いでくれた。自宅の離れを善人宿として開放している明神さんは、これまでにも幾度となく坊屋寅之助を泊めているという旧知の仲だった。

悪天候にたたられて野宿はかなわず、坊屋寅之助と〈太郎〉のみならずわたしたちまで厄介になった。夜更けになっても眠れずに、縁側で雨を眺めていたわたしたちを明神さんは母屋の仏間に連れていった。すでに鬼籍に入ったという旦那さんの遺影のそばに大小の木彫りの仏像が置かれている。坊屋寅之助が打ち明け話をしたのは、在野の仏師だという明神さんの人となりによるところが大きかったようだ。

通州でなにがあったのか、火照る体を冷まそうとした芸人はその帰路で、放置された敵兵の屍をいくつもまたぎ越さなくてはならなかった。戦争が長引けば墓を掘るひまもなく、土地の人たちは屍との共生を強いられる。そこかしこに転がった亡骸は車や人馬に踏まれ、なかば土に埋もれ、大地に血を染みこませていた。この世のものではない冥府を抜けることになるとわかっていながら歩きつづけたのだから、戦場という非現実のなかで坊屋寅之助もやはり、まともな精神状態にはなかったのだろう。

「ありえないほど過密な日程やったんでしょう？　他の芸人もみんな舞台で体が震えて、喉がすり切れて血が出るほどだったって。それで最後のほうは、ブドウ糖の注射だけでなく覚醒剤を打ってまで舞台に上がったそうやわ。寅之助さんはこのちゃんぽんですっかり変調を来していたみたいね」

通州の夜――酔いどれた坊屋寅之助の視界に宿はなかなか見えてこなかった。体の芯まで冷えこみ、歯を鳴らしながら四辻を曲がったところで、瓦礫のはざまに女の亡骸を見つけた。戦闘の巻き添えになったのか、往生しなはれ、と独りごちながら素通りしかけたところで、

ああアん？

こちらの声に反応して、亡骸だと思った女が怒ったような声を上げた。おわっ、なんや生きとったんか。通りすがりの日本人に女は叫んでいる。身なりから兵隊だと思われている。噛みつくようないきおいでゲートルにすがりついてくる。幽霊もかくやの髪がその形相にかかっていた。深い海底でたゆたう藻の向こうから睨むような目は、こちらの魂に赤々と熾った焼き鏝を押しつけるかのようだった。坊屋寅之助は体勢を崩して地面に倒れこんだ。居留民の惨殺とそれにつづく報復があったばかりの土地で、死にかけの女にしがみつかれたら誰でも肝が冷え

る。芸人はわななき足搔（あが）いた。道連れにされるという恐怖が背筋を這い上がった。尻もちをついたままであとずさって、たまたま手がふれた木切れで女の頭をポカッと殴りつけた。血が噴きだして女が離れた。よろめきながら立ち上がると、芸人はきびすを返して走り去った。あるいはそれこそ戦争の現実そのものではなかったか。坊屋寅之助はそのとき路上で襲われた被害者となり、そして加害者になったのだ。

ゆきずりの女を殺してもうたんやろか。あくる夜、おなじ帰路におなじ女の姿はなかった。ごっつい後味悪いやんけ。宙ぶらりんの心地に身悶（みもだ）えながら立ち去ろうとしたところで、思いがけないものを目にした。前夜に女が伏せっていた瓦礫の山のなかに――

乳呑み児が、捨てられていた。

おそらく一歳にもならない、痩せた赤子だ。凍（こご）えるように寒い夜だった。ちらほらと雪が舞っていた。うずくまり顔を横たえた赤子は、半開きの瞼（まぶた）を震わせて、幻覚の乳首にすがりつくようにちゅぱちゅぱと唇を動かしている。

もしかしたらあの女は、飢えた子のために食料をくれとすがってきたのかもしれない。かならずしも母親とはかぎらないが、それでも芸人の脳裏には、二晩にわたって出会った母子（おやこ）として刻みつけられた。あの女はどこに行ったのか、子のほうも長く保（も）ちそうになかった。このありさまでは早晩、凍死か餓死するだろう。かといって救いの手も差しのべられない。抱き上げて保護することも、合掌して冥福を祈ることもせず、そのかわりに芸人は、芸人として、はなむけの芸を披露した。

おもしろい面相をしてみせたのだ。

相手に合わせて、渾身のべろべろばあを披露した。

この世の見納めに、つかの間だけでも笑わせてやろうと。傍からすれば頭のねじが外れた奇行に映っただろうが、芸人はいたって本気だった。

ところがその子は笑わなかった。ちょっと息みすぎたかと二度三度と挑戦してもだめだった。そこにきてこめかみが脈打ち、全身の血がおかしな循環をするのがわかった。ブドウ糖と覚醒剤で酔いどれていたところで表情筋を息ませたせいで、頭がくらくらして、喉の奥に上がってくるものを抑えきれず、胃のなかのありったけを嘔吐してしまった。

わしはなにをしてんねん……。朦朧と頭をふっていたところで、乳呑み児が身じろいだ。瓦礫の隙間からもぞもぞと這いだすと、湯気をたてる吐物に寄ってきた。消化されていない米粒や菜っ葉に鼻先を突っこむと、ぴちゃぴちゃと舐めすすりだした。……お好み焼きのタネとちゃうねんで、芸人がつぶやいたところで反吐を舐めていた子が顔をもたげた。そうして生き物としての本能が、面差しだけで礼を返すように、

笑ったのだ。

芸人は絶句した。それは見る者の臓腑を貫くような笑みだった。

たしかにそのとき、芸人はむきだしの〈戦争〉にふれたと思った。磨いてきた芸への自信が、けたたましい音を立てて崩れ去るのを聞いていた。殴ってしまった母親が、反吐をすすった乳呑み児がどうなったのかはわからない。だがその二晩の出来事は、抜けないとげのような痛みを芸人に残した。わらわし隊の慰問を終えて帰国してからも芸人は、うらぶれた敗北感や虚無感にさいなまれて——


「おしゃべり婆あ、好き勝手に何をしゃべってんねん！」

寝入っていた坊屋寅之助が起きてきた。あしざまな批難を吐きながら仏間に入ってくる。

「身の上話なんてしてどないなんねん、同情なんてされたらたまらんわ」

「あなたはそれで遍路を？　連れている〈太郎〉とも無関係じゃなさそうだ」

「ひと言もしゃべらないあの子は、もしかして日本人じゃないのでは」

推察を口にしたわたしと奈津子さんを、坊屋寅之助が睨めつけてくる。肯定も否定もしようとしない。言葉を継いだのは明神さんだった。

「……この人は、帰国してからも中国人の母子のことを思い出して、高座に上がっても納得のいく芸ができなくなってしもうて、何をしても気休めにならんで、自分でもどうにもできへん悪循環にとらわれてしもうたんや」

誰よりも自分自身をごまかしきれない。かつてのようにふっきれた芸が披露できない。客前に立っているのに集中力を欠き、大事なところでトチリをくりかえす。坊屋寅之助はそうして黒々とした不透明なものに身心を蝕(むしば)まれていった。

高座に上がると動悸(どうき)が激しくなって、脊髄(せきずい)反射のようにあの日の嘔吐(おうと)感がよみがえる。自分でもどうしたらいいのかわからなかったが、もはや疑う余地がないのはたしかだった。あの夜のことがきっかけで、芸人としての何かが致命的に損なわれてしまった——かくして帰国から一年後、坊屋寅之助はたったひとりで彼(か)の地を再訪した。芸能社に断わりなく決行した二度目の戦地慰問だったが、慰問すべき相手は日本兵ではなかった。大陸全土のおびただしい数におよぶ戦災孤児——路上の孩子(ハイズ)をつかまえては芸をふっかけていった。

「まあ、そういうこっちゃ」坊屋寅之助がそこで口を開いた。「ちんどん屋みたいにふれまわってもよかった——さぁさあみなさん来ましたで。だれもかれをもわらわし隊。たったひとりのわらわし隊や。身寄りのない孩子(ハイズ)、焼けだされた孩子(ハイズ)、餓死しかけの孩子(ハイズ)をみんな笑顔にするために、坊屋寅之助が戻ってきましたで!」

慈善のつもりはなかった。二度目の慰問はみずからのための雪辱戦だった。だがその日の食料を探すのでめいっぱいの孩子(ハイズ)にすれば、異国の芸人などお呼びではない。言語の壁にも阻まれて、ただの一度も笑いをとれず、めぼしい収穫もないままにドツボにはまった。やがて大陸にも終戦の報せが届き、日本軍が引き揚げていくなかでも坊屋寅之助は帰るに帰れず、浮浪者となって路上に棲みついた。慰問の相手であった孩子(ハイズ)とおなじ境遇に落ちぶれて、坊屋寅之助もまた食うための手段を講じなくてはならなくなり、大陸の暗渠へと呑みこまれていく。日本と時をおなじくして出現した闇市で黒社会と関わるようになり、運命に弄ばれるままにいくつもの組織を渡り歩いたすえに、ある組織の片棒を担ぐようになった。

あちこちで強奪や密輸をやらかし、国共内戦でも利権をむさぼって、戦後のしっちゃかめっちゃかで膨れあがった組織だった。坊屋寅之助は海をまたいで裏社会の橋渡し役をつとめた。大陸と日本とを往き来して、中国の路上からさらってきた孤児たちを労働力として日本の闇市に売りさばいていったのだ。

孩子の密輸――行方知れずになった坊屋寅之助が生業としていたのは、人身売買。悪たれ芸人はもはや弁護の余地もなく本物の悪党になりはてていた。坊屋寅之助はそんな運命を嘆くことも、同情を乞うこともなく、あくまでも自分は自分のために、大陸に渡った〈目的〉を遂げるために犯罪の片棒を担いできたのだとうそぶいた。

「こっちからもひとつだけ条件を出した。気まぐれに孩子からひとり選んで、好きにやらせてもろた。連れだって遍路を歩いて、一周するまでは人売りどもにも口出しさせへん。一周するまでに連れを笑わせられたら、わしの〈結願〉ちゅうわけや」

坊屋寅之助は忘れていなかった。芸人としての渇望を、笑いで戦争に勝ちたいという無謀な望みを。たったひとりで慰問のつづきをしているという説も、犯罪に手を染めているという説も、お遍路さんになったという説も、三つが三つとも事実だった。遍路を歩いたあとで連れの子は大阪や神戸に売られていき、坊屋寅之助はふたたび大陸への密航船に飛び乗るのだ。

「この人が連れてきたのは」明神さんが弁護した。「保護者もおらんような孤児たちです。あっちは日本にもまして治安も食糧事情も悪いそうやから、いつ飢え死にするかわからんよりもこっちに来たほうが……」

「お言葉ですが、それは植民地支配の発想と変わりません」とわたしは言った。「どんな理屈をつけたところで、判断力のない子を連れ去るというのはあってはならないことです」

「ええよ、ぼちぼち警察に突きだしてもろても」坊屋寅之助が言った。「大陸の人売りどもにあごで使われるのも、かわいくもなんともない孩子（ガキ）と歩きまわるのも、いいかげん飽き飽きしとったところや」

大陸規模の犯罪と、その幕間（まくあい）の四国巡礼に身をやつしていた芸人は、この世の暗部に浸（つ）かった歳月に終止符を打ちたがっている。だとしたらこの善人宿は、彼にとっての審判の場であったのかもしれなかった。

八

孩子（ハイズ）は笑わない。

坊屋寅之助にとっての遍路は、たったひとりの客と歩くかたちの高座だった。

孩子(ハイズ)は笑わない。八十番台の札所にいたってもその目に喜色を宿さず、砂糖粒を舐めたほどの微笑も浮かべない。ただでさえ路上で生きてきた子だ。残飯を漁(あさ)り、笑いなど贅沢(ぜいたく)品でしかない最底辺で暮らしていた孤児から笑顔を抽(ひ)き出すのは至難の業にちがいなかった。

わたしはやりきれない心地を味わっていた。歳月を費やしてたずさわってきた案件だが、後世に語りつぐべき芸人として坊屋寅之助を記録することはできない。調査の主幹としてどんな申し立てをしたところで、日本近代芸能館は邪(よこし)まな人身売買にたずさわった犯罪者の支援や顕彰は認めない。もはや最後まで同行する意味はなかったが、わたしも奈津子さんもただちに撤収を決めることができなかった。

あの子から笑いを奪ったのは、わたしたちでもあるのだ。わらわし隊が喧伝(けんでん)に加わったのは、どこまでいっても日本が始めた侵略戦争だった。こうして芸人と孩子(ハイズ)とともに遍路を歩き、わたしは目を向けまいとしていたことに気づかされた。過去を清算することなく自国の復興を望むのは筋違いではないのか、少なくとも坊屋寅之助は過去から逃げていなかった。

「この道行きだけは、最後まで見届けたいんです」

わたしがそう言うと、主幹はあなたですから、と奈津子さんも肯(うなず)いた。

笑い声はなかった。わたしたちが前方を歩くかたちになっていたが、振り返るとヒグラシの声につらぬかれた黄昏色(たそがれいろ)の山道に、あるはずの二つの影が伸びていなかった。

坊屋寅之助とその連れが見当たらない。ここにきて逃げだしたのか、わたしたちは急いで引き返して二人を探した。地元民に聞いたところでは、二人とはぐれたあたりには道標もなく分岐もわかりづらいが山中を抜けるもうひとつの遍路道があるとのことだった。「だけどあっちは通行止めになってるはずやけど……」

獣道にも等しいひとすじの細い径路が見つかった。泥濘（ぬかる）んだでこぼこの泥道を上がっていったところで、前方に並んだ二つの背中を見つけた。降りしきる虫の音（ね）が風景に染みていた。坂道を上がっていくうらぶれた芸人の背中は、さながら万策がつきた遭難者のようにも、誰（た）そ彼（かれ）時（どき）に現われる魔物の狂気をはらんでいるようにも見えた。

「あんたら、そういや、〈トツゲキ一等兵〉を観たがってたな」

こっちは通れないそうですよ、戻りましょうとわたしが声をかけると、顔だけで振り向いて坊屋寅之助は叫んだ。ここまでついてきた褒美（ほうび）に観せたってもええで、捕虜になったトツゲキ一等兵は檻から逃げだして、独りぼっちでどこまでもどこまでも、大陸の果てまでトツゲキしていくねん——そこまで言うとやにわに「トツゲキ！」と咆（ほ）えて、独りで坂道を全力疾走しはじめたではないか。

孩子（ハイズ）すらもびっくりして飛びのいた。いったいなんのつもりか、坊屋寅之助はごわごわの髪をなびかせ、ちぎれそうなほどに手足をふり乱し、トツゲキー、トツゲキーと叫びながら坂道を駆け上がる。前方にはうずたかく土嚢（どのう）が積まれていた。たしかに通行止めだ。地盤のもろい山道を整備する途中で、工事が中断されているらしかった。

「ほんでトツゲキ一等兵はなぁ！」芸人は走りながら叫ぶ。「トツゲキしてトツゲキして、トツゲキして、世界の行き止まりにぶつかって心臓が飛びだしてしもうて、これでもうトツゲキせんでええわぁ言うてチャンチャンや！」

わたしたちの制止を聞かず、芸人はがむしゃらに坂道を駆け上がる。泥の飛沫を散らし、あごを擦りそうなほどの前傾姿勢で、たてがみを波打たせる禽獣のように駆け上がる。駆け上がる。駆け上がる。叫びながら坂道を上りつめた坊屋寅之助は、そのまま速度を落とさずにどんつきの土嚢に激突した。

あ、死んだ。

わたしはそう思った。顔からいった。あまりに命知らずの正面衝突だった。

後方に跳ねかえり、両足を浮かせて、仰け反るように芸人は宙を舞った。

後頭部から落ちて、おかしな角度に首をねじ曲げて、後方にごろんごろんと二回転半でんぐり返しをして、泥の溜まりに顔半分を突っこみ、臀部を上にしたかっこうで静止した。

残された理性まで吹き飛んだような狂態だった。駆け寄るわたしたちに〈太郎〉もついてきて、おびえと不安の混ざった面持ちで芸人を覗きこんだ。

呼吸をしていなかった。激しい衝突のショックか、打ちどころが悪かったのか。泥まみれの瞳も唇も閉ざされ、鼻はつぶれて逆さのはてな印のように頬にへばりつき、一本のしめじのような血と肉のかたまりを垂らしている。これが坊屋寅之助の幕引きなのか、異端の芸人がもっとも馬鹿げた自死を選んだということか。

「嘘でしょう、まさか本当に……」

奈津子さんがつぶやいた。太陽は山の稜線に沈みかけ、夕刻の風景がまだらな明暗に分かたれる。わたしが人を呼ぼうと腰を上げかけたところで、芸人の瞼がひくひくと震えた。坊屋寅之助は片目を半開きにすると、唇をゆがめたままで何かを言おうとして、はずみでブッと噴きだした鼻水やよだれにむせかえった。

「わし、どないなった？」

通行止めの土嚢に正面衝突した、本気で死んだかと思いましたと答えると、死んでへんけど生きとるのかもわからへんと芸人は答えた。ほんまにこっちは行き止まりやったなあ。

ゆっくりと横向きに体勢を変えると、あおむけになって頭上を仰いだ。瞳孔の開きかけた目の奥で、涙になりそこねたものがジュッと蒸発した。

うふふっ。そこで聞こえた。張りつめた空気を擽るような声。奈津子さんの陰にいた〈太郎〉が口元を綻ばせている。次の瞬間、高く澄んだ少年の声音が弾けた。

あははは、あははははっ！

あはははは、あはははははっ、あはははははははっ！

あはははははははっ！

頬っぺを薔薇色に紅らめて〈太郎〉が笑っていた。鈴なりに青葉をひろげるような、地球の底から芽吹いてきたような笑い声だった。追従でも憐れみでもお愛想でもない、それらの含みがあっては人はこんなふうに笑えない。すべてを抛った突進が〈芸〉と映ったのか、あるいは〈太郎〉もまた芸人が死んだと思ったのではないか。連れの死を覚悟した次の瞬間、緊張から解き放たれて、緩和した体から絞りたての朗笑があふれだしたのではなかったか。

「わしは笑かそうとしてへんやんけ、笑うなや！」坊屋寅之助はむしろ激昂した。

「あはは、笑わせたことに変わりはないですって」奈津子さんもつられて笑いだした。

「わはははは、ひいっひ、この子は、ひっひっひっ、この子は死にぞこないの芸人に、坊屋寅之助の生きざまに笑わされてるんですよ！」

わたしがいちばん笑っていたかもしれない。こんなものは芸やあらへんと突っぱねながら坊屋寅之助もあきらかに、乾ききった大地を覆うような歓喜をあふれさせていた。そのときばかりは万雷の喝采を聞いていたかもしれない。沈むまぎわの残照がまばゆい光を放ち、世界のいっさいが黄昏の色に染まっていく。黄金の破線をつなげる山の峰々が、視界に映るすべてを光の氾濫に溺れさせる。坊屋寅之助はたしかにその瞳に〈結願〉を嚙みしめていた。

九

聞こえるだろうか。笑い声のこだまが――

冷めやらぬ歓喜と高揚感のなかで、彼らの人生はたえず暗転と明転をくりかえす。下りたはずの緞帳がふたたび上がる。

およそ半年が過ぎて、坊屋寅之助は劇場にいた。日本近代芸能館も協賛に加わってわらわし隊の一夜かぎりの国内復活公演が実現していた。大阪千日前の劇場にはすでに長蛇の列ができている。わたしたちのたっての希望で楽屋入りした坊屋寅之助は、ひとりで静かにささらを鳴らしていた。

本番が近づいて楽屋に芸人たちが入ってくる。柳家三亀松が、京山若丸が、花菱アチャコが、歳月をまたいで悪たれ芸人との久闊を叙した。

「野垂れ死んでなかったとはね、お前さんのこった、またぞろしっちゃかめっちゃかなネタをやらかすんだろうに。あたしらに恥をかかせるんじゃないよ」

柳家金語楼だけはあいかわらずの渋面だったが、一線を退いていた後輩芸人のためでもある公演の開催に向けてこの師匠が奔走していたのもわたしは知っていた。ほんまにおもろいやっちゃなぁとアチャコが言った。復活公演のあとでブタ箱に直行とはなあ！　この夜にかぎっては坊屋寅之助も神経を張りつめさせている。次はいつ高座に上がれるかわからない。公演が終わり次第、坊屋寅之助は警察に出頭して法の裁きを受けることになっていた。

ほどなくして開演のブザーが鳴り、先輩芸人たちに背中を押された坊屋寅之助がスポットライトのなかに歩み出た。満員の客を前にしてもすぐに唇（くち）を開かない。緊張しているのか、いいや、坊屋寅之助はもっと大きなものを嚙みしめているにちがいなかった。おそらくそれは有為転変の運命をたどりながらも結局は舞台に戻ってくる芸人の〈生〉の数奇さだ。その不思議さと豊かさだ。舞台の端のめくり札には、坊屋寅之助のネタの演題が大書されている。そしてさらが鳴り響き、坊屋寅之助が眼差しをもたげる。この日のために用意されたネタはその名もずばり、〈わらわし隊〉——

さてさて、坊屋寅之助の一世一代のネタは満場の笑いに包まれたのか。この大舞台の首尾を知るには、数日後に届いた坊屋寅之助宛ての手紙を引くのがよいだろう。わらわし隊の復活公演をラジオで聴いたというある女性の、その家族からの手紙だった。

「突然のお便りを失礼いたします。

芸人さんにこんな手紙を書くのは初めてです。私はあなたという芸人にくわしいわけじゃありません。わらわし隊に加わっていたことも最近になって知ったぐらいで、あなたという芸人をこよなく愛していたのは、私ではなく私の姉でした。

私の姉は、大笑いしたら心臓が止まるおそれがあって、私と母はずっと姉の生活を注意深く見守ってきました。高座やラジオといった、姉の命を危険にさらすものを遠ざけてきたんです。信じられないかもしれないけどほんとうの話です。それがあの日だけは、わらわし隊の復活公演があった日だけは、家族の目を盗んで姉はラジオを聴いていたんです。私が部屋の扉を開けたときには手遅れでした。姉の心臓は、ほんとうに止まっていたんです。急いで救急車を呼びましたが間に合いませんでした。姉はあの日、この世からあっさりと旅立ってしまったんです。

私と母はしばらく脱け殻のようになりましたが、ようやく気持ちの整理がついてきたのでこの手紙を書いています。姉はお笑いが大好きで、笑うことを禁じられてからも、あなたの話はしたがっていたんです。心がふさいでいても、あなたの芸にふれるだけでお腹がよじれるほどに笑えて、世界がちがったふうに見えてくるんだって。戦争のおかげで暗い気持ちになってばかりのころにも、どれだけ坊屋寅之助に救われたかわからないって。彼はいまもどこかで、誰かを笑わせているはずだって。

わらわし隊のことを姉が気にしていたのも、たまたま復活公演のことを知って隠していたラジオの電源を入れたのも、長い命よりもこころおきなく笑える喜びを選んだのも、すべてはなるべくしてなったことだといまでは思えます。最後の最後になって姉は、子どものころから〈ゲラ〉だった自分の生きかたをまっとうしたんです。私は姉に、人の生きかたや尊厳について、大事なことをひとつひとつ教えてもらったような気がしています。

最後にひとつ言い添えておくと、息を引き取った姉の顔には、苦しんだりもがいたりした様子はありませんでした。

柔らかく目を閉じて、安らかな顔をしていました。

憑きものが落ちたように、澄みきった顔をしていました。

大笑いしたんでしょうね。それまでのぶんもめいっぱい、めいっぱい。そんなふうに姉が最後を迎えられてよかったなと思います。あなたのネタがいまでも、お腹の底から姉を笑わせてくれるものでよかった。私がこの手紙で伝えたいのも感謝の気持ちだけです。

私もいつかあなたの高座を観にいくつもりです。私のなかで笑いつづけている、ゲラの姉といっしょに。

ありがとう。姉の最後を豊かなものにしてくれて、ありがとう。

お姉ちゃんを笑わせてくれて、ありがとう」


ほら、聞こえる。笑い声がこだましている。獄中の面会室でわたしと奈津子さんから手紙を受けとった坊屋寅之助は、あとになって同房者に何を読んでいるのかと訊かれて、わしの人生でいちばん大事な手紙や、と答えたそうだ。

出所後もその手紙はずっとずっと芸人のもとにあった。それは一九五〇年代の半ば、この国が再起の光明をつかみはじめていた時代だった。

異文字

ちいさきものは、能(よ)く文字を識(し)る——

祖父が私に語ってくれたのは、始原の森に伝わる〝文字(マナ)〟の逸話だ。

異境の森の物語を、祖父はその身をもって体験していた。

*

森には文字があると云う。植物の一葉一葉や、虫や動物の濡れた眸(ひとみ)、森の分子のすべてが〝文字(マナ)〟であり、そこに風が吹きつけ、スコールの礫(つぶて)が降ってきて、文字群はかき混ぜられる。するとその文脈(パターン)はどれほどの数になるだろう。一瞬にして数億数兆の文字をたゆたわせ、たえず変化を止めない無限の森の詩篇——あらゆる言語に翻訳できない文字群を、ある人々は儀礼、演奏、舞踏によって継承してきた。森に暮らす部族民(ちいさきもの)の世界では、優(すぐ)れて融通無碍(ゆうずうむげ)に文字をあつかうものが〝族長〟とされ、時の運行や命の循環をことごとく掌中にして、森の支配者にもなれるのだと云う。

コンゴのモブツ政権時代、政府はザイール川の上流に暮らす原住民に〝森を棄てよ〟と告げた。周辺の部族が懐柔されていくなかで、トワ族だけが森を離れず、孤立無援になっても抵抗を続けた。開発は進まず、為政者たちは業を煮やした。

空爆があった。

森は、焦土となった。

無数の〝文字(マナ)〟が、その日に絶えた。

焼失したのは鳥の歌声や虫の音声(おんじょう)ばかりではない。焼夷弾が落ちた地点では、トワ族の親子が槍猟をしていた。焼け爆(は)ぜた高木、灰燼(かいじん)に帰した緑、無数の火の粉が舞うその場に倒れていたのは、若きトワの族長イトゥリ、そしてその娘のアカ――情景のあまりの無惨(むざん)さに、布教活動のために現地に滞在していた祖父は、十字を切るのも忘れて立ち竦(すく)んだと云う。

親子のうちの一人しか助からなかった。族長の装束――動物崇拝(トーテム)の紋様を彫った楯型のかたびらとかぶりものに護(まも)られて、一命をとりとめたのはイトゥリ。もう一方は――ちいさな亡骸(なきがら)は黒炭と化していた、と祖父は云った。

黒蜜(くろみつ)のように艶(つや)やかな膚(はだ)は火脹(ひぶく)れに覆われ、魂の無垢(むく)を映した瑪瑙色(めのういろ)の瞳も、トワ族の女らしい官能がいまだ顕(あら)われていない未発達の体も見る影もなかった。ちいさなアカはもう帰らないのだ、と祖父は悟ったと云う。

（どうしてわたしが死ななかった）と、声が聞こえてくるようだった。

イトゥリの心中を想うと堪らなかった、と祖父も言葉を詰まらせた。

族長として部族を護る前に、ただ一人の娘を護れなかったイトゥリ――


森の奥へとトワ族は集落を移した。当時、僻地伝道の使節団として起居をともにしていた祖父は、イトゥリの治療を申し出たが、トワ族は〝魂の治癒〟を部外者に委ねられないとして指一本ふれさせなかった。

イトゥリは回復した。ところが全身火傷の後遺症が残り、筋肉の縮んだ手足は繃帯に覆いつくされ、その上に着こまれた族長のかたびらとかぶりものは片時も脱ぎさられなかった。指もまともに動かせず、声帯も失われていた。覗き穴の深淵に見える瞳は、無力感に打ちひしがれ、虜囚の時間に囚われていたと云う。

アカの亡骸は風葬にされた。祖父が聞いたところによれば、トワ族の葬送は〝生き戻る〟という死生観に基づいていると云う。

亡きものを含んだ風は、集落を吹きすぎて、森へと生き戻る。遥かな世界へと溶け混ざる。だから次に吹いてくる風には、亡きものの記憶が混ざっている。それはたえまなく変化をしながら、我々の暮らしに息づいていく。だから残されたものよ、悲しんではいけない。亡きものはよく笑った。家族を愛し、喜びを生んだ。我々が次に出逢う風は、亡きものがかつて笑い喜び愛した風なのだ——

それからイトゥリは、イトゥリにしか奏でられない楽器を奏でた。甕のような変わった楽器で、独自の指づかいで縁を撫ぜると、音が内部で心地よく反響する。以前であれば——それを演奏する父のかたわらで、娘が愉しげにくるくると踊ったものだった。運指がおぼつかないので、音色はひずむ。かつてのようには奏でられない。

それでもイトゥリは、来る日も来る日も楽器を触ったと云う。スコールが来ても手放さなかったと云う。

(ひゅおん、ひゅうらうあああん)

(おんおんおん、ゆぅあん)

指の皮が剝ける。汗には血が混ざる。どうしてそこまで執着するのか、祖父は不思議に思ったと云う。やがてその演奏は、かつてを髣髴とさせる旋律を響かせる。部族民たちは歓呼の声を湧かせる。台風のように宙の分子をシンフォナイズさせながら、究竟の音楽が奏でられていた。

その頃から、何かが起こっていた。あの空爆の日から数ヶ月が過ぎて、政府が送りこんだ開発視察団の人間が一人、また一人と異状を来していた。マラリアや苺腫の数倍はひどい風土病に見舞われて、みずから眼球に指を突き入れ、背中の皮を孔雀の羽のように剝き開かれたしていた。

遺体も見つかった。

（ひゅあん、ひゅあああん、ゆあああああん）

イトゥリは何人（なんぴと）も寄せつけずに演奏を続けている。報復が始まったのだ、と視察団は騒ぎだしていた。

もしかしたらこの演奏で、と祖父も直感していたと云う。

ある族長のそれは舞踏だった。別の族長のそれは彫刻だった。あるいはイトゥリは楽器の演奏を、文字に働きかける触媒としているのではないか。森のすべてを支配領域に変え、枝葉に、土に、虫に、雨垂れに作用をもたらし、視察団の者が見る風景に〝死の文字（マナ）〟をちりばめ、その潜在意識に読ませているのではないか。

悠久からの森の記憶が、視察団の一人ひとりの細胞を咬（か）み、貪（むさぼ）り、取り返しのつかないところまで損ねて、人体の結びつきを解体していた。ぼこぼこと肉腫がふくらんで鱗（うろこ）や獣毛、虫類の触角じみたものに膚を埋めつくされた変死体の異様さは、呪術の犠牲になったとしか思えないものだった。恐ろしい、と祖父は心の底から震撼させられていた。

このままでは自分たちも巻き添えでは？　協議のすえに祖父たちは、信仰の誇りを棄てて森を去ることにした。出発してしばらく行ったところで、祖父はゆきちがいで集落に向かう白人の男たちを目撃した。途方もない焦慮に駆られ、祖父だけが踵（きびす）を返して集落に駆け戻った。

白人たちは、開発視察団の生き残りだった。報復に対する報復として部族民（ちいさきもの）をあまさず鏖殺（おうさつ）

し、集落に火を放っていた。森が燃えている。草葺きの屋根が燃えている。そして地面に転がるのは、大人や子供のちいさき亡骸――

火焔の雨が降っていた。大樹の焼け折れる音は号哭だった。そのとき風に乗って、聞こえる演奏音があった。イトゥリ？　祖父は命なき軀のはざまを走った。集落の最果て、紅蓮の炎に包まれた小屋で、イトゥリは黙坐していた。族長のかたびらとかぶりものをまとったままで演奏を続けている。外敵をことごとく滅ぼすべく、血の汗をかきながら空前にして絶後の大音響で、黙示めいた灼熱の風景のなかで――耳を聾され、黒煙に盲いながら祖父はただ絶句するしかなかった。

旋風に乗った火の粉が、族長に群がる蝶の祝福のようだった。

族長のかたびらに火が移っても、演奏が止むことはない。

倒壊する柱にさえぎられて族長には近づけない。と、そのときだった。轟々と揺らめく火の幕の向こうで、かたびらの一部が焼け落ちるのが見えた。

（あれは、いったい……）

祖父はわが目を疑った。黒い火傷の痕にまみれた族長の体に、予想だにしない異変を認めたと云うのだ。

（……女？）

かたびらが剥がれ落ちる。その胸はふくらみを帯び、薄く翳った股間に陰茎は下がっていない。まさか、と祖父は思った。

（……アカなのか？）

　しかしそこにいたって、祖父のふたつの目は観察者の限界を迎えることになる。命の危険にさらされ、這う這うの体でその場を離れた祖父は、事の推移を見届けられない。だから推測するしかない――あの空爆の瞬間、天の閃電から娘を護ろうと、イトゥリは族長のかたびらとかぶりものをアカにまとわせた。二人ともに見る影もない火傷や炭化が、祖父たちに父と娘の識別を謬らせたのではないか。

　ありうることだった。そこかしこに横たわる軀を見れば、腑に落ちた。

　トワ族は、ちいさい、ちいさきもの。

　人類学上、最も低身長の部類に属する民族であり、成人でも身の丈は一メートルそこそこで、第二次性徴から背が伸びない。大人と子供の差はほとんどない。

　あるいは見謬っていたのは外部の観察者だけなのか。この運命の秋に劫火をまとった族長は、族長ではなかった。演奏その他の修練を積んでいない少女に〝文字〟を自在に操る能力はない。

　それでもアカは血の滲むような刻苦で、わずかな期間だけで父の手技を修めて、その身を弔いの儀式に差しだした。危地に追いやられ、トワ族の最後の一人となっても、それでも楽器を鳴らし続けた。

久遠の力で、森に〝死の文字〟を蔓延させて。

わずかばかりの性徴を、弔いの装束で隠して。

撓れるまで。

祖父は慟哭していた。

＊

血はついえる。それからトワ族の父と娘の物語は、秘められた民族の詩として、寓話や逸史の類いとして口伝された。祖父から聞いたそれを、幻視の文字が綾なす原生林を、私はうまく想像することができなかった。

けれど文字は、播種される。

波及して、成長する。

やがて、私の深いところでも――

ちいさきものたちの豊饒さが、異境の文字が萌しはじめる。

それからというもの、眠れない夜や、夕暮れの路上を歩いているとき、読書に疲れたときや出掛ける準備をしているとき、脳裏にふと文字を視ることがあるのだ。私もきっとかの文字群に、時の循環のただなかに取り込まれてしまったのだろう。だとすれば、私たちに何ができるだろう。誰に何を告げられるだろう?

最後の族長の物語にふれてしまった私は、ふれる以前の私ではない。吹く風は昨日とおなじ風ではない。その感触を顔に感じながら、私は玄関の扉を開けた。

ダンデライオン＆タイガーリリー

あなたの子どもたちは、出囃子(でばやし)にあやされてお乳を飲みました。楽屋に出入りする噺家(はなしか)や漫才師のおしゃべりが揺りかごで、舞台でスポットを浴びる演者を見ながら歯固めをしました。毎日決まった時刻に開演のブザーは鳴ります。明転と暗転をくりかえす日々のなかで子どもたちも劇場の一部となり、底の抜けた軽歌劇(オペレッタ)の演者にもなっていくのです。

連れこみ宿がひしめく繁華街の片隅にみよし座はあります。目抜き通りを折れて、蔦(つた)だらけの不動産屋と手作りの惣菜(そうざい)を売る酒屋のあいだの急階段を降(くだ)り、案内板にしたがって酔客やカップルにぶつからないように進んでいけば、ほら、劇場の入口はすぐそこにあります。

売り出し中のコンビの青田買いができる一方で、賞味期限が切れたベテラン、ただの一度も旬を迎えたことのないロートルもお茶を挽(ひ)いています。通常公演のみならず事務所主催のお笑いライブや、小劇団の公演もそこでは観ることができます。世間がバブルに沸いている時代に雑用係から始めたあなたは、四十をすぎて劇場支配人になってからもずっとそこにいます。自分で何代目になるのかもわかりません。あなたがみよし座に向ける感情はその日によって違います。体臭の染みついた毛布のように手放したくない日もあれば、地下墳墓（カタコンベ）のように辛気臭（しんきくさ）くて呪われた場所にしか感じられない日もあります。もちろん支配人という立場上、そんなことはおくびにも出さず、こういう劇場こそが演芸の灯（ひ）を守ってゆくのだと信じているふりをします。うちの舞台に上がった者はみんなファミリーだと心にもないことをうそぶきもしますが、とはいえ演者たちがちゃんと食べられているかを気にかけているのは本当です。覗き窓でホールとつながっている支配人室から、あなたは音響係や照明係の働きを見守り、その日その日でとっておきのネタを舞台にかける演者たちをつぶさに観察します。

たとえ客足がまばらでも、笑い声が起こっているときは気持ちも上向きになって、演者たちがこの劇場に逢着（ほうちゃく）するまでどんなふうに生きてきたか、そしてこれからどんな芸歴を積んでいくのかをぜひとも知りたいと願ってしまいます。

おいそれと望みはかないません。楽屋で聞かされる演者の自分語りほど聞いていられないものはなかったし、日によって出来のまちまちなネタからも、演者同士の噂（うわさ）からも、それらをうかがい知ることは難しい。あなたが真に興味を駆られること、芸人たちの真に迫った人生の物語は――たとえ支配人でも覗き見することはままならず、推（お）して知るのが精一杯といったところでした。

ダンデライオン&タイガーリリーの話をしましょう。

あなたの一人娘の美波（みなみ）も、あなたの姉の子どもの樂（らく）ちゃんもこのコンビが好きでした。いわゆる夫婦（めおと）漫才ですが、立て板に水でまくしたてる女房が話の主導権を握り、すっとぼけた旦那をからかいやりこめるといった上方（かみがた）の典型からは外れています。夫婦の関係はあくまで対等で、作りこんだ漫才やショートコントで笑いをさらえるコンビでした。

ダンデライオンは蒲公英（たんぽぽ）、タイガーリリーは鬼百合（おにゆり）の英名から。どちらもネコ科の動物にちなんだ花の名前で、語呂や意味合いは悪くなくても長くて覚えづらいので〝ダンリリ〟と縮（ちぢ）めた通称で呼ばれていました。

「ぼくたち夫婦で芸人やってるんですけど、貧乏暇（ひま）なしでハネムーンもまだでね。彼女のお父さんなんていまだに結婚を許してくれなくて……」

そんな前置きから〝妻の実家に挨拶〟といったコントに入っていきます。披露宴の悲喜こもごもやご近所トラブルにまつわる持ちネタもありましたが、といって夫婦の縛りにとらわれているわけでもありません。変化に富んだコントを身上とし、劇的な盛り上がりはなくてものどかでシュールな芸風は独特のもので、深夜枠のバラエティ番組などにも呼ばれていましたが、テレビ特有の〝雛壇（ひなだん）〟仕事を不得手としているのもあって、舞台こそが主戦場と決めてかかっているふしがありました。

あなたが知るかぎり、美波にもまして樂ちゃんがダンリリを愛好していました。五歳になるまで一言も口をきかず、床のガムの嚙（か）みかすを眺めたままへたりこんでいたり、勝手に出歩いて車や自転車に轢(ひ)かれかけたり、何かと手がかかる子どもでした。発達障害と診断されていましたが、その言葉が樂ちゃんの抱えているものをあやまたずに言い当てているかどうかはあなたにはわかりません。

あなたに言えるのは、甥(おい)っ子がごくまれに片言を吐くようになってからも、他の子とおなじような生活になじめなかったことです。五歳をすぎても感情を表に出すのが得意ではなかったことです。だけど樂ちゃんの奥深くには、樂ちゃんだけの言葉が蓄積されていて、その大半はみよし座の楽屋や客席において溜(た)めこまれたものでした。

あなたの姉は、樂ちゃんを産んですぐに離婚していて、一人で息子を育てることに四苦八苦していたので、みよし座を託児所代わりに使っていました。初めのうちは樂ちゃんも、畳やソファに寝そべっているだけで演者にも劇場にも興味を示しませんでしたが、

「最初にこの坊主を笑わせたやつには幸運が舞いこむぞ」ダンリリのダンさんの酔狂な一言が呼び水になり、劇場にある種の験担(げんかつ)ぎが生まれたのです。「この子はそういう子だ、芸の神様が降りてきてくれるぞ」

たしかにそのころ、ダンリリの二人はみよし座の中心でした。ダンさんやリリーが口にする言葉はそのまま楽屋の気運を決めていたのです。

おかげで若手はおろしたてのギャグをまっさきに樂ちゃんに見せるようになりました。ちらちらと樂ちゃんを気にしながら稽古(けいこ)をする者もありました。ところが樂ちゃん、何をやっても

くすりともしません。アルカイックな微笑みはおろか、猫や馬のフレーメン反応ほどの顔つきの変化も見せません。楽屋に隠した酒を飲ませようとする者もあったほどで、それでも樂ちゃんの顔は砂糖の粒を舐めたほどにもほころびません。

楽屋でかまってもらうことで、樂ちゃんがなんらかの刺激を受けてくれたらいいとひそかに期待を寄せていたあなたはがっかりしていましたが。

「樂ちゃん、いっしょに観よ」学年でいうと二つ上の美波はちがいました。楽屋から手をつないで、樂ちゃんを客席へ誘ったのが美波でした。

生まれてこのかたみよし座のマスコットだった美波は、樂ちゃんの登場によってその座を奪われかけてむくれていましたが、持ち前の人懐っこさもあってすぐに仲良しになりました。座布団を積んで座高を上げた席に隣りあって座り、美波がこしょこしょと耳打ちして、ネタの山場ですすんで手を叩いて笑ったりして、手取り足取り見方を教えていました。そんな美波があるとき、「樂ちゃんね、ダンリリだと笑うみたい」と言うのです。

「あんまし表情は変わんないんだけどね、目がキラキラするんだよ」

「すごいな、美波にはわかるのか」

「うん、わかるよ。美波はお姉ちゃんだから」

「樂ちゃんのママに教えてあげないとな、それからダンリリさんにも」

「ちょっと難しいところは、美波がね、どこが面白いか教えてあげてんの」

ほどなくしてあなたの目にも、ありありと変化が見てとれるようになりました。座席についた樂ちゃんはこころもち背筋も伸び、まっすぐ舞台に向ける顔には好奇心が宿っています。真っ暗な客席やスポットライトの照り返し、騒音のたぐいがわが子の心身によろしくないんじゃないか、楽屋はともかく客席はどうなの？　と難色を示していたあなたの姉も、樂ちゃんが活(い)き活きしてきたことを喜び、席代を払ってもいいからぜひ観せてやってと頼んでいくようになりました。そうして客席に出入りするようになってから数ヶ月もたたないうちに、ダンリリのネタでとうとう樂ちゃんの笑い声が上がったのです。

あなたは幸運にも、その瞬間を目撃できました。

きいえええっ。きゃっきっ、きゃひゃひゃっひゃっ――

熱帯の鳥が啼(な)くような、かん高くて、調子の外れた笑い声でした。

笑いなれない者の笑い。自分のために一度か二度、手までぱんぱんと叩きました。

舞台と客席がおりなす一体感、おなじ笑いで体を温めあい、刺激しあうような多幸感。劇場だけがもたらすささやかな恩寵(おんちょう)のようなものに、樂ちゃんが祝福され、その瞬間に立ち会うことができたかのようで、あなたはその喜びに雀躍(こおど)りしてしまいます。

たとえば海辺で拾った貝を耳にあてがって、たしかに潮の響きが宿っているのを知ったような感慨がありました。樂ちゃんの奥底にはまちがいなく豊かな哄笑(こうしょう)が波打っていて、初めてそれが外にあふれだしたのです。樂ちゃんを笑わせたそのコントを、あなたは忘れもしません。

ダンリリの二人はそのとき、弱きを助けて強きを挫く、その名もずばりダンデライオン&タイガーリリーなる市井のヒーローでした——二人は決めポーズを練習し、それからパトロールに出かけます。ライオンのたてがみにも見える蒲公英のかぶりものと、どちらかといえば怪人寄りの鬼百合のかぶりものをつけて巡回して、しかし悪者がなかなか見つからず、酔っぱらいやヒステリックなOL、コインパーキングに棲みついた老女たちとすったもんだをくりかえします。樂ちゃんが笑ったことにはダンリリも気がついていたようで、

「あひゃっひゃっ、ばっちり聞こえてたよ。あたしたちが今までに聞いたなかでも最高の笑い声。ねーえ、ダンさん?」

祝福されたのはむしろあたしたちのほうだとリリーは言いました。ダンさんも感激して照れているようで、そっぽを向いて妙に寡黙になっていました。楽屋の隅っこでは美波が、劇場のパンフレットを開いて他にもこの演者が面白い、この演者はこんなネタをやるんだとうんちくを披露していて、隣から覗きこむ樂ちゃんの瞳は輝いていました。

あなたの子どもたち。幼いいとこ同士は仲睦まじく、ダンリリを始めとする常連の演者にも脂が乗っていて、過ぎていった日々を思い返すたびにあなたは、このころが一番良かったかもしれないと思います。この世に翳りの差さない栄光はなく、輝きの褪せない黄金時代はありません。演者たちは最盛期を過ぎ、子どもたちの関係もたえまなく変化します。あなたはあなたの家族をめぐる変遷と、みよし座が見舞われる奇禍、そのどちらがより避けがたいものであっ

たかと、折にふれて埒もない想像をもてあそんでしまうのです。

他にも常連の演者はいます。扇亭万春という噺家のことを話しましょう。悪い落語家ではないのですが、こう言ってはなんですが華がありません。乱調がないかわりに新味もありません。あとしゃべりかたが汚い。葛練りをこねるようにまくしたてると鼠の死骸のような舌が覗き、酸漿色の歯茎がむきだしになって、乗ってくればくるほどお唾の飛沫を客席の最前列に飛ばします。しゃべりかたが汚いというのは、噺家にとって致命的な欠点ではないかとあなたは考えて、それとなしに本人に指摘もしましたが、四十をすぎて直せる癖でもないらしく、前座から二ツ目に上がれない万春はいまだに親がかりで、年老いた母親と借家で暮らしていました。

落語協会の定席だけでは芸が磨けないというのでみよし座にも出ていましたが、厄介払いされたのが実情のようで、このところはすっかりみよし座に根を生やしていました。たちの悪いことに万春は〝楽屋の王様〟タイプの芸人で、客前に出ていないときほど舌が滑らかになり、若手をつかまえては自慢話や武勇伝に花を咲かせ、見え透いた嘘を並べたあげくに「おいらはもっと破目を外さなきゃなんねえ」と酒にたのむようになったからもういけません。酒気帯びで高座に上がるようになると、万春のあごは引っぱられた水飴のようにだらしなく落ちて、泥んこでのたくっているようなその発声は視聴可能の限界を超えてしまいます。

おのれの憂き目を嘆き、せめて素面で上がれと諭しても聞く耳を持ちません。しばらくして老母が逝去すると、待ってましたとばかりに一門を追放され、借家にも住んでいられなくなり、すべてのともづなを断たれた万春は、私物をみよし座に持ちこむようになり、雑用でもなんでもするから居候させてくれと懇願するようになります。もちろん支配人としてきっぱり断わりましたが、万春は諦めきれないようで、将を射んと欲すれば……とばかりに子どもたちに取り入りはじめました。出番前の酒を止めないようならうちでも札を下ろすしかないと考えていたところで、楽屋から出てきた樂ちゃんと美波がしょげているので事情を訊いてみると、

「今日もウケなかったね、今のままじゃずっとウケないよって言ったら怒っちゃった。ね、樂ちゃん」

「うん、すっごい怒った」

あなたの子どもたちは小学校五年生と三年生、物心のつく前から劇場に出入りしているだけあっていっぱしの目利きとなっていました。あなたは万春を憐れみます。静まった客席へあくせくと唾を飛ばし、どうにか持ち直そうと声や所作を大きくしてみても、かえってドツボにはまっていく悪循環から抜けだせない。娘の言葉に含まれた残酷さたるやどうでしょう。万春のような芸人はこれからも負け越しが決まっています。あがけばあがくほど笑いの量が半比例していく手合いで、そんな芸人のたどる生がどんなものかを想像するにつけ、あなたの身もすくんでしまいます。あんまりひどいことを言っちゃだめだよ、と帰り道にたしなめると美波は唇

をとがらせて、「樂ちゃんが言ったことを美波が伝えてあげたんだよ」と責任転嫁するように言うのです。

「ずっと不思議だったって樂ちゃんが言ったの。お家がなくて道端に住んでる人たちってどうしてお家がなくなったのかなって。だけどこういう風にやってることがうまくいかなくて、それでも自分から辞められなくて、だからお家がなくなるんだなってわかったって」

たしかにあなたと子どもたちは、一人の落伍者の誕生に立ち会っているのかもしれませんでした。樂ちゃんの言葉が射貫いているこの世の真実に、あなたは素手で心臓を殴られたようにドキドキして、みずからの手で引導を渡す気にもなれず、断酒の努力をすることを条件にずるずると万春を出演させせつづけてしまいます。


ダックビル・ショウの話はしなくてもいいですか？

ざっとふれておきましょうか。お揃いのジャージを着こんで、良く言えばオフビートな、悪く言えばことごとく笑いのツボを外したコントをします。二人が二人とも舌足らずで、つっかえたりネタが飛んだりは日常茶飯事なので、かなり集中して観ていないと客の方がなにをやっているのかを忘れてしまうという事態が起こるコンビでした。

だったら客の目処になるように、ネタに合わせてわかりやすい衣裳や小道具を添えたらどうかとダンリリリのリリーに助言を受けて、寿司屋のコントには調理衣やねじり鉢巻が、昆虫採集のコントには虫捕り網や虫かごが持ちこまれるようになります。おかげでようやく観ていられるようになったのですが、それとは別のところで問題が起きました。立地からしてみよし座には、連れこみ宿と勘違いして入ってくるカップルが少なくなく、部屋を選ぶタッチパネルはどこかと訊かれたこともありました。本来の目的地が〝満室〟でしかたなしに時間つぶしをしていく観客は、客席の暗さのなかで抑えがきかなくなって、もぞもぞといちゃつきはじめることがあります。ひどいときには座席をぐっしょりと汚していきます。これぱっかりは見つけ次第止めるほかありません。ホール入口に禁煙や飲食禁止と並べて、いちゃつき禁止の但し書きをするのも劇場の品位を落としてしまいます。

ダックビルの二人がどうも週末のたびにおなじネタばかりやると思っていたら、そのころ仲良くしていた樂ちゃんに〝覗き〟の片棒をかつがせていたことが発覚し、あなたは「今度やったら出入り禁止!」と厳重注意をくだします。

もぞもぞしている男女の客がいたら、樂ちゃんがペンライトで合図を送ります。するとダックビルの二人は、舞台でネタをやりながら同時に覗き魔になります。もぞもぞと致しはじめたカップルは、前後左右に注意は向けていても、舞台からの視線には無頓着になるようで、あられもなく女性が胸をはだけたり、場合によっては開脚したりもするので病みつきになり、バードウォッチングのコントで持ちこんだ双眼鏡を目から離さなかったのです。ね、話さなくてもいいかと言ったでしょう?

あげくに馬鹿な二人は、あの時はさぁせんでした、と樂ちゃんの母親にまで余計な謝罪をしてしまい、今度はあなたが姉に大目玉を食らう番でした。

わけありの演者といえば、新田花嬢のことを話しておかなくてはいけません。

陰気な女芸人で、フリップを使った一人漫談はまずまずの評判でしたが、ずっと伸び悩んでもいました。三十歳の誕生日に、アニメの声優を目指すことにした相方にコンビ解消を申し渡されてピンになりました。問題なのはいわくつきの花嬢につきまとうそのいわくでした。

「あの噂はデマなんです、だから支配人、どうかお気になさらないで……」

新田花嬢が出演した劇場や演芸ホールでは、高い確率で火災が起きるというのです。あなたが知るかぎりでも、煙草の不始末で火を出して半焼したホールがあります。地方の営業先でも小火があって、従業員が全治数ヶ月の火傷を負ったといいます。

「安心しなさい、そんな根も葉もない噂で追いだしたりしないから」

とは言いながらも気になって、あなたは消火器の設置数を増やし、楽屋でもくれぐれも火気に注意するようにと言ってまわり、ちょっとした避難訓練のようなものまでやりましたが、それでも猜疑心はふくらむばかりでした。

「あたしは、火に呪われてるんです……」

あげくに酒の入った花嬢がそんな吐露をしたものだから、あなたはすっかり疑心暗鬼の虜になります。経営も苦しいのに火事などに見舞われたらたまらない。このごろは支配人室にいても火の見櫓に立っているような心地だし、噂が独り歩きしているのか客足も悪くなっているし……花嬢にそれとなくよそでやってくれないかと頼もうとしていたころで、

「あの女は面白いって樂ちゃんが言ってた。もっとお客を呼べるようになるって」

美波を介して樂ちゃんの言葉にふれて、あなたはハッと我に返ったのでした。新田花嬢の芸そのものに目を向けず、つまらない噂に翻弄されて三行半を出しかけるなんて劇場支配人にあるまじき不見識、なんとも恥ずべきことではないか。あなたにとって樂ちゃんは、大事なご意見番のようにもなっていたのです。だから火の用心をつづけながらも、新田花嬢をクビにすることはしませんでした。


およそこの業界では、わけありじゃない芸人のほうが珍しい。コンビの間にも軋轢はつきものです。ダンデライオン&タイガーリリーの諍いについても話しておきましょう。

あまり知られていませんが、ダンリリは籍を入れていない内縁の夫婦でした。もともとリリーはストリップ劇場の看板ダンサーで、前の相方と幕間の漫才をしに来ていたダンさんと知り合いました。踊りの華やかさにもまして、切れのよいマイクパフォーマンスに惚れこんだダンさんがリリーを口説き、ダンデライオン&タイガーリリーの結成とあいなりました。それから十五年あまり、ダンリリの主導権はリリーが握ってきたのです。

あひゃひゃひゃとリリーは笑います。舞台上でリリーが笑えば、それはネタが乗ってきている証左です。その経歴からは想像もつかないほど、リリーは自分たちの芸の向上に余念がないストイックな芸人でした。楽屋でも彼女を慕う者が多かったのは〝悪魔に魂を売った〟と言われるほど芸事にかける情熱が並み外れていたからでした。

他の演者たちへも率直という名の毒舌をためらわず、つまらないものはつまらない、だけど良い芸は誰がなんと言おうと擁護します。それがたとえ世間の不興を買うものでも、不謹慎とされるものでも、面白いものは面白いという姿勢がぶれることはありません。ダンリリにおいてもすべてのネタはリリーが書き起こし、リリーが段取りを決めています。テレビや雑誌などに出ていってもどちらかといえばリリーに脚光が集まりました。ダンさんも勘所をつかむのがたくみな芸人でしたが、リリーという真摯な探求者こそがダンリリの心臓であるのは間違いがないところでした。

リリーの吐く言葉が、舞台の上でのパフォーマンスが冴えわたって、立ち振舞いのすべてが笑いを連鎖させているのを目の当たりにしたときなどは、ぞくぞくと鳥肌が立つほどでした。もしかしたらリリーはもっと羽ばたけるんじゃないか、にもかかわらずコンビ間の均衡を保つために、ダンさんの程度に合わせているんじゃないかと思わされることもありました。コンビというのはかならずしも実力が拮抗するわけではないし、時にはそんな天秤の揺れがコンビの個性にもなるものですが、もしもダンさんという重石がなくなったらリリーはどこまで遠くに行けるのだろう——数えきれない演者を見てきた劇場支配人としてあなたも夢想をふくらませてしまうことがありました。

「あの人と出逢ってなかったら、あたしは今でも舞台で股を開いてたんだから。タイガーリリーってのも踊り子時代の源氏名だしね。だったらおれはダンデライオンだってあの人が口説いてきたときにあたしの生きる道は決まったのよ」

あなたに面と向かってリリー本人がそう語ったことがありました。芸人の自分語りが嫌いなあなたですらいたく感銘を受けました。ストリッパー時代を恥じるでもなく、自分を見つけてくれたダンさんへの感謝も忘れていません。ダンさんがよそで女を作っても、亭主関白ぶりを示そうとあることないこと妻の日常を暴露しても、リリーはいつだってドンとかまえて、怒ったり取り乱したりしているところは見たことがありません。

だからこそコンビ解消を言いだしたのがリリーだと聞かされたとき、あなたはダンさんが児童ポルノでも売り買いしたか、遊園地に爆破予告でも出したか、とにかくそれ相応の悪逆非道がスキャンダルとして報じられたにちがいないと思いました。

たまたまその日そのとき、おなじ居酒屋で飲んでいたダックビル・ショウによれば、リリーばかりが持てはやされることを愚痴(ぐち)っていたダンさんが、酔いがまわるにつれて「お前はいつでもストリップ小屋に戻れるから気楽なもんだ」と暴言を吐いて、それでもリリーは聞き流し、なんだったら座敷の柱でポールダンスでも踊りだしそうな余裕を見せていたといいます。そんなりリリーが様変わりしたのはダンさんが「うちにも子どもが欲しいねえ」と言いだしたあたりからでした。

「美波と樂を見てたら欲しくなってきた」と言ったダンさんに、「嘘つけ！」と叫びかえしたリリーは次の瞬間、座敷のテーブルを膝で蹴り上げました。

「あんたは、卑怯者だ」

ハイボールの杯や焼きそばや獅子唐や伝票やおしぼりが宙を舞いました。酒や肴まみれになったダンさんを、リリーは馬乗りになって殴りたおしたといいます。

「あたしたちはずっと二人だけで、芸だけを追ってきたのに」

「そうだよ、そんな相方をお前はたこ殴りにするのか」

「相方よりも前に出たくて、そんなくだらない魂胆であんたは〝子作り〟なんて持ちだすのか」

「おれたちは夫婦だろうが、夫婦だったらそういう話にもなるじゃねえか」

「見え透いてる。本当に子どもが欲しいかどうかなんて一緒にいたらわかるんだから」

「欲しいよ。お前だってぼちぼち四十だし、適齢期とかあるだろ」

「付き合ってられない、欲しけりゃよその女に産ませろ！」

リリーがそんなにも激昂したのは、ダンさんがそれまでの関係を踏みにじることを言ったからにちがいありません。軽々しく出産という一大事を持ちだしてコンビの力関係を反転させたがっているとリリーには感じられたのでしょう。女という性を人質にとって、家族の檻に閉じこめようとするなんて、ここまでやってきてそんなことを言いだすなんて――

あまりに卑怯だ。許せない。

結局、この日の出来事がダンリリの埋められない亀裂となったのです。

リリーは舞台に上がらなくなり、荒んだダンさんが未成年淫行で書類送検されて、所属事務所は謹慎を通り越していきなり解雇を言い渡します。おかげでダンさんは表舞台に出られなくなり、事実上の活動休止を余儀なくされたのです。ちょうどおなじ時期、もう一組の男女にも変化が生じていました。

「他人のこと馬鹿にしてんだもん。あれってつまんないことで笑うなって思ってるんだよ。どんなネタで笑うかなんてそれぞれの自由じゃん。なのに自分はお笑い先進国の住人、わたしは後進国のかわいそうな住人、みたいな目で見てるんだよ」

高校一年生になった美波の足はみよし座から遠のいていましたが、樂ちゃんはあいかわらず通いつめていました。樂ちゃんにとって劇場はもうひとつの家であり、そこでしか摂れない栄養を摂ることのできる場にちがいなく、物事にのめりこみやすい性質が育まれているのは知っていましたが、我を忘れて没頭できるのはいまだにコントや漫才や演劇だけのようでした。

「お父さんからも言ってよ。最近のあいつ、付き合いづらいったらないいんだから」

「劇場で育ったようなもんだから、そりゃ目も肥えるだろ」

「あんまり話したくないのに、メールとかしつこくて」

「うまくやってくれよ、いとこなんだから」

「またそれ。いとこだからってべつに姉弟でもなんでもない」

「だってついこのあいだまで、どこに行くにもべったりひっついてたのに。お前たちまでコンビ解消だなんて、そんなところまでダンリリを真似するなよ」

とはいえ美波の反感はよくわかります。たしかに樂ちゃんは難しい年頃になっていました。

年がら年じゅう舞台を見て、多くの芸を吸収し、咀嚼して、樂ちゃんはいっぱしの批評家をしのぐほどの見識を身につけていました。近頃では洋の東西を問わず、バスター・キートンやチャップリン、マルクス兄弟、エノケン、ロッパ、藤山寛美、モンティ・パイソンにシティボーイズとコメディや軽演劇の代表格のDVDを系統立てて視聴しているようで、そこまで行くとさすがに同世代とは話が合うはずもありません。コミュニケーションや感情表現がそもそも達者ではないのに、いっそう孤立を深めていくだけなんじゃないかとあなたも案じていました。そこにきて唯一の理解者のいとこにまで煙たがられたらどうなるのか、あなたは甥の行く末を憂慮せずにいられません。

あいかわらず劇場に通ってくる樂ちゃんは、空いた席に座って、一心不乱にその日の舞台を観賞します。両手の指を知恵の輪のように組んずほぐれつさせながら、笑顔らしき笑顔も浮かべずに、きいええっ、きいええええっと怪鳥音のような声で笑います。このところは自身でも漫才なりコントなりの台本を書いているようで、血肉としてきたものを外に出すことで自己表現をするのはけっこうなことでしたが、頭でっかちに演芸だけにふれてきた者は近視眼に陥りやすくもなります。もっと世間を知ったほうがいいと考えたあなたは、甥に何くれとなく用事を頼むようになります。ところがそんな配慮がわざわいして、使いに出した漫才協会の事務所で騒ぎを起こすのです。

「終わったよな、ダンさんも」

事務所のテレビにちょうどダンさんが単独で映っていて、居合わせた関係者がそんな話をしていました。活動休止の明けたダンさんは街角レポーターの仕事で拾ってもらっていましたが、リリーという相方を失って、なんの面白味もない芸人になっていました。進行こそそつがなくても、相手を薄っぺらくいじるだけで、天然のボケを連発する素人のほうがよほど笑いをとっていて、ダンさんはそれでもへなへなと笑うことしかできていませんでした。

だけど樂ちゃんにとって、ダンリリはかつての贔屓（ひいき）の芸人という以上の特別な存在です。原風景ともいえるコンビの片割れをなじられて、頭に血がのぼったのでしょう。「きいやあああああっ」と裏声で叫びながら備えつけの消火器のピンを抜き、あたりかまわず噴射させて、事務所全体を真っ白な砂漠に変えてしまったのです。消防や警察が駆けつけても這（は）いつくばってわめきちらし、勢いあまって顔を床に打ちつけて前歯を折ってしまいました。

迎えにいったあなたは、樂ちゃんの母親よりも激昂して、「劇場にはもう来るな、漫才やコントからとうぶん離れろ」と言い渡しましたが、樂ちゃんに泣いてすがられ、涙と洟水（はなみず）まみれで懇願されて、無二の場所を奪われまいとする甥の執念に気圧されてしまいます。

「わかった、わかったから……とにかくもう二度とするな」

あなたが折れると、樂ちゃんは顔を上げてニィッと笑顔を見せました。漱がれていない真っ赤な口が覗き、舌の上には折れた歯が載っていました。樂ちゃんはそれをごっくんと呑みこみます。


新田花嬢のその後のことも話しておきましょう。さいわい火事は起きていませんでした。

この花嬢と樂ちゃんは親しくなって、高校二年の夏休みには二人で旅行にも出かけるのです。芸風が固まりきらず悩んでいる花嬢に協力するかたちでの旅でした。

樂ちゃんは花嬢に助言をしていました。暗いならその暗さを突きつめたほうがいいよ。他の追随を許さないほどになったらそれは立派な芸風だからと。みよし座きっての目利きの助言を真に受けた花嬢は、己の暗さに箔をつけるべく、自殺の名所として知られる東尋坊や富士の樹海めぐりを計画しました。だけど一人じゃ怖い、というので友人や家族に同行を頼んだものの断わられてしまい、言いだしっぺの樂ちゃんに白羽の矢が立ったのです。あなたもあえて止めませんでした。甥には少しでも劇場の外に出てほしかったからです。万端怠りなく装備をさせたのでうっかり二人が遭難したり、崖から足を滑らせて救助隊の厄介になるような騒動は避けられました。なにしろ時間だけは腐るほどあったので、樂ちゃんと花嬢はとことん芸事について語りあったようです。

「たとえば演者たちがどうすればもっと良くなるかはわかるよ。だけど自分のことになると途端になんにもわからなくなっちゃう。だからずっと好きで、いまも好きでいるものに執着しちゃうんだ」

欒ちゃんがそう言っていたと、後日になって花嬢が教えてくれました。かたや花嬢のほうは〝火の呪い〟について初めて詳細を明かしたといいます。

「ちっちゃなころに薪能を観たんです。地元のお寺の境内に設けられた能舞台で……」

篝火に照らされた夜空の底に火の粉が舞っていました。厳粛な能の役者の所作にあどけない花嬢は息を呑みました。そこで突然、能面をかぶった役者の一人が胸を押さえてもがき苦しみだし、心臓発作で病院に運ばれるという事態になったそうです。

「この人はもしかして神の使いなのかもとあたしは思っていたから……なぁんだ普通の人なんだ、お面の下にはそのへんのおじさんの顔があるんだと思ったら、やたらとおかしくなっちゃって、神前での儀式は終わってないのに一人で大笑いしちゃったんです」

時と場所をわきまえない不謹慎な笑い声が、神だかなにかの逆鱗に触れた、それが〝火の呪い〟なんだと花嬢は言いました。倒れた人のつけていた般若の面が、篝火の向こうから迫ってくる。そういうイメージが網膜の裏から離れなくなり、どこへ行っても消えずについてきて、行く先々で災難が起こるようになった——とそこまで話したところで欒ちゃんは笑いだし、腹を抱えてひとしきり笑い転げたのちにこう言ったそうです。

「笑ったっていい、いくらでも笑えばいい。罰当たりなことをしたから呪われたと思いつめているいる自分も笑えばいい。笑っちゃいけないときなんて世の中にはないんだって」

「あいつが、そんなことを……」又聞きのあなたですら、樂ちゃんが笑うところを想像するとなんとなく背筋が冷たくなりました。度の外れたオブセッションのようなものに触れたような気がしてなりませんでした。

「樂ちゃんは、そういう思い出こそ芸風に活(い)かさなくちゃって」

「それで、君のあの新ネタ？」

「はい、そうなんです」

笑っちゃいけないときなんてない――

つくづく因果なことを言うものだ、とあなたは思ってしまいます。

ダンリリが第一線を退いてからはことさらに肩入れしている新田花嬢をもりたてたい一心だったのでしょう。樂ちゃんの助言によって花嬢が舞台にかけるようになったのは、〝般若〟のみならず〝姥(うば)〟や〝泥眼(でいがん)〟や〝大癋見(おおべしみ)〟といった能面をあらかじめフリップで紹介したうえで、みずからの表情で形態模写をするというニッチすぎるものでした。ところがどっこい、血のにじむ稽古を積んで表情筋の限界に挑んだ〝能面芸〟は再現度の高さから好評を博し、花嬢はあらたな持ちネタを得るとともに深夜のレギュラー番組まで任されるようになったのだから、どんな芸が反響を呼ぶかはあなたにも本当にわかりませんでした。

ダンデライオン&タイガーリリーの二代目誕生か、と囁(ささや)かれたあらましを話しておきましょう。月に一度か二度、小遣いをせびりたいときにしか美波はみよし座に現われなくなっていて、あなたがもっと顔を出すように言うと、娘は言うにことかいて面会費なるものを要求してきました。

「お得じゃないですか、月々たった五万円で育ちざかりの娘さんと会えるんですよ。しかも養育費の振りこみとちがって、わざわざ本人が取りにきておしゃべりもできちゃう親切プラン」

「これ以上、払える金なんてない。とにかくその保険の勧誘員みたいなしゃべりはやめろ」

「就活のセミナーとかサークルとか、大学生はいろいろと物入りなんだよ」

あつかましい金の無心しかしない美波でしたが、あなたはあなたでそれほど忙しくもないのに劇場に連泊して帰宅をおろそかにしてきたツケを払わされ、妻に見限られて事実上の離婚といえる別居生活が三年もつづいていたので、娘をつなぎとめるためについつい財布の紐(ひも)をゆるめてしまいます。「母さんは母さん、わたしはわたしだから」と美波は割りきっているようでしたが、そんな娘にあなたは問いたださなくてはならないことがありました。

「このところ、しょっちゅう会ってるらしいじゃないか」

「誰のこと?」

「いとこだよ。劇場の外でもこそこそ会ってるって」

「まあ、変に意識しないでいられるようになったし」

「あのな、よりにもよってこの界隈でしけこむことはないだろう」

「うわ、そこまでバレてた？」

おたくんとこのダンリリ二代目、襲名披露はいつだい！　と万春あたりに茶化されてあなたもうんざりしていました。美波と樂ちゃんが近所の連れこみ宿に入っていったという目撃談があり、美波自身も下手な言い訳で取り繕おうとしませんでした。

およそ劇場が取りもつ縁には良縁がありません。ダンリリにしてもそうだし、他にも古株の佃谷のり助も、マジシャンの崑崙堂も、同業者や売店の売り子とくっついたあげくに今では慰謝料や養育費をかっぱがれています。ただでさえお前たちはいとこ同士なんだぞ？

「あいつのこと、ずっと鬱陶しかったけど、ようするにこの劇場がいけないと思うんだよね。だってみよし座に来ればいつでも会えちゃうんだから」

一時の気の迷いにしたって遺恨は残るし、近親婚の是非や遺伝的な問題をあげつらうつもりはなくても劇場がらみのジンクスとあいまって、漠としたもやが胸に沈殿するばかりです。

「だってあいつ、他の誰ともうまくいきそうにないじゃん。芸がらみの知識をとったら生活能力ゼロのコミュ障で、だからわたしが世の中のことを翻訳してあげないと、まともな人間として生きていけそうにないからさ」

あなたは娘の目がそれなりの真摯さを宿していることに驚きます。これまでの男出入りとはちがっています。これはあれなのか、一周まわって大事な人がすぐそばにいたことに気づいちゃったという青い鳥的なあれなのかと戸惑います。

進学はせず、みよし座からも巣立っていった樂ちゃんは、知人と旗揚げした小劇団の座付き作家になっていました。おなじような経歴や規模で比べても成功組に数えてよい劇団で、躍進を支えているのが練られた台本であるのは明らかでした。他にもラジオ番組の構成や雑誌のコラム、深夜ドラマの脚本などの仕事も舞いこんでいると聞いていました。

あなたは二人の交際について自分の姉ともさんざん話しあいました。昔から二人を知る演者たちは、認めてやれ、仲を裂くような野暮はよせと忠告してきます。なんにせよ若い二人なんだから温かく見守ってやれと。たしかにはずみでくっついた二人なら、別のはずみで離れることもあるでしょう。あなたはしばらく二人の仲を静観していましたが、美波はあなたからせしめた金で樂ちゃんとの逢瀬(おうせ)を重ね、大学卒業とともに同棲を始め、親族の手前もあるのでちゃんと籍を入れて披露宴をやるところまでとんとん拍子で決まり、わずか一年二年のめまぐるしい事のなりゆきにあなたはただ茫然(ぼうぜん)とするばかりでした。

顔なじみの演者もこぞって出席した披露宴で、五歳の美波による手描きの絵が会場のスクリーンに映されました。みよし座の風景を描いたものでした。そこにはあなたがいて、美波がいて、樂ちゃんがいて、屋内なのになぜか太陽と雲が浮かんでいて、色とりどりの花が咲き、満開の花の中心の舞台に立っているのは、二人にとって特別なあのコンビでした。

あなたはぼろぼろと泣きます。肩の荷が下りた感傷と、数えきれない後悔と懐かしさと、ついに独りになる寂寥感もあって、とても一口には言えない感情の津波に呑みほされて披露宴のあいだじゅう視界が濡れそぼっていました。

「おひさしぶり、支配人。まさかこんな日が来るとはねえ」

参列者のなかには、みよし座に出なくなってひさしいダンリリの姿もありました。それにしても樂と美波ちゃんがなあ、めでたいなあ、と言祝ぐダンさんはかなりやつれて髪の生え際も後退し、ほうれい線は鑿で刻んだようでした。歳月を経てもリリーとは完全な和解にいたっていないのか、おなじ円卓についてもほとんど言葉を交わしていないようでした。

劇場のそばで路上生活を送るようになっていた万春は、ご祝儀泥棒が見つかって警察に突きだされ、ダックビル・ショウのコントや新田花嬢の能面芸やそのほか多くの演者の余興は半分がウケて半分がスベり、反対の声もはねのけて結婚に漕ぎつけた劇場の子どもたちの大団円にも思えるこの光景にはたしかに幸福感が満ちていて、ここからまた数多の悲喜劇が生まれるとしてもそれはそれで健全な人の営みなのかもしれず、あなたは閉宴後のロビーでも一人ひとりに感謝を伝えながら、そのたびに涙に暮れてしまいます。

そんなあなたを見ながら婿は、きゃひゃひゃっひゃっと漫りに笑っていました。あれはどういう了見なんだとあとで美波を問いつめると、娘はちょっとためらったあとで夫の心境を代弁しました。

「お父さんがずっと顔をびちゃびちゃにして泣いてるから、お父さんだけ一人用の水槽にいるみたいに見えてきて、あごなんかも落ちっぱなしだから、そのうち提灯鮟鱇かなんかにしか見えなくなってきたんだって」

もらい泣きのひとつやふたつしろ、とあなたは思わずにいられません。

樂ちゃんの頭にあるのは、あくまで笑いのこと。自身が面白いと思えること。

そんな男と人生をともにするのは、修羅の道を歩むことではないのか――

考えなおしたほうがいいんじゃないか、と娘に再考をうながすには遅すぎました。そしてあなたの直感は、不幸にも的中してしまうのです。


ダンデライオン&タイガーリリーがたどった運命について話さなくてはいけません。

あなたの子どもたちの披露宴が、数年ぶりの再会だったようです。その日を境に、復縁とまではいかなくても交流が戻っていたようで、数年がすぎたころ――歓迎できない騒ぎが出来していたみよし座に、リリーが訪ねてきたのでした。

「ちょっとどうしたの、支配人！」

姿を現わすなり、リリーは目を丸くして声を上げました。あなたはちょうど、客席にしがみつくようにうずくまる樂ちゃんに殴打を浴びせていました。怒りを暴発させて、義理の息子を渾身の力で打ちすえていました。

「わざわざ訪ねてくれたのにすみませんね、リリーさん、ちょっとこっちを片づけちゃうから待っていてもらえませんか」

歳月がめぐるほどに事の経緯はからみあい、多くの物事はほつれ、色褪せ、擦りきれて、元来のありようからゆがんでいきます。心を頼りに、負のスパイラルを断つ言葉を使えなかった者は、遅かれ早かれその代償を払うことになります。

劇団の公演を二十回、三十回と重ねるうちに、座付き作家の樂ちゃんは擦りきれていきました。来る日も来る日も原稿に向きあってもいずれも完璧とは程遠く、落胆と失望はつのるばかり。他にないか、何かないかと世界のあらゆる隙間をほじくって、地面を掘り返しては埋めているうちに、前後左右、四方八方が濃い鈍色の壁に塗りかためられ、いったい何が面白くて、何がつまらないのかもわからなくなってきます。

あげくに劇団を放っぽりだし、樂ちゃんは行方をくらまします。劇団員に頼まれて探しにやってきた美波とも悶着になります。良いものが書けずに荒めば荒むほど、いとこ同士で気心の知れた夫婦のみぞは深まっていきます。仕事でつまずくと私生活も傾れる習性が夫にあることは、美波もよく理解しているはずでした。

「こんなことになって、何がおかしい、おかしいことなんてあるか」

あなたに打擲される樂ちゃんが、耳障りな裏声で笑いだしました。

「笑うな、笑うな、笑うな！」

「もうやめて、支配人、いったい何があったの？」リリーが困惑して声を張ります。探しにきた美波を、樂ちゃんは揉みあいの喧嘩になったあげくに突き飛ばします。その先に地面はなかった。屋外の石段を転がり落ちた美波は、コンクリートに首筋を打ちつけて病院に運ばれ、一命こそ取り留めたものの頸椎を損傷して、自分の足で二度と歩くことができなくなりました。退院した美波は車椅子で自宅へ戻りましたが、迎えにも来なかった樂ちゃんはあちこちを転々としたすえに行くところがなくなったのか、ふらりと自分の原点であるみよし座に姿を見せたのでした。

「何もかも間違っていた」あなたは叫ばずにいられません。「結婚を許したのも、交際を認めたのも、劇場でお前たちを育てたのも」

「そんなこと言わないで」慨嘆するあなたをたしなめたのは、事情を聞いたリリーでした。

「たしかに彼のしたことはひどいけど、ここでのことを何もかも否定しないで。せっかく神様に祝福されたのに、それを無下にしちゃったのはあたしたちもおなじだし……」

「……あなたはこいつが初めて笑ったとき、祝福されたのはあたしたちだと言ってくれましたっけね」

「雀躍りしたくなるような喜びを大事にとっておいて、ちゃんと話しあって、踏みとどまっていたらと思う日もあるんだから」

あたかも前世のように遠い記憶。ダンデライオン&タイガーリリー。樂ちゃんと美波。このみよし座ではたしかに二組の男女が、舞台と客席の垣根を越えてその生を交錯させていました。あなたの子どもたちは、ダンリリの軌跡をなぞるようにくっついては離れ、折にふれて周りを驚かし、時には喜びの源泉にもなって、たがいの結びつきを大事にして、数奇な縁でも二組は通じあっていました。

あるいはうちだけじゃないのかもしれないとあなたは思います。表舞台で生きるあらゆる演者の生き方は、観る者の人生にも有機的な波及をもたらして、それがめぐりめぐって演者にも返っていく。きっとそうなのでしょう。だとしたら——もしもダンリリが喧嘩別れをしないで今でも舞台に立ちつづけてくれていたら。あるいはみよし座がダンリリともっと違う関係性を築けていたら。美波が歩けなくなるなんてことはなかったし、あなたは樂ちゃんを殴ってなんていなかった。若い二人の結婚生活にも違う場面展開が待っていたかもしれません。あなたは胸や肩を波打たせながら、どこにもたどりつけない夢想をめぐらさずにはいられません。

「樂ちゃん、あなたは美波ちゃんが好きなんでしょう」

「もちろん、誰よりも」

樂ちゃんは即答します。どの面下げて、と暴発しかけたあなたはリリーに制されます。

「だったら、あたしたちのようにはならないで。かならずやり直せるから。ちゃんと奥さんと向き合いなさい。いまは彼女のそばにいて、話をするの」

殊勝にうなずいた樂ちゃんは、ああ、あ、あ、と裏声の端ぎれを漏らしながら目を潤ませます。あるいはダンリリのネタも書いていたリリーこそが、樂ちゃんの理想であり、目標でもあったのかもしれません。リリーの言うことには素直にしたがうのなら、手に負えない問題児が暴発してしまう前に、もっと早くリリーに来てほしかった。

「あたしたちにとってもここは特別な劇場だから」そう言ってリリーはようやく自身の来意を告げます。「こうして来たのも支配人にお願いがあるからなの」

「お願い、と言いますと」

「最近のダンさんのことは知ってる?」

「どこかの舞台に立っているとは聞きましたが」

地方局からもお声がかからなくなったダンさんは、事務所に所属しないで飛びこみでピン芸をつづけていると風の噂で聞いていました。幻滅したくないならあれは観ないほうがいいと昔なじみに忠告されていたので、あなたもその動向を努めて追おうとはしていませんでした。

「今ではそれも途絶えちゃってね。全身に癌が転移して助からないんだって。ご臨終も間近になってあたしを呼んでるって言うから、そりゃあ会いにいかなくちゃしかたないじゃない。あたしの顔見たらダンさんは〝お前とやってたころが一番良かった〟って泣きだして。〝そんなの知ってるわよ〟って言ったら〝もう一度だけお前と舞台に立ちたい〟ですって。お涙頂戴の舞台なんてまっぴらごめんだってあたしは答えたんだけど、とはいえ最後の頼みになりそうだし、どんなに落ちぶれてもあの人は生粋の舞台芸人だったから――」

あなたは息を呑んで、しばし諍いも忘れて、樂ちゃんと視線を突き合わせます。

あのダンさんが――芸人人生の掉尾を飾りたがっていると言うのです。

「あの人に、冥途の土産を持たせてやってくれないかしら」

お願いします、とリリーは深々と頭を下げました。


ダンさんの容態が急変したというので、あなたは急いで病院へと駆けつけます。

樂ちゃんも一緒でした。自宅に戻って美波と向きあう覚悟を固められず、といって行くあてもないという息子をあなたは追いだせませんでした。

リリーに話を聞いてから三日足らずだったので、劇場出演の準備は整っていません。いくらなんでも昏睡した芸人を舞台に上げることはできません。どういう話になるかもわからないいま、その日の営業を終えると従業員を帰らせ、ダンさんと親しかった古株の演者たちと連れだって病院に向かったのです。

痩せさらばえたミイラのような芸人が臥せっていました。点滴や機器に囲まれて、枯葉色の瞼を閉ざしています。あなたと樂ちゃんが病室に入っていくと、枕元に座っていたリリーがふりかえって、

「美波ちゃんと話はできたの？」

と、樂ちゃんに訊きました。樂ちゃんが頭をふると、「そう、早くしないとだめよ」とつぶやきながら病床のダンさんに向き直ります。「ダンさんったら間が悪いんだから。もうちょっと頑張ったら有終の美を飾れたかもしれないのに」

「持ちこたえられそうにありませんか」

「午後から昏睡して、もう意識は戻らないんじゃないかな」

「我々としても、ダンさんには最後の舞台をやりとげてほしかったんですが……」

「これじゃ無理ね。それともダンさんの遺体と並んで、あたしが腹話術でもしましょうか」

「いや、それは……」

「あ、二人羽織のほうがいいか。死後硬直が始まったらあごも唇も動かないでしょうから」

感傷に浸る(ひた)ことも悲嘆に暮れることもなく、相方の最期(さいご)をリリーはあくまで笑い飛ばそうとしていました。だしぬけにダンさんの酸素吸入器を外すと「どうなのダンさん、できるの?」と訊き、自分の手でダンさんのあごを動かして「ヤッタルデー」と声色を使ってみせます。居合わせた者が頰をひきつらせているなかで、きぃえええっと声が響きました。樂ちゃんだけが横腹を押さえて大笑いしていました。

ダンさんの意識は戻らず、といってすぐに最後の呼吸を終えることもなく、あなたは一時間、二時間と病室にとどまります。

窓の外は暗く、木々の枝が髑髏(どくろ)の手のように伸びてきそうでした。病室にこもる死の臭いは濃厚でしたが、リリーはダンさんをあれこれと弄りまわし、樂ちゃんも便乗して二人で笑いあっています。湿っぽさを吹き飛ばそうとしているのはわかりましたが、さすがにそれは、と医師や看護師に叱られてもしかたない破目の外しようでした。

　夜の十一時を過ぎたころです。意識を失っていたダンさんがやにわに目を開き、病室で騒いでいるリリーと樂ちゃんに視線を向けました。ダンさん、何かの遺言でも吐くのかと一同は身構えましたが、ダンさんはやおら掛け布団をはだけると、棒きれのような両足を開き、穿かされたおむつを剝ぎとろうとしながら、「糞詰まってかなわん、誰か吸いだして」と嗄れた声でつぶやいたのです。

　あなたは啞然として、おろし金のように硬い鳥肌が立つのを感じました。あるいは朦朧として夢と現を混濁させているのか、脳に転移した癌細胞があるかなしかの理性を食い荒らしているのか。さもなくば臨終のダンさんの一世一代のボケなのかもしれず、いずれにしても人の心と体が極限でもたらした狂態のように思えて絶句してしまいました。

　ねえ、今の聞いた？　とばかりに目を合わせたリリーと樂ちゃんは、数秒ののちに笑い声を爆発させました。あひゃひゃひゃダンさん、それが最後に言うことなの！　その中身はあの世に持ってっちゃっていいから！　リリーが手を叩いて笑います。

　だけどまあせっかくのお願いなんだし、ここは長年のパートナーのリリーさんがぜひ、と樂ちゃんも笑います。いやいや未来を担う若者が吸っておやんなさいなとリリー。後学のためにやろうかなと樂ちゃん。あたしがやってもいいけど、相方の最後っ屁ならぬ実のほうを吸いだすことになるなんて人生わからないものねとリリー。二人はたがいの言葉に相乗効果で悪ノリしていきます。

「ここは間を取って、支配人がどうぞ」

どこの間を取ったんですか、とあなたが突っこもうとしたそのときでした。

病室に駆けこんでくる者がいました。

新田花嬢でした。泣き腫(は)らした顔で、「……みよし座が、劇場に火が……」と声を上擦(うわず)らせているではありませんか。

「……放火の現行犯で、万春さんが捕まったそうです。泥酔しきって逆恨みめいたことを叫んでるって。建物は半焼で消し止められて、演者さんも従業員さんもみんな帰ったあとで無事だったんだけど、焼け崩れた廊下に一人だけ、一人だけ倒れていたそうなんです。すぐそばに黒焦げの車椅子が転がってたから、火の手がまわっても逃げるに逃げられなかったんじゃないかって……個人の特定はまだできていないみたいなんですけど、その人ってたぶん……ああ、どうしよう。支配人、あたしどうしよう」

あなただけではない、たしかに樂ちゃんにもその報(しら)せは聞こえたはずでした。

その人というのが誰かは、察しがついたはずでした。

帰ってこない夫を心配して、そこへ行けばかならず会える劇場に訪ねていったのか――

笑っていた樂ちゃんもわずかに一瞬、真顔になりました。

リリーすらも、その横顔を見てとめて、一抹の神妙な影をよぎらせました。

だけど樂ちゃんは、自身に集まったすべての視線を切るようにして、ベッドで開脚したダンさんに視線を戻し、漫りな笑いにすすんでわが身を包みこんだのです。あなたはすぐに病室を飛びだしました。

癇走った笑い声をそのまま病室に響かせつづけたのです。立ち去りぎわにふりかえり、笑いつづけるリリーと樂ちゃんを異世界の住人のように見つめて、こんな度の外れた者たちと人生を重ねてきたのかとしばし愕然としてしまいます。もしかして二人の目には、最初から客なんて見えていなかったのではないか。病室でふざけるのは客を笑わせるためではない、だったらその笑いはただの凶器でしかないんじゃないか。それでも、たったいま目の前の、ありえないほど極端に針のふれた情景だけが彼らの現実なら、あるいはこれが真正のダンデライオン&タイガーリリーの誕生であるのなら、劇場の主としては忌避することもできません。この身がいつか埋葬されるまでは、彼らと狂騒のオペレッタを演じつづけるしかないのかもしれません。

思い出は遠ざかり、時間はそのまま流れていきます。あなたは二つの目を瞼で嚙みつぶすように固く閉じると、頭をふって、病院の廊下を走りながらもう何も話しません。遠ざかる病室では、ダンリリの二人が笑いつづけていました。

無謀の騎士

＊

「アラマキ、動画配信はじめる。＃1」

アラマキチャンネル　2019/05/01

再生してくれてありがとう。このチャンネルの最初の動画です。

いまはあれだね、はじめて火をおこした類人猿のフィーリング？

すごいツールを手に入れちゃったぞって。お送りするのはアラマキシンペイ（テロップ：**アラマキシンペイ**）。ごらんのとおりのおっさんで、しがない地方在住者だけど、そんな無名のぼくがこうやって自分のチャンネルをもてちゃうんだからすごい。しかも撮って出しするだけじゃなくて、アプリをダウンロードするだけでスマホで編集もできちゃうんだから。

もちろんあまっちょろい世界じゃないのはわかってる。チャンネルの作り方はざっと調べたけど、だれにでも簡単なぶんだけ競争はガチで激しい。一万再生とかを稼いでこれだけで食べてけるのはひと握りだってね。

もちろんこのアラマキ、カネがめあてじゃないけど、そういうのは二の次でいいんだけど、だけど広告を貼ってもらえるようになるだけで年収五百万とかいくっていうじゃん（テロップ：**500万！**）。おいマジかってなるでしょ？　そのためには登録者数と、動画再生の総合時間（テロップ：**登録者数＋動画再生時間＝収入**）を上げなくちゃならなくて。だから戦略っていうか、このチャンネルをどういう方向でいくかが大事で、すくなくともこうやっておっさんがくっちゃべってるだけじゃダメなんだよね。

よそさまのチャンネルをのぞくと、みんな好きなことやってるね。ゲームの実況したり、ギター弾いたり、ペットとじゃれあったり、ＤＩＹの家具を自慢したりとか。

アラマキ、おまえはどうすんだ？　もちろん戦略はあります。趣味系とかビジネス系とかもいいんだけど、ぼくが世の中になにを発信したいかといったらそれはやっぱり、家庭人でありよきパパでもあるアラマキ自身、それからエンターテイナーとしてのアラマキの姿ってことになるわけでして（テロップ：**アラマキシンペイ＝二児のパパにして、知る人ぞ知るエンターテイナー！**）。

おいアラマキ、大きく出たなって思ってますか？　だけどマジで、昔からなんかを書いたりするよりもしゃべるほうが自分らしくいられるというか、学芸会では主役か準主役、運動会でも選手宣誓したし、生徒会選挙にも出馬したし、中高の野球部ではずっとベンチのムードメーカーだったしね。こないだ同窓会に出たときも「おまえってテレビに出るようなやつかと思ってたけどな」とかけっこう大勢にいわれちゃって。そうだったな、ぼくってそういうやつだったよなって、不惑にして考えさせられるところもあって。

だからこうやって自分のチャンネルをもてたことにはマジで感動してます。でもって一発目の動画だからこそ、こうやって選手宣誓みたいな、エンターテイナー宣言みたいなのをぶちあげとこうと思って。これからはどんなにいそがしくても、家のことや子どものことでてんやわんやでもかならず毎日欠かさず、観てくれる人を腹から楽しませて、気づきなんかもあたえられるようなアラマキ、アラマキ一流のエンターテイメントを打ちだしていきます！

おいアラマキ、そんな宣誓したぐらいでチャンネル登録すると思うなよって？　もちろんぼくだってこんなもんでイイねがもらえるなんて思わない。そもそもおまえのいう〝エンターテイメント〟ってなんだよ、って話だもんね。それはおいおいあきらかにしていくから。とにかく一日一本はかならずアップするから。青田買いみたいにいまポチッとやってくれてもオッケー（テロップ：**アラマキチャンネルは毎日更新、ほかのどこにもない地方発信型のエンターテイメント・チャンネルです**）。

ここからはじまるんです、アラマキチャンネルが――

あなたはその立会人になってくれたわけです。

とにかく応援よろしく！

＊

アラマキチャンネル　2019/05/02

「アラマキ、家族でキャンプに行く。＃2」

えっといまは、家族で山中湖にキャンプに来てます。

わが子のお友だちと、ママ友パパ友たちもいっしょです。

これがけっこうハードで、一日じゅうバタバタしちゃって、あやうくしょっぱなから誓いを破るところだった。日をまたぎかけて、あわててこれを撮ってるんだけど、ちょっとまだアラマキのエンターテイメントを始動できないことは先にごめんなさいしとかなきゃ。

ぼくってこう見えても、キャンプってあんまりやったことなくて、というかこれまでなるべくアウトドア全般を避けてきた。ほら、キャンプってベタっていうか予定調和っていうか、だれがどうやったっておんなじ感じにしかなんないところあるでしょ。森のなかで寝て起きて、肉食って、火をかこんで、たまに動物見っけてキャーキャーとかそんなんでしょ。そういうところが他力本願っていうか、自力で場をつくっていきたいぼくとは相性悪いっていうか、いまいちノレないんだよね。

だけどツバサとスバルがひと月も前から楽しみにしてて（テロップ：**ツバサ＝長男11歳、ス**

バル＝次男6歳）、奥さんのメグラン（**メグミ＝妻43歳、あねさん女房！**）までシンちゃんがいけないならよそんちの車に乗っけてもらうとかいいだしてさ、奥さんや子どもがよそんちにおんぶにだっこで外泊ってたまらんもんがあるじゃない。だもんでこのチャンネル用の動画も撮れそうだし、たまにはいいかってわりきって出かけてきたんだけど。結果からいっちゃうと座組がよくなかった。

たとえばタイガくんとチャンリナのパパは痩せ型の公務員で、セイヤくんのパパはシステム・エンジニアで、カズマくんとこはソーラーパネルの研究員だそうで、だれもがアウトドアどんとこいってタイプには見えなかったから油断した。というかウカツにも、メグランからの前ふり情報を聞き流してたみたいなんだよね。

セイヤくんのパパは元・ワンダーフォーゲル部で、一家でのキャンプは月イチ行事。わが子の誕生日に子ども専用のテントを贈るほどのつわものだった。テントでいったらカズマくんちなんて、彼らはこれをテントと呼ぶのかってかんじの超大型の要塞みたいなやつで（**！**）、テント内にはハンモックが吊れて（**！**）、天体望遠鏡を出すための天窓もあって（**！**）、砂漠にもっていってもベドウィンが三世帯ぐらいで住めそうなゴージャスさだった（**！**）。

うちのはメグランが実家から借りた古いやつ。ちょっとカビ生えてた。かわいらしくていいじゃんと思ったけど、二畳あるかないかで四人で寝そべったらぎっちぎち。あげくにツバサもスバルも、カズマくんとこのテントにお泊まりしたいとかいいだして、カズマくんちはパパもママもいい人だからどうぞって、それでわが子たちいまも帰ってきやしません。

こうなったら、自前のエンタメ・スキルで挽回するしかないって。わが子のハートぐらいはつかみなおさなくちゃって。負けてたまるかって狼煙を上げたんだけど、そんなアラマキの前に立ちはだかったのがタイガくんのパパ。

この人の〝公務員〟ってのは、なんと自衛隊員のことだった（！）。しかも山岳レンジャー部隊の指導教官だったこともあるんだって（！）（！）（！）。

本物じゃん。本物のサヴァイヴァルができる人じゃん。だけどそういうのをひけらかすこともなく、ゲームみたいにして子どもたちに薪を集めさせて、前の日から仕込んだカレーや手挽き豆のコーヒー、ローストビーフ、燻製の盛りあわせや貝のアヒージョと、得意のアウトドア料理をつぎつぎとふるまってよそのパパママを、このアラマキを骨抜きにしようとしてくる。そのどれもがことごとく絶品で、ぼくはテーブルから動けなくなっちゃって。

パパママの胃袋をもてなしつつ、タイガパパは「よ～し、探検に行くのはだれだ！」ってぼくがいうつもりだったせりふを横取りして、手ごろな洞窟や湖畔散策も地図なしで頭に入れていて、子ども全員をひとりで引率して、帰りにはワカサギをたくさん釣って戻ってきて。細マッチョだから二の腕にうちのスバルをぶらさげちゃって。アクティビティ・料理・装備・頼もしさ・自然の知恵、五角形のパラメーターがぱんぱんの完全無欠のキャンプ超人。ぼくの入りこむ余地なんてどこにもありませんでした。

えへへ。

このアラマキ、笑うしかなかったよね。

こりゃかないっこない。ショックのあまりほとんど動画も撮れなかった。

だってそんなときにスマホばっかりかまえてたら、あっしは撮影係でよござんすって白旗を上げることになるでしょ。

いまは夜、みんなはカズマくんちのテントで星見てます。うちの子も、メグランも。

アラマキは「みんなのテントもまとめて見張っとくよ」といって加わりませんでした。見張り。ああなんと脇役っぽい。だけどマジな話、このごろはオートキャンプ場でも窃盗（せっとう）や置き引きの被害が多発してるっていうし。県内の事件じゃないけど、ソロキャンパーを狙った強盗犯も出没してるって新聞で見たし。（テロップ引用：**また も〝山賊〟出没！　自然の中で人は悪さをしないという思いこみにつけこんだ連続強盗犯が再び犯行に及んだ。無人のテントから金品を奪い、時には刃物でテントを切り裂くなどして侵入、相手に重傷を負わせることも。残留証拠などから同一犯とおぼしき事件はこれで八件目。県警ではキャンプ場の利用者に注意を呼びかけている……**）

えぐいよね。この〝山賊〟のなにが怖いって、全財産を抱えてキャンプに来る人なんていないわけで、強盗なんてしたってたかが知れてるはずなのに、それでも連続してキャンパーを襲うっていうのは〝愉快犯〟の性格が強いんだって、テレビで犯罪アナリストとかいう人が言ってた。ほんと物騒な世の中だよね。

だから見張りをしてるんだけど、今日一日のことでくさくさしちゃって、アラマキチャンネルではグチをこぼしたくなんてないんだけど、本音トークやキレ芸なんかでイイねを集めたくはないんだけどね。そういうのはぼくのめざすエンターテイメントとはちがうっていうか。

だけどまあ、来るんじゃなかったとは思うね。家でひとりで動画撮ってたらよかった。連休が終わればまた仕事がはじまるし。代わりばえしない仕事。クソみたいな仕事。これ撮る時間ってつくれるのかな、あれこれ考えなきゃいけないのがいまいましい。

今日はそういうわけで〝毎日更新〟の誓いを守るのでせいいっぱいでした。エンターテイメントは明日に持ち越しってことで。そんなアラマキチャンネル、コメント・高評価・チャンネル登録をよろしく！

＊

アラマキチャンネル　2019/05/03

「アラマキ、本格始動する。＃3」

すっかりみっともないところをお見せしちゃって、＃2では酒も飲んでたし、削除しようかなと思ったけど、自分への戒めもこめて残しておきます。これからは消したくなるような動画をアップしないこと。酔っぱらって撮るのは厳禁！

だけど気づきもあったっていうか。ぶざまなところをお見せしたけど、それはそれでエンターテイメントしてんじゃないかって思えて。登録者も三人ついたし。そういう全身エンターテイナーっていうのか、トホホもさらけだしてこそのエンタメ精神なのかなって。

とにかく今日から本格始動します。もったいつけてきた〝チャンネルの方向性〟〝どういうエンタメなのか〟ってのもそろそろ正式発表しちゃいます（BGM：**ドラムロール**）。お待たせしました、このアラマキチャンネルは——

（テロップ：**アラマキシンペイによる御殿場案内チャンネル**）でございます！

街ブラってやつね。

ぼくはよくテレビ観るんだけど、観てて思うのは〝芸能人〟とか〝タレント〟ってなんなのかってことで。辞書でタレントって言葉を調べると〝才能がある人、テレビなどで人気のある人〟だって。だけどたとえば街ブラ企画とかだと、お笑い芸人やレポーターがたまたま会議で決まった土地の商店街とか観光名所をぶらついたところで、街のうわっつらをかすめたぐらいにしかならないじゃない。もっと地元に密着できる人が街ブラすれば、ガチでおもしろいところを選りすぐって紹介できるんじゃないか、グルメも文化も観光も深掘りできるんじゃないかって思うんですよ。この御殿場に関していったら、そういう〝タレント〟力があるのってこのアラマキなんですよね。

生まれ育ったホームグラウンドだし、それにこれは大事なことだけど、シフト明けとか半休のどのタイミングでも動画撮れるし。似たようなチャンネルもそんなになかったので、これしかない！　ってことで今日から撮影にはわが親友、イダちゃんに入ってもらっています。

たったいまもイダちゃんが撮ってくれてます。

あいさつしなよ、イダちゃん。

ほら、スマホを自分のほうに向けて。

「ども」

愛想ないねー。いま一瞬、鼻と片目が映ったのがイダちゃんです。

（テロップ：**撮影・録音・照明・アシスタント＝イダちゃん**）

ぼくとイダちゃんは小学校からいっしょで、なんといまは職場もおなじ。某アウトレットモールの管理部門で働いてます。職場での責任も増えてふたりとも忙しくしてるけど、シフトも合わせやすいんでイダちゃんとやっていきます。

さあ、手はじめにあの店いこっか。ぼくたちが暮らす御殿場は、富士（ふじ）や箱根（はこね）観光の入口になっていて、わさび田とアウトレットモールと、それから自衛隊の駐屯地（ちゅうとんち）もあって、本州でいちばん大きな演習場とか米軍のキャンプもあって、旧二四六や滝ヶ原（たきがはら）街道をよくオリーブドラブ色のジープが走っていきます。コンビニなんかでも迷彩服の買い物客をよく見かけます。沖縄ほどじゃないけどけっこうアーミーな土地柄ってのはあんまり知られてないかも。ここ数年ではグルメでも地域振興をはかってるので、和菓子や生ハム、生フルーツゼリー、富士の伏流水でつくった地ビールも激ウマ。御殿場で街ブラするなら、やっぱりグルメからだよね。

よし着いた。まっさきに紹介したいのは、この店のチーズクリーム入りの大福で……

あ、はい、撮ってます。動画サイトで配信するやつで。

いや、テレビ局とかじゃなくて個人のチャンネルです。許可？　取ってないけど、だから変なチャンネルじゃないんで、地元の人がこの御殿場の名物を紹介しようっていう趣旨で……わかりました、じゃあいいです。ごめんイダちゃん一回止めよう。


さあ、気を取り直して、この近くに焦がし醤油のラーメン屋があるので行ってみましょう。

御殿場バイパス沿いで、アクセスもよくって……

え、撮るなって。

ここもかよ。どうしてみんな拒否るわけ？

テイクアウトしてぶらつきながら食べるのはいやなのよ。わが家はツバサにもスバルにも食べながら歩いちゃだめっていってるし。そういうしつけをしてるからさ。食レポは前もって許可とか取らなくちゃなんないのか、今後の課題だなあ。

　紹介はしそびれちゃったけど、まあこのアラマキが地元の知られざる名店をどれだけ知ってるかは伝わったかな。これからもこの街の魅力をエンタメにしてくつもりだから、コメント・

高評価・チャンネル登録をよろしくどうぞ！

＊

アラマキチャンネル　2019/05/11

「アラマキ、引きつづき御殿場を歩く。＃11」

チャンネル登録者が六人。たった六人ぽっちかと（笑）のコメントもついてます。だけど待てといいたい。チャンネルができてひと月もたってないのよ？　六人もの人たちがこのアラマキチャンネルを支持して、毎日観てくれてるってんだよ？　ぼくはその〝六〟という数字を心に抱きしめていたい。

「突っこみどころが多すぎる」とか「おまえんちとイダちゃんちで計六人？」とか人をバカにしたコメントもついてるけど、反響がないよりはマシ。ぼくだって完ぺきな出来だなんて思ってない。改善をかさねながらつづけていこう。動画づくりのアドバイスサイトにも百本まではがんばってつづけるのが大事だってあったし。ほとんどのクリエイターがそこまでいけずに脱落するんだって。ぼくは挫折なんてしないぞ！

食レポはだめだね。許可がどうとか、ほかの客の映りこみがどうとか、制約が多すぎてめんどくさすぎる。だったら街の観光名所、自然の美しさを紹介しちゃおうってんでイダちゃんと仕事明けに歩いてます。毎日撮らなきゃだから下見ナシのぶっつけ本番でやってんだけど、なんというか見慣れた風景すぎて気分が上がらないというか、陽があるうちにネタを探さなきゃってあせるのもあって、頭がむくんだみたいに重くなってきて、下半身にもこう水がたまったような、疲れ、だるさ、徒労感？　そういうのとも戦わなきゃならないんだよね。

どんなに歩きまわったところで地元は地元だしな。だんだん心にひろがってくるのは、これはなんだろうねイダちゃん、これはめげかな？　だけどここが踏んばりどころじゃん、全国六人のチャンネル登録者のためにもこんなめげに負けるわけにいかないじゃん。

ああ、そうこうするうちに日が暮れてきた。……え、ぼくたちですか。ちょっと地元の自然を撮ってて、悪用なんてしませんよ。空き巣の下見とかそういうあれだっていうんですか。

ごめん、職務質問来ちゃった。

巡査さんたち「酔ってるのか」「家はどこだ」「仕事は？」だって。撮影切れっていうので切ります。これから身の潔白を証(あか)さなきゃならないから、今日のアラマキチャンネルはここまで。引きつづきコメント・高評価・チャンネル登録、マジで頼んます！

＊

アラマキチャンネル　2019/05/24

「アラマキ、ちいさな命を救う。♯24」

本日はあいにくの天気ですが、バイパスそばの高架下からお送りしてます。ごらんください、捨て猫です。ミャアミャア、鳴いてます。ミャアミャア。段ボール箱に入れて置き去りです。見て、生まれたばっかで眸も開いてない。排気ガスにまみれて、黒ずんだ綿帽子みたいな生き物。朝からずっと雨も降ってるし、このまま放っぽっといたら長くは保たないんじゃないかな。

というわけで、自宅に戻ってきました。仔猫たちもいっしょです。このアラマキ、わが家でちいさな難民を受け入れることにしました！　サバ虎やキジ虎があわせて七匹。イダちゃんのアパートはペットNGなので。うちも借家だけどなんとかなるでしょう。

ぼくの手や指は傷だらけ。ニャー子たちはいろんなものを怖がってます。カーペットに下ろしても、肢の裏のかんじが変わるのが怖いみたいで。おいで、怖がらなくていいよ、ここはきみたちのあたらしいお家なんだから。みんなおいで。

……うるさいな、メグランがなんかいってるわ。本番中だってのに静かにしてくれよ。ごめんイダちゃん止めて。

えー再開。ごめんうちでは飼えません。スバルが涙と鼻水ぐしゃぐしゃで、くしゃみも湿疹もひどくて。次男の猫アレルギーを忘れてたぼくも悪かったけど、メグランはぼくを説きふせるために下田のおじさんにまで電話したんです。大学教授で親戚のあいだで知恵袋のおじさんにいわれちゃったよ。「アレルギーは体調次第では命に関わる。哺乳類を飼うのはたいへんなことなんだよ。わが家の状況ではちゃんとできないから飼いません、というのもれっきとした動物愛護だよ」とのことでした。

というわけで飼ってあげられない。だから引き取り手をつのっちゃいます。ぼくだって募集なんてしたくない。情が移っちゃってつらい。動物好きのイダちゃんなんて撮りながら泣いちゃって。おかげで撮影がブレちゃってしかたない。もう泣くなイダちゃん。

わが子の命を守るために、ほかの命を守れないなんて、人生ってつらい。家族とそれ以外の命の重さを天びんにかけてるみたいな？　思いがけず哲学っぽくなったところで今日はここまで。コメント・高評価・チャンネル登録、猫の飼い主の応募もよろしくどうぞ。

＊

アラマキチャンネル　2019/05/27

「アラマキ、家族会議をする。＃27」

ずっと雨。雨。雨。世界は濡れつづけてます。

地元歩きをお休みして、今日はイダちゃんの家からお送りしてます。

捨て猫騒ぎがあってから、奥さんがこのチャンネル制作にいい顔しなくなってきて。

アラマキチャンネルのことは、世間に知られてから家族に伝えようと思ってたんだけど、メグランが変てこな動画を撮ってまわるぐらいならシフトを増やすなり、ほかにもバイトをするなりしてほしいっていってきて。まあじつのところ、うちの家計はそんなに楽じゃない。最愛の妻に心配かけたくないので、ぼくはここぞとばかりに広告収入のことを切りだした。こみいっているからテロップで出すと（テロップ：**登録者1000人&視聴4000時間でマネタイズ可能、広告が貼られたら1回再生ごとに0・5〜0・8円の収入。50万再生をめざせば40万円の収入**）ってことを伝えました。そこまでいけばバイトどころか、こっちを本業にしてもじゅうぶん家族を養っていけるんだって。

そしたらメグランは「いま何人なの？」って訊いてきたのでぼくは「二十三人」とサバをよまずに答えました。猫の回でけっこう伸びたんだけど、メグランには頭痛生理痛のコマーシャルみたいなため息をかえされちゃって、ちょうどリビングにいたお兄ちゃんにも「ほら、パパにちゃんといいなさい」とかいってんだよね。なんでもいってごらんとぼくからうながしてもツバサは「なんでもない」と口ごもるばっかりで。

ねばり強く訊いてたらやっといった。

「ハルトくんがパパの動画、観たんだって」

ちょっとした学校の話題になったんだって。で、また空ぶりだったねとか、明日こそがんばってねとかいろんな子にいわれたのがいやだったみたい。ツバサは多感な年ごろだから。

おいアラマキ、父親のやることで息子が気まずい思いをしても平気なのか、って声が聞こえてきそうですね。わかってます。だけどガリレオの〝それでも地球は動く〟じゃないけど、あたらしいことをするときってまわりから笑われたりバカにされたりするもんなんだってことはわが子に教えておきたかった。

父から子へ、ぼくには伝えていきたいことがあります。見せてやりたい風景があります。子どもはあっというまに育つ。親はいつもあれをやっておけば、これをやっておけばと後悔するばっかりで、だからぼくはどんなに笑われても、人は自分の信じる道をゆくべきだ、本物(モノホン)の自分を探すべきだってことはガチで伝えたかった。そういうことをあきらめず、なまけずにやってきた人たちがこの世界を豊かにしてきたんだってことを。

だけど成果も出てないのに、熱く語ってもしかたないから。だからぼくは「あと二ヶ月、いや一ヶ月で登録者千人にならなかったらやめる」と妻や子に宣言した。それでいいねと同意を得ようとしたけど、「なんで一ヶ月?」「いますぐやめて」とかえされても困るので、決定事項として宣言するだけにとどめました。

ちょうど一ヶ月後には、ツバサの誕生日もあるからね。ちょっと前まではうちにお友だちを集めてパーティーとかやってたけど、ここのところはとだえていて、誕生日会やんないのかってツバサに訊いたことあったんだけど「うん、もういい」って。タイガくんとかカズマくんとかの誕生日会にも呼ばれていってるから、ツバサはその、なんていうか、パーティーの豪華さとか自宅の広い狭いとか、プレゼントのグレードなんかをよそんちと比べて引け目をおぼえてんじゃないかって察しはついた。

貧すれば鈍するっていうけど、うちの子たち、なんかパッとしないというか引っこみ思案というか、どうもこぢんまりしてきてるふしがあって。いやね、うちが貧乏ってわけじゃないけど、あくまでもうちは中流ですけどね。キャンプのときにしてもそうだったけど、たいていは比較対象があることが親の悩みの種になるんだよね。

とにかくあらためて、家族にも視聴者にも誓います。

あと一ヶ月で、登録者千人まで伸ばしてみせる。いやそんなのショボい、ゆくゆくは一万人突破の人気チャンネルにして、妻や子どもに誇れるようなぼくになる！ ついでに広告収入をゲットして、ゲームソフトでも新品の自転車でも、自分専用のテントでも、子どもの欲しがるものをなんでも買ってやる！

だからほんとマジで、コメント・高評価・チャンネル登録よろしく。わが家の未来がかかってるんで！

＊

アラマキチャンネル　2019/05/31

「アラマキ、みずからの退路を断つ。＃31」

ひさしぶりにきれいな夕焼けがひろがってます。

このところ室内撮りが多かったから、地元歩きはひさしぶり。

ところでこのアラマキ、チャンネルの方向性をちょっと変えようかなと思ってて。

捨て猫の件から考えてたんだけど、エンタメ路線はそのままでも街ブラじゃとりとめもないから、もっと公益にかなうような、世界をすこしでもいい場所にできるような、世のため人のためになるエンターテイメントを配信できないかと思ってて。

わが子が肩身せまいからとかそういうんじゃなくて。猫の回がいちばん再生回数も伸びたわけだし。アラマキにはこの街で生きる大人としての責務、使命？　そういうのを背負うことが求められてんじゃないかって。なので、これよりアラマキチャンネルは、ば・ば・ばーん！

（テロップ：**社会派エンターテイメント、世直しエンターテイメント・チャンネル**）として生まれ変わります！

ていうかこの世のなか、あちこちにガタがきてて、あほな政治家やブラック企業が大手をふっちゃって、弱者はかえりみられなくて。こんな地方でも犯罪は増えてて、安心して家族で暮らせる街なんてこの国にあるのっていう。できることなんてたかが知れてるし、とかぼやいて布団にもぐりこんでも、おんなじ朝が来るだけなんだよね。というわけでぼくらチャンネル制作班は、もめごとや不正や犯罪はないかと雨上がりの街を歩いてます。

　もちろんそうそうトラブルなんて転がってない。からまれている富士娘（ふじむすめ）（**＝地方自治体開催のミスコン優勝者**）を助けてありがとうチュウ、なんてことはないよね。ここをまっすぐ進むと富士の登山道。山に入って遭難者がいないか見まわるとか？　だけどなんの装備もないし、イダちゃんなんてサンダルだしな。自分たちが救助隊のみなさんに頼るはめになったらまた失笑コメントの嵐になるから。おっと来た、われらが天敵、職務質問。はいストップね。

　再開。あいつらの目は節穴だね。地元クリエイターの身分証を見てるひまがあったら、空き巣とか痴漢とか車上荒らしとか、いまだに捕まってないキャンパー狙いの〝山賊〟とかを捕まえろってんだよな。

　もう九時すぎか、そろそろ疲れてきたな……だけどスマホ内蔵の照明はあるし、もうちょいがんばろう。

　暗い夜だな。ほら見て、森が海みたい。

　このへんは夜が深まると、車の通りもなくなっちゃって。

　こういうところで、引ったくりとか放火とかあるんじゃないかね。

お、イダちゃんちょっとストップ。

あの車、路肩に停まってるあのワンボックス――

あやしくね？　だってエンジンかけっぱでなにしてんの。ナンバー映すなよ、地元の車じゃないな。いかにも車内で悪だくみしてますってかんじ。帰りがけの女子高生とかひっぱりこみそう。それとも麻薬の取引とか？　わがアラマキチャンネルとしては見すごせないぞ。

あ、動きだした。窓からなんか捨てていったぞ。拾ってみよう。

血だらけの軍手（！）。

……なにこれ。映すなイダちゃん、血はNGだって。農作業とかでこんなに手が血だらけになるとかないよな。追ってみるか、イダちゃん走れ、走れ、離されんな。あっちもそんなにスピード出してない。バイパスに乗られたらそれまでだけど追えるところまで追ってみよう。カメラのぶれはしかたない、現場の生レポート感あるからオッケー。あ、また停まった。あそこのフェンスのわき。隠れろ、ここからズームできそうか？　ハァハアいうなよイダちゃん、ヘンタイが覗き（のぞ）してるみたいな画（え）になるだろ。だれか降りてきた。ひいふうみい、作業服の男たちが三人。持ってんのシャベル？　ヘッドライトもつけてる。先っちょに輪っかみたいなのがついたありゃなんだ、あいつら死体でも埋めるつもりじゃね？

おいおい、フェンスをのぼってくぞ。あそこって陸自の敷地じゃん（！）。

あ、わかった。

わかっちゃった。あいつらは盗掘屋だ（！）（！）（！）。本物、見るの初めてなんですけど。あそこは米軍のキャンプとちがって警備も薄めだし、お宝も埋まってるからな。もっと近づこう、現場を押さえるんだ。いやいやこっちもフェンス越えるのはまずいだろ。それじゃこっちも不法侵入者になっちゃう。ギリから狙おう、ライトつけるな。こっちの居場所がバレちゃうから、スマホの明るさ調整だけで頼むわ。それにしてもあいつらがっついちゃってバカだな、公道から見えるところで掘りだしたぞ。おおっ、けっこうすごい画じゃん。暗いシルエットがあやしくうごめいて掘ってる、掘ってる、犯罪現場のムードがむんむんじゃんか！

あちこち掘ってるな。輪っかがついてんのは金属探知機だな。よし、これだけ撮れたらじゅうぶん。あとは一一〇番（テロップ：**市民の義務！**）。イダちゃんのスマホ貸して。もしもし、あのいま陸自の敷地のそばにいるんですけど、敷地の地面を掘ってるやつらがいて……

おわあっ、え、え、なになになに。

なにいまの、いまの音って爆発？

あ、電話ごしでも聞こえましたか。はい爆発みたいです。早いとこ陸自にも報せないと。ぼくですか、ぼくは名乗るほどのもんじゃありません。匿名でお願いします。

そういうわけでえらいことになった今夜のアラマキチャンネルはここまで。コメント・高評価・チャンネル登録をよろしく！　今日のつづきはまた明日！

＊

アラマキチャンネル　2019/06/01

「アラマキ、登録者1000人突破を祝う。＃32」

ヒャッホオ！　アラマキチャンネル、ついにやりました！

ヒャッホッホッ、たった一日でぐんぐん登録者が伸びちゃって、自分の目が信じられませんでしたよ。再生時間もなんと五千時間を超えて、これではれてアラマキチャンネルにも広告が貼られます。

（テロップ：**祝・登録者1000人突破&5000時間再生！**）

ああ来ちゃった、アラマキの時代、ついに来ちゃった。ちょっと興奮しすぎだぞ落ち着けアラマキ、＃31の動画で抜け落ちてたことを解説しなきゃですね。

地元が長い人はみんな知ってるけど、東富士演習場にはしょっちゅう軍用品のマニアが侵入して、演習で残った砲弾を掘りかえしていくんです。たいていはミリオタだけど、組織だった盗掘団の噂(うわさ)もあって、長雨がつづいたあとには侵入者も増えるらしくって。不発弾ってのは信管(しんかん)が死んでるわけじゃないから、何年かに一度は暴発騒ぎも起こります。陸自はそのたびに防止対策に乗りだして、埋もれた砲弾の撤去期間を設けて、陸自の広報室が「不発弾はすべて処理されました」と発表するのがお約束になってました。

地元の新聞記事に出たコメントも貼っときます。（テロップ：**演習ではいくつもの戦車の大砲からおなじ目標を狙う。着弾はほとんど同時で、爆発の数は確認しきれない。シャベルの先端がふれるだけでも信管は作動するので撤去に当たる人間も深追いしない。米軍もそこで演習を行なうが、日本のミリタリーオタクや好事家がいくら手や指を吹っ飛ばしたところで彼らは痛くもかゆくもない。ゆえに残弾を細かく勘定することもない**）。うほほ、これ書いた記者は毒舌だね。そういうわけでゆうべもドカーンといったのね。死人は出なかったらしいけど、侵入した盗掘犯はみんな逮捕されて、あのド派手な爆発音はぼくの動画の臨場感に一役買ってくれた。アラマキチャンネルは社会の知られざる暗部をあざやかに切りとっちゃった！「これガチ？」「ガチの爆発？」「すんごいスリリング」「これはヤラセじゃないでしょ」「海外ドラマなみに面白（おもしれ）え」なんてコメントも殺到して、社会派へのシフト・チェンジがどんぴしゃり、素人動画のレベルを軽く超えたものを提供できちゃった！

もちろんゆゆしき問題でもあるわけで、ここの不発弾がブラック・マーケットに流れてるって聞いたこともあるし、反社会的勢力（ハンシャ）が宅配爆弾に使ってるって噂もあるし。アラマキチャンネルはしっかり世直しに一役買った。このアラマキ、現場での判断もまちがわなかった。罰せられることはひとつもしなかったし、ちゃんと通報もしたし。それもあって過激な動画だけどサイト側からも削除されずに、視聴回数は爆上がり（↑）（↑）（↑）、たった一日で上位二十パーセントの人気チャンネルに仲間入り！（**上位20％！**）。サイトからは一週間以内に広告掲載がスタートして収益がふりこまれますとダイレクトメールが届きましたっ！

ヒャッホッ！　ヒャッホウ！　だれか止まらない歓喜の舞いを止めてくれ！　この登録者数と再生時間から見積もって、このままいけば月に三十万の収入が見こめそうだって（**月収30万ゲット！**）。さっそくイダちゃんと制作会議を開いて、機材に金を投資すると決めました。スタッフの数も増やさなきゃかもね。これからも社会派エンターテイメント・チャンネルとして動画を充実させていかなきゃならないんだから。

ああ、それにしてもアガるなあ。アガっちゃってしかたない。

だってこのアラマキチャンネルを〝本物(モノホン)〟にすることができたんだから。

ときどきいわれることだけど、たしかにぼくは自己顕示欲とか承認欲求？　そういうのが人より強いふしはあるっちゃある。中高の野球部でベンチを温めつづけてたときにも、妻にもないしょでこっそり役者のワークショップに通ってるときにも、人生でいっぺんぐらいはスポットライトが当たるはずだ、ぼくにも脚光がまわってくるはずだって信じてきた。ぼくのなかには見つかりにくい真の価値が埋まっていて、それは発掘されないままで終わるジャンクな不発弾なんかじゃないって――こうして視聴者の目を集められるようになって、はじめてそれがまちがいじゃなかったってわかった。これまでの四十年の人生は、このときを迎えるための長い助走だったんだって。

ぼくのこういう雄姿は、妻や子どもにもおおきな力をあたえるにちがいない。冒険を忘れない心を。誇りを。夢を信じる力を。

というわけで今回は、喜びの報告だけで終わっちゃったけど、こんな気持ちを味わえるのも動画を観てくれてる視聴者のおかげです。ありがとう！　そして今後のアラマキチャンネルにもご期待あれ、まだの人はコメント・高評価・チャンネル登録をよろしく！

＊

アラマキチャンネル　2019/06/29

「アラマキ、脂が乗りきる。＃60」

こないだは喧嘩の通報をして、そのまえは車の事故を通報、そのまえは徘徊老人を保護して交番に連れていきました。注目されてるぶんだけ「見回りごくろうさん（笑）」「通報がなんでエンタメ？」「へなちょこ自警団乙」みたいなアンチコメントも湧いてるけど、なんのなんの、わがチャンネルが順調なのはまちがいありません。このところはかなり家族も理解してくれてるし、メグランなんて面と向かっていってはこないけど、おかずの皿数は増えたし、ぼくの帰りにあわせて風呂も追い焚きしてくれるし。寝るときも「ああ、今日もクタクタ……」とかいわなくなって。これはつまり夫への体力が残ってますアピールなわけで……いやこの話はやめとこう、なにもかもさらけだしてエンタメ化してきたぼくでもこれはさすがに、ねえ？　メグランは観てないって言いはってるけど、こっそり夫の雄姿を見守ってないともかぎらないからね。お察しください。

それできたのうは、ツバサの誕生日会があって。

はい、ひさしぶりに開催しました。欲しいプレゼントを全部載せでもらって、友だちにうらやましがられてるツバサの表情ときたら！　ふりかえってみれば、カードはずっと限度額いっぱいで、口座の預金もすずめの涙、アウトドアでプライスレスな体験をさせてやることも、親戚の家以外の旅行に連れていくこともできなかった。ぼくの愛する妻や子は、がっかりになれっこになっていた。広告収入でやっとこさ家計が安定したいまならわかる、ぼくはずっとつらかった。先立つものがあるとないとじゃこんなにちがうのかって。家庭での笑顔の量がこんなにちがうのかって。ぼくはずっと、子どもたちの人生を傷つけてきたのかもしれない。だとしたらそんなみじめな過去には絶対に戻らない。

職場でもチャンネルは話題になっていて、イダちゃんまで新入社員にサインやハグをねだられたんだって。スバルも小学校でなにかしら耳にしたようで、

「ねーパパって芸能人になったの？」

と訊いてきた次男の顔を、ぼくは死ぬまで忘れません。

そうだよ、と答えるほどあつかましくはありません。このアラマキ、わが子に正面から向き

あってこんなふうに答えたんです。

「パパはね、本物(モノホン)のパパになったんだよ」

ああ……すんません、思い出しただけでグッときちゃって。しゃべってばかりいないで今日も〝本物(モノホン)〟のぼくがなすべきことをしなくちゃね。さっきからガソリンスタンドでおっさんが従業員に裏声でわめいてます。あれはクレーマーかな？

どうせつまらないことで、お釣りが足りないとかサービスがなってないとかで難癖つけてんでしょう。自分の人生にゆとりがないと他人のやることなすことに文句をつけたがるんだよね。ちょっと行ってなだめてこようか。

このごろ、こんなのばっかだな。盗掘事件のような大ネタにはそうそう出くわさない。地元がそれだけ平和ってことだから、エンタメが足りないなんていったらバチが当たるけどね。たいした画(え)は撮れそうにもないし、おっさんの顔にボカシ入れんのもめんどいから、今日はここまでにしちゃおうかな。え、まだチャンネル登録してないの？　コメント・高評価とあわせてよろしく！

＊

アラマキチャンネル　2019/07/15

「アラマキ、急転直下の大ピンチ！　＃76」

このタイトル、釣りじゃないです。かなりヤバいことになってます。

アラマキチャンネル、存亡の危機におちいっています。

あーマジで最悪。こういうのってなんていうの、理不尽なとばっちり？　急に飛んできたクレームでチャンネル自体が削除されかけてて。リストに当たってもらえばわかるけど、すでにいくつかの動画は視聴できなくなっちゃってます。たとえば最高視聴回数を記録した盗掘騒ぎのあとの＃32とか。

どうしてそんなことになったかと言うと、いくつかの大手テレビ局や新聞社がですね、著作権侵害でうちのチャンネルを攻撃してきてるんです（怒）（怒）（怒）。このアラマキがよそからなんかパクったと？　もちろんそんなの言いがかりです。

つまりこういうこと。これまでうちの動画では、時事ネタとかをていねいに追うためというか、現実にこういう問題はあるんですよ、と説得力をもたせるために新聞記事をテロップで引用したり、テレビ番組の画像をひっぱってきたりとやってきたわけで。ちゃんとどこから引いたかわかるように局や新聞社のロゴも入れてさ。そういうのって礼儀としてやってるつもりだったのに、あくまでも引用でパクリじゃないのに。ちょっと調べてみたんだけどそういうのって各社のコピーライト部門がベルトコンベア式に、ろくすっぽそれぞれの動画も観ないで、ロゴや画像や記事が貼られたチャンネルに機械的に削除要請を出してるらしいんだよね。

で、そういうときにこのサイトは無慈悲もいいところで、著作権者から違法アップロードのクレームがこないかぎりはどんな動画も野放しにするかわりに、いったんクレームがきたら検証とか仲裁のプロセスをすっとばして対処します。身におぼえのないご近所トラブルで、いきなり大家さんに借家を追いだされるようなもんで。このサイトではペナルティを三回食らうとアウト、チャンネルを削除されちゃうんだけど、アラマキチャンネルは引用してた動画が三つ以上あったからいきなり三ペナ食らって退場寸前になっちゃって！

ちょっとひどすぎないか？　こっちがサイトの異議申し立て機能を使って、クレームへのクレームを出したのでいまのとこ完全削除はまぬがれてるけど。サイトはあくまでもつれなくて、著作権者には異議申し立てを送るけど、一週間以内に削除要請が取り下げられないかぎり規約によってチャンネルは閉鎖します、と申しわたされて。

おかげで広告もはがされちゃって、こっちはマジで大損害だよ。テレビ局や新聞社もひどいけどサイトもよっぽどだよ。こんなかたちでいたいけなユーザーをいたぶって。ちょっとこづかいをはずんだかと思ったらすぐにとりあげて。なにさまのつもり？　こんなに悔しくてこんなに腹立ったのは生まれてはじめてかもしれない。せっかくたどりついたエンターテイメントの舞台が、その土台から崩れ落ちようとしてるんだから。

情けないやらむかつくやらで、急転直下の坂道を転がっていく石ころになったみたいで。ぼくの異議なんて受け入れられないでしょう。この危機を脱するにはもう世論にうったえるしかないって思って。アラマキチャンネルがいかに血のかよってない大企業やサイトにひどい仕打ちを受けているかを知ってもらって、バッシングとかが高まれば、コピーライト部門のわからんちんも考えをあらためるんじゃないかって。

ぼくにとっちゃ死活問題だから。みじめな過去に逆戻りするかどうかの瀬戸際だから。

ずらずらっと〝アラマキチャンネル削除反対!〟のコメントをならべられたら、わからず屋たちも観るんじゃないか……ってコメント欄を見てたら、よくあるアンチの悪口とはちょっとニュアンスがちがう、長めのコメントを見つけたんだよね。

コメントの題には、「そろそろ目をさましては?」とあって。

ちょっと長いけど、テロップで引用してみますね。

引用:「通りすがりのセラピスト」のコメントより。

やぶからぼうに失礼します。アラマキさん、あなたは〝ドン・キホーテ症候群〟ではないでしょうか? 古典の『ドン・キホーテ』はご存じでしょうか。騎士道物語の読みすぎで自分は騎士だと勘違いした田舎のおじいさんが、現実と物語の区別がつかなくなって、よぼよぼの老馬にロシナンテと名づけて冒険の旅に出る物語です。

ここからつけられたドン・キホーテ症候群とは、一般の精神疾患ではありませんが、昨今のネットの投稿文化でよく使われる言葉で、誇大妄想や自己過大評価のこじれた承認欲求を満たすために、タレントや芸能人ぶって行動して自分をアピールしたがる傾向を指します。あなたの場合は〝エンターテイナー〟でしたでしょうか。

もともと自己を抑圧されている反動から、自分はきわめて有用な人間であると思いこもうとしたときにこの症候群におちいりがちで、他者に求められることで自分に価値があることを証そうとします。アラマキさんの場合は、「この世の中を良くしたい」と言いだしたあたりから危ないなと思っていました。「自分は生きる意味がある、なぜなら他人に何かをあたえる立場だから」というロジックが働いているわけで、まずは実際に自分が有用な人間になることこそが大切なのに、あなたのチャンネルでやっているのは〝世の中のためになる行為〟ありきで、手段と目的とが逆転してしまっています。

ドン・キホーテになぞらえるなら、騎士になりきって旅に出るよりも前に、まずは武術の鍛錬をし、本物の騎士道を学ぶべきなんです。それらを無視した行動はどこまでいっても自己満足で、まっとうな判断力や計画性もともなわないので、他者や社会にかえって悪い影響をもたらしかねません。周りの迷惑をかえりみずに突き進み、他人に干渉することでむしろ問題をこじれさせ、見返りを求めるなどして事態の悪化をまねくこともあります。度がすぎれば有害な社会病質者とも変わりがありません。

アラマキさんの年代ではとくに多いみたいです。

だれもが多かれ少なかれ、ドン・キホーテ。そういうところはたしかにあります。

自分はもっとやれるはずだ、現状を打破するために何かしよう、自分を大きく見せようというのは、ある意味ではとても人間らしい心理の動きです。だけどあなたのいくつかの動画を観ていると、あなたが破滅まっしぐらの暴走のただなかにいるようでハラハラしてしかたありません。お子さんたちもまだ小さいみたいだし、無謀な行動は慎まれたほうが身のためです。

あなたはいま、ひどく度の狂った眼鏡をかけているようなものです。そろそろ現実を正視して、自分のやっていることをきちんと見つめなおすころではないでしょうか。

老婆心ながら。

＊

アラマキチャンネル　2019/07/18

「アラマキ、ぶっ倒れる。♯79」

すんません、今日の動画はここからしか使えないわ。

きれいに拭いたつもりだけど、血とかゲロとか映っちゃったらすんません。

見てのとおり、ボッコボコにされて立てません。ぼくもイダちゃんも立てません。

あいつらなに、今日びオヤジ狩り？　動画のうらみがどうのこうの言ってたから、もしかしたらあの盗掘団の仲間がお礼参りにきたのかも。撮影中にいきなり七、八人で襲いかかってきて、高架下に連れこまれて有無をいわさず袋叩(ふくろだた)きですよ。たぶんこれ、あばらイッてます。さすがのアラマキも、このところの災難のつるべ打ちにへこたれそうです。

アラマキチャンネルの閉鎖まで、あと三日。

それなのにコメント欄は閑古鳥(かんこどり)だし。というか、登録者数がグンと減ってきてるし。

通りすがりのセラピストさん、観てますか？　頼んでもいないのにやってくれたセラピーもけっこう効いてますよ。「有害な社会病質者(ソシオパス)」「度の狂った眼鏡をかけてる」ってのはさすがにディスりすぎじゃないのかと思ったけど、そんなコメントにイイねが六百もついたのはマジで応えました。

世論なんてぜんぜん騒がないし。そりゃ静かなもんだし。もうわかんなくなってきた。アラマキチャンネルの登録者がなにを観たがってるのか、ひょっとしてぼくのカンちがいとか右往左往とかを笑ってるんですか。あんたたちはずっと、アラマキの「破滅まっしぐらの暴走」をエンタメとして消費してたんですか？

だとしたら、独り相撲もいいところじゃん。エンターテイナーなんてちゃんちゃらおかしい。たとえ道化でも、笑われるんじゃなくて笑わせるのがエンターテイナーでしょ。さすがにもうね、応えたなあ……応えたよ。ああでもないこうでもないのプロセスも、いい歳してぶざまな醜態も、親としてのしくじりも、なにもかもエンタメにしてきたこのチャンネルだけど、今回はさすがに楽しめるものにできそうにありません。さしずめいまのぼくは、ふらふらとさまよい歩いたすえにこの世の果てでへばった八十歳の老人みたいな心境です。どこまでいっても身のほど知らずのドン・キホーテ。本物（モノホン）のエンターテイナーには遠すぎるまがいものだったのかって——

「そんなことない」

うわ、しゃべった。イダちゃんいきなりカメラマンがしゃべるなよ。

「おれにもいわせろ。おれだってアラマキチャンネルの登録者なんだ」

そりゃあまあ、そうだけど。イダちゃんはスタッフになる前からの、アラマキチャンネルの登録者第一号だったもんな。

「はじめのうちは、ただのヒマつぶしだった。おれも半笑いだった」

えっ、そうなの（!）（!）（!）。軽く衝撃の告白なんですけど。イダちゃんもそっちだったのかよ。

「だけどシンペーちゃんと動画を撮ってて、おれは最高に楽しかった。ほんとに一日も休まず、ショボいのしか撮れなくても、めげずに挑戦して、努力して、なりたい自分になろうとしたシンペーちゃんはもう本物（モノホン）だ。地方の目立ちたがりの素人が、本物（モノホン）のエンターテイナーになろうとして、そういう姿を子どもたちに残そうとしたんじゃないか」

ありがとうイダちゃん。おまえっていいやつな。だけどところどころグサグサ刺さってるぞ。

「そういうさまを見ていて、おれもわかった。死にぎわにふりかえって人生を悔やむとしたら、それはなにをやったかじゃなくて、なにをやらなかったかなんだって」

イダちゃん、そうだよな——刺さる名言をありがとう。だけどそのフレーズ、制作会議であげてほしかったわ。アラマキがいったことにしたかったわ。

「だからもうダメだなんていうな。立ちあがってくれ。立ちあがってまた動画を撮ろう。おれのようにアラマキシンペイのエンターテイメントを心待ちにしている視聴者はたくさんいるはずだ。だから立ってくれ、ほら立てよ、自力で立てってって」

ちょっと手を貸してくれてもよくね？　だけどわかったよ。おれたちのチャンネルの最終回はまだ先だよな。つづけよう、つづければ光が差してくる。こんなに熱いハートをもったイダちゃんが撮影するアラマキチャンネル、コメント・高評価・チャンネル登録よろしく！

＊

アラマキチャンネル　2019/07/20

「アラマキ、未来に希望を託す。＃81」


再生ありがとう。今日はキャンプに来てます。

今回はアラマキ家とイダちゃんだけで、お友だちやその家族はなし。

誕生日にツバサに贈った専用テントを試しておこうってことで、よその家とのキャンプもまた夏休みにあるから、キャンプ・スキルを上げておこうというので前から計画してたんだけど、ぼくはそれどころじゃなくって。

アラマキチャンネルの閉鎖まであと一日。こんなところで肉食ってちゃまずい。このごろは仕事も休みがちで、万事休すなのに打開策は浮かばなくて……、……、

ごめん。無言になっちゃった。

だけど口をひらけば、ネガティブなことをいっちゃいそうで。

ちょっと出よっかイダちゃん。妻子は楽しそうにやってます。チャンネル存亡の危機なのに、わが家の安定収入が遠ざかりかけてるのにイイ気なもんです。

だけどイダちゃん、おれたちよくやってきたよな。毎日毎日、地元を歩きまわりながら動画を撮ってさ。本物(モノホン)とかまがいものとか、大物だとか雑魚(ざこ)だとか、そういうのどうでもよくなってきたよ。チャンネルがなくなっても死ぬわけじゃないしな。

そんなふうにふっきるために、こうしてキャンプに出てきたのかもな。イダちゃんは独身だからわかんないだろうけど、子どもが生まれてからこのアラマキ、夢を追うことをやめちゃってたわけよ。ほんとうにやらなきゃならないことが山積みで、どうにか食いつなぐのでめいっぱいでさ。自分ひとりだったらどこまでも追えていたものが追えなくなる。辛抱強くチャンスを待ったり、ひと旗あげるために東京に出たり、そういうのはリスクを考えるとできなくなっ

ちゃう。こうなっちゃったらもうしかたないよなって、自分のなかの願望をだましだましなだめて、家族だんらんの動画にめいっぱいのつくり笑いで映るんだよ。

だけどアラマキチャンネルをやれたおかげで、昔の気持ちを思い出せたよ。ほんとうに楽しかった。生きてる実感がえげつないほど湧いてしょうがなかった。

あいかわらず家族は楽しそうだし、広告収入でテントも買ってやれたし。それで満足するべきなのかもな。閉鎖されてもまたなにか探したらいいんだし。だからこれを最後の動画にしようと思います。視聴者のみんなにお礼を言います。アラマキチャンネルは今日でおしまい。短いあいだだったけどご愛顧ありがとう、さようなら！

――緊急事態です。

今日のぶんの動画は、最終回として撮り終えたつもりだったけど。

視聴者にも伝わりますか、このガチの緊迫感。ぼくはこの追加動画をひとりで撮ってます。

いまは夜中の二時。なにから話したらいいか、寝苦しくてぼくはふっと目を覚ましたんです。妻や下の子はすやすや眠っていて、ふと見るとスマホの着信ランプが点滅してた。見ればイダちゃんから「来たエンタメ」と謎のメールが入ってて。「どした？」と送っても返信なし。ソロで張ってるイダちゃんのテントに向かうと、ランタンがつきっぱなしになっていて、そこでたしかに、たしかに切り裂かれたテントの破れ目が見えたんです。

うごめいているのは、ふたつの影だった。

ひとつはイダちゃん、もうひとつは——

嘘だろ、〝山賊〟か?

さすがに鳥肌もんだよ。おぼえてるかな、ソロキャンパーばかりを狙う強盗犯。これまでずっと捕まってなくて、被害者は二桁とかになってて、ついに死者も出たってニュースでやってた。ぼくはいったんトイレに避難して、で、ひとりでこれ撮ってる。もしもマジで〝山賊〟だとしたらえぐすぎる。盗掘団をはるかに上回るえぐい動画になっちゃう。ああ、今日になってようやくチャンネルへの未練をふっきったのに。ここにきて〝山賊〟に出くわすとかえぐすぎる。たいした稼ぎにもならないのにキャンパーを襲う愉快犯、理性のたがが外れた〝本物〟の人殺し。できることといったら通報ぐらいのもので、だけど相手はまさにいま凶行におよんでるわけで、イダちゃんをえじきにしようとしているわけで。警察だってキャンプ場に着くまでには時間がかかるし、うかうかしてたらイダちゃんがヤバい——えーっと、いったん落ち着こう、いったんおしっこしよう。なんにも出ない。ずきずきと頭が熱くなるばかりで、体はぶんぶん左右に揺れちゃって。しゃべってないで早くいかなくちゃ、助けなきゃならないのはイダちゃんだけじゃない。もしもひと仕事を終えて欲をかいた〝山賊〟が、自分専用のテントで寝てるツバサにも手を伸ばしたら——というわけでそろそろマジで行くわ。いちおうこの動画を、家族へのメッセージにもしたい。えーっ、えーと、パパは後世に語りつがれるようなことはなにもできなかったし、というかよそのパパが家族にしてやれることすらほとんどできなかった、そういうパパだったけど、ああ、うまくしゃべれない。これまでずっとべらべらしゃべってきたくせにこんなときに言葉が出ないとかないだろ。しっかりしろアラマキ、えーきみたちのパパは、はっきりいってしょうもないパパだったけどきみたちに誇れるものがひとつだけあります。それはこのアラマキチャンネルです。パパの思いはここの全動画にこめてある。あーでも削除されちゃってんのか、いやここは信じよう、残ってると信じよう。えーたぶんパパはこのチャンネルでずっとひとつのことだけをいってきました。メグラン、ツバサ、スバル、ぼくはきみたちのことを愛してます。きみたちに誇れる父親になりたくて、きみたちとの輝く未来をつくりたくて、パパはめいっぱいに生きてきたんです――よし、これでいい。だれかこのスマホを見つけたらチャンネルに上げてください。ログインして右上のアイコンで簡単にできるからよろしく。それじゃあ行くぞ、すっ飛んでいくぞ。三つ数えて出るぞ、いち・にい・さん、おりゃああーーーーっ、

＊

アラマキチャンネル　2019/07/22

このチャンネルは、著作権者の申し立てにより全ての動画が削除され、閲覧することができ

なくなりました。

＊

「アラマキ、ひさしぶりのご挨拶。＃1」

新・アラマキチャンネル　2026/07/22

だれか、観てますかー？

ごらんのとおり、ぼくはアラマキシンペイじゃありません。

ぼくは、アラマキツバサといいます。何年かぶりにアラマキチャンネルのことを思い出して、どんな気持ちでやってたのかなあって考えたらちょっとしんみりしちゃって、それでこうしてあたらしいチャンネルで撮ってみてます。ネットの一部で話題になったりならなかったりした父のチャンネルですが、後を継ぐとかじゃないんだけどやってみます。こういうのっていきおいでやらないとできなそうだから、それでこんな喪服を着たまんまでやってます。湿っぽいなりですんません。

えーっと、ぼくの父のアラマキシンペイは、傍迷惑（はためいわく）な人というか、地元じゃその奇行がけっこう知られてたんだけど、なんだかんだで退屈しない人だったし、家族には好かれてました。ぼくはまだ小学生で、だけど父の動画はよく観てました。行き当たりばったりでいろいろとしくじって、しゃべらなくてもいいことをしゃべっていて、最後の動画のグダグダぶりなんてなかったですよね、しゃべってないで早く助けにいけってかんじで。恥ずかしい思いもさせられたんだけど、たまにはドキドキしたり、うっかり笑わされたりもして、けっこうガチですごい動画もあったし。だからぼくにとっての父は、まがいものか本物かはわからないけど、けっこう立派なエンターテイナーでした。

あ、これって亡き父を偲ぶ動画というわけじゃないです。

すいません、たしかに喪服だけど。ほかの親戚の法要があっただけで父のではないです。

アラマキシンペイはぴんぴんしてます。今はなんかちがうサイトに入り浸ってて、埋もれた才能を発掘するプラットフォームだとかなんとか。イイ歳してよくやるよってかんじです。すいません、話をする順序がめちゃくちゃでしたね。

だめだー、ひとりでべらべらしゃべれないよ。こんなのよくやってたな。いきおいまかせのぶっつけ本番じゃぜんぜんうまくいかないや。

もしもやるならもっとちゃんと方向性というか、どういうチャンネルにするのかを決めてかからないとなあ。だよね、イダちゃん？

血の潮

おなじ年に父母を亡くした天野こだまは、山崎と姓を変えて、養親の元で育てられた。

「私たちの血は、放浪の病にかかっているのよ」

お芝居の台詞のような母の言葉を思い出すとき、こだまはいつもいなくなった金魚のことを思い浮かべた。きっと血の色からの連想だ。

真っ赤な尾びれが裳裾のように揺れるきれいな一匹だった。縁日で買った金魚だったけど早死にしないで大きくなった。だけど家の中のなにもかもが流されて、あの金魚も土砂崩れのような濁流に呑みこまれていった。地元の風景をまるっきり変えてしまった大量の水が引くまでに数ケ月はかかったから、あの金魚もしばらくの間は、チューリップ形の鉢より広い世界を〝放浪〟できたはずだった。

物心がつくころから、父の仕事の都合で引っ越しが多かった。東北に移り住んだのはこだまが九歳のころで、津波にさらわれて行方知れずになった母は、おなじ年の暮れに秋田と山形の県境となる神室山で、行き倒れの遺体となって発見された。美貌と奇行でおなじみの母親だった。他の子のお母さんはふらっと三日も四日も家を空けることなんてなかったし、噂ではこだまを産んだ直後にも近所をほっつき歩いていて父に保護されたんだって。だけどその最期までわけのわからない奇行を残すことないじゃんとこだまは思う。海辺の町でいなくなって、深い山奥で見つかるなんて。

朝、目を覚ますたびに深呼吸をくりかえし、山の空気の冷たさが体温と溶けあわさるのを待つ。寝袋から這いだすと、野営地のそばを沢筋にそって歩き、乳白色のもやが垂れこめた下流まで下りてきて、脱いだスニーカーを水際に放っぽって、裸足の裏にごつごつした岩や苔のぬめりを感じながら沢に入っていく。

渓流の水は冷たかった。背筋にぞわりぞわりと鳥肌が這いあがってくる。お椀にした両掌で水をすくって、喉を潤し、川底で輝く縞模様の小石を拾いあげて匂いを嗅ぐ。朝まだき山間の静寂に、煙のようにほろほろとこぼれる暁光が染みていく。始まったばかりの一日との親密感が深まるこの時間は、こだまの大好物だった。

浅瀬でしゃがみこむと、化繊のロングパンツが濡れるのも気にしないで、両膝に載せた腕を垂らしてしばらく物思いに耽った。仮設住宅を出てからの数ヶ月の野営生活を、父との最後の旅を思い出す。あのころのように私は、山中で寝起きしながら生きていきましょう。なんとかなるよね、行けるところまで行くしかない——

朝の儀式のような時間も、風景の隅々まで明るくなるとともに終幕を迎える。視線を転じると、こだまから離れた上流にうごめくものがあった。ちょうど沢の真ん中のあたりで、石と石に両足を載せた人影がしゃがみこんでいる。

「うそでしょ、朝ご飯もまだなのに」

むきだしの尻をさらした悟が、そんな恰好ですることはひとつしかなかった。

明けそめた世界との親密感も、真新しい一日の感触もいろいろと台無し。サポートタイツをずり上げながら沢辺に上がってきた悟は、下流から戻ったこだまがへそを曲げているわけを察して、言い訳がましく弁解した。

「ゆうべギョウジャニンニクっての、あれを食いすぎて腹くだした」

「わりと近かったし。サイアク」

「気にすんな、兄妹なんだし。ネイチャーネイチャー」

「お腹が弱いんだから、お兄ちゃんはもう帰んなよ」

「なんでも食ってみる。そういうチャレンジ精神があだになることはあるだろ。それに帰るならこだま、お前も一緒だからな」

些細なことでむくれるな、と野性派ぶってみせる元ヒキコモリ。こだまは相手にしないで昨夜の残り物でささっと朝食をすませると、鍋や食器を洗い、落ち葉の上に敷いたロールマットと寝袋を畳んで、薪の燃えかすを沢に投げ、天幕を下ろして細引きを巻きとった。バックパックにすべての荷物を詰めこんで、遅れて身支度をしている悟を置き去りにして山中を歩きはじめる。

　山崎姓になってからはごくまともな家庭で育った。こだまの心を慰(なぐさ)めてくれたのは、地に足のついた誠実な養父母と、がさつで体も声も大きい六歳上の悟だった。こだまが来る前に引きこもりになって「おれはボタンのある服は着ない」と謎の信念を貫いて中学の三年間をスウェット上下だけで過ごしたらしい。社会復帰してからは、義妹に向けられる「ヒバクシャ」がらみの心ない言葉を駆逐するのに躍起になった。

　ありきたりのいじめで妹が泣いて帰ると、悟はその相手をとっちめに飛んでいった。たいてい袋叩(ふくろだた)きになって戻ってきたが、必ずあとから一人ひとりを襲って復讐した。こだまが十四歳のときに、勢いあまって相手の右目を失明させてしまったことがあって、それから二年後の今度は、こだまにからんできた半グレを石で殴りつけて傷害事件に発展。二度目とあって養父母も悟をかばいきれなくなってしまった。数日後、荷物をまとめて出ていくことにしたこだまを、悟が追いかけてきた。「私はいないほうがいい」と言うこだまに「こっちもどうせ刑務所送りだ、その家出に乗ったぞ」と息巻いて、拒んでも聞かずについてきた。血のつながっていない兄妹ふたりで、しばらく野営生活をともにするとは想像もしていなかった。

「それにしても、海で消えて山で見つかるってすげえな。行旅(こうりょ)死亡人(しぼうにん)ってなに？」

「身元不明の死者ってこと。自治体が公報を出すんだよ」

「ああ、心当たりのある方は引き取りにきてくださいって？」

「お父さんはそういうのこまめにチェックしてたから。電話して火葬にするのを待ってもらって、私たちは身元の確認に向かった」

　養父母にも話したことのなかった経緯を、道すがら悟には話した。被災直後の父は、毎日のように母を探しまわり、避難所や遺体が安置された体育館をめぐった。三月のうちは瓦礫も手つかずで、防風林もなぎ倒されていたので朝から晩までうるさく海風が吹き荒んでいた。捜索活動で遺体が見つかった場所には、赤い布切れを巻いた棒が目印で刺さっていて、こだまには風になびく赤い布が金魚の尾びれのようにも見えた。

「手がかりはなにもなかった。ひと月ふた月と過ぎてもお母さんは見つからなかった。周りの人たちはさすがに望み薄だろうって、葬儀だけでも早くやってあげないと友季子さんが成仏できないよって。だけどお父さんは頑なに死亡届を出そうとしなかった。行旅死亡人の公報に載ったのが十二月ごろで、私たちはそのころにはもう仮設を出ていたから、いまみたいに歩いて神室山まで向かったの」

　電車や車を使わなかったのは、駆け落ち同然に結婚したという母との別れを父ができるかぎり引き延ばそうとしたからじゃないか。こだまはそんなふうに解釈していた。その父は身元確認をすませてから一週間後、滝壺でうつぶせに浮かんでいるところを発見された。酒を飲んで水に入ったようだが、事故なのか、自殺なのかはわからずじまいだった。

「奥さんをいくら愛してたからって、娘を残して後追い自殺はしねえだろ。ていうか、これって母さんが見つかった山ん中に向かってるのか？」

「バレたか、遺体は地元の斎場が預かってたから、現場を見たわけじゃなくて」

「この家出は、弔(とむら)いの旅なんだな。よしわかった、おれもとことん付き合うぞ」

ありがとう、お義兄(にい)ちゃんは優しい。だけどどこまでいっても一時的な家出だと思っている。

そうじゃないよ、戻るつもりはない。移動する理由も本当はなんでもいいの。大事なのは帰らないこと。私はどこにも帰っちゃいけないんだ。

あるときから、それは始まる。

血は流れ、すべてがよどみ、朽ち、狂っていく。

たどりついた母の死地は、予想どおりこれといって変哲のない、人の気配もなにもない山中だった。それから三日ほど野営を重ねたすえに、養父母が出していた行方不明者届によって兄妹は家に連れ戻された。成人するまでは保護下に置く責任があるんだと養父母はこだまを叱った。私はだめなのに、私がだめなのに、どこかに根(は)を生やしちゃいけないのにと言っても聞いてもらえずに——

二年後、こだまが十八歳の誕生日を迎えるころに、死んだお祖母(ばあ)ちゃんを隠していたご近所さんが逮捕された。年金を不正に受給するために、布団圧縮袋で真空パックした遺体を自宅の納戸に安置していたんだって。

お守りがぱんぱんに脹(ふく)れて、轢死(れきし)した動物の内臓のように中身が露出した。火にかけた憶(おぼ)えのないケトルがピーッと鳴る。しばしば記憶が飛ぶ。自分の思考に連続性がないのは怖いことだった。心当たりもないのにショーツが汚れていることもあった。

あるときからそれは始まる。そして蜜(みつ)が垂(た)れるようにゆっくりと、ゆっくりと地域の全体に拡がっていく。庭の植物は枯れて、水は濁り、ご近所同士の諍(いさか)いが増える。町の側溝は異臭を放つ汚物であふれて、飼い犬や猫は寿命をまっとうできず、早いところでは飼いだしてから数日で死んでしまう。どうして、いったいどうして――

不審な人影がたびたび目撃されて、大声でわめきちらしていた隣家の奥さんは精神科病院に入ったと聞かされた。変事が立てつづけに起こり、町内会で話しあってお祓(はら)いをしてもらうことになったが、榊(さかき)の枝をしゃんしゃんと振ってくれた神主があくる日になって「土下座をしに来い」と町会長に電話してきたっきり失踪してしまった。

このあたりは呪われているんだという声も聞こえてきて、だけど持ち家ばかりなのでおいそれとよそには移れない。脹れあがったお守りをこだまは掌(て)で包みこむ。自分の心臓を握りしめているような感覚があった。

「だからずっと言ってたのに、本当はもっと早くにいなくならなくちゃいけなかった!」

悟と口論になって、こだまは家を飛びだす。養父まで脳に腫瘍(しゅよう)が見つかって入院し、養母は看病疲れで臥せっていた。ちょうど台風が来ていて、ずぶ濡れになりながら悟に手首を摑まれた。ちゃんと説明しろ、と言われても身をすくませるばかりだったけど、次第に言葉がつながり、頭のなかで伝えるべき意味がまとまった。

「事故とか病気とかご近所トラブルとか、変になっちゃう人が出たりとか、寄り集まって人が暮らしていれば当たり前に起こることだと思うでしょう。私だって気に病みすぎだって、思いすごしだって自分に言い聞かせてきたけど、だけど……」

「またそれか。異常なことがなにもかもお前のせいだなんて、そんなわけねえだろ」

「どこでもおなじだった。あのね、小さいころに両親と暮らしてきた土地の写真をネットで見たんだけど、どの一帯も廃墟みたいになってて。普通の住宅地がだよ？　昼間なのに暗く翳っちゃって、そこだけ時間が止まったみたいになってて」

被災後の仮設住宅でも、プランターに植えた植物は枯れて、ただでさえ神経が過敏になっている避難者同士の関係は悪化していった。生活の距離が近すぎるからか、現象が起こる速度も密度も桁違いで、あんたのところから枯死や腐敗は始まっている、なにかしてるんじゃないのかと責められて、こだまたちはそこにいられなくなった。

「お前が住んだところでは異常なことばかりが起こって、人もおかしくなるのか。なんだそれ呪い？　先祖がどっかの村でも焼いたのかよ、バカ言うな！」

落雷の音が響きわたった。横殴りの雨が頰や耳朶を打ちつける。もしかしたら悟の言うとおりかもしれない。これは先祖代々の呪縛なのかもしれない。できることならこだまもそんな馬鹿なと一蹴したかったけど、事実として養父母にまで被害がおよび、悟もこのところは睡眠不足や食欲不振に悩まされ、痛みもなくするりと歯が抜けるという。おかげで二十代なのに悟の口は真っ黒な洞になっていた。

「お母さんも、そうだったんだって」

生前の母が、性教育でも授けるみたいにこっそりと伝えてくれたあの言葉は、いざというときにこだまが動顛し、混乱しないためのセーフティネットだった。

私たちの血は放浪の病にかかっている――裏を返すならそれはつまり、定住してはならない運命にあるということだ。母の母も、こだまの大叔母に当たる人もみんなそうだった。あなたにもいずれそのときが来ると母は言った。あるときからそれは始まる。ある日を境にして私たちの生は、それまでとはまるで異質なものに変わってしまう。

「母系の血っていうの？　そういう体質みたいなんだよ。本人の意思とはまったく関係なしに潮のようにわざわいを引き寄せちゃう。知らんぷりして、我慢して生きていくこともできるけど、お前が原因だって名指しされることもある。お母さんはきっとこう思ったの。とうとうこの異常体質が、本物の災害を呼び寄せちゃったって……」

「あの地震も、津波も、お前んちが呼び寄せたっていうのか！」

「実際にどうだったかは重要じゃない、お母さんがそう信じたんだから」

「そういうの、迷信とかジンクスとか、誇大妄想とかって呼ぶんじゃないのか」

「あのね、花や植物はかならず枯れるでしょう。水は濁るし、まともなものも少しずつ歪(ゆが)んでいく。私たちはそういうものの螺子(ねじ)を早く巻いちゃうの。私たちの血が、いずれ起こる天災の周期すらも早めてしまった」

「もしもそうなら、どこにも暮らせないじゃないか」

「そう、だからせめて、人のいないところで生きる」

「おれはどうするんだ、おれたちは……」

悟はこだまのふくらみかけたお腹に視線を落とすと、雨に濡れた唇を嚙みしめた。

「そんな体なのに、山ん中で寝起きなんてさせられるか！」

結局のところ、人の運命を縛りつけるのは家や財産よりも、愛なのだ。かつて身元の確認に向かうときに父も言っていた。「お前も母さんの娘だから、野営には慣れておかないとな」

おそらく父はすべてを了解したうえで、母と生きる人生を選んだんだと思う。私は？　おなじような受難の未来に、このがさつでお腹が弱くて、だけど温かい大地のように優しい義兄を巻きこむのか？

こだまにはわかっていた。母が山中で見つかったのは、自分の足でそこまでたどりついたから。被災によって血への猜疑(さいぎ)が揺るぎないものになり、一命をとりとめながらも父や娘に見つかる前に避難所をあとにした。海に信用を置けなくなっていたその足は、おのずと内陸の標高の高いところに向かった。だけどそこで怪我をするなり、遭難するなりして、動けなくなってそのまま行き倒れて――

お母さん、お父さん、私はいま二人に無性に会いたいよ。

もっと一緒に、家族で、生きたかったよ。

悟にも立ち会ってもらって、こだまは分娩室でいきんだ。

雪解け水の奔流のように血流が速まり、毛穴が開いて汗と一緒に悲鳴が噴きだした。

生まれた女の子を抱きすくめて、感動してぼろぼろ泣いている悟とも頬を寄せあって、こだまも喜びに震えていたけれど、胸中のどこかには、あらたな呪いの源をひとつ殖やしてしまったようなそら寒い予感もあった。

もともと血縁はないんだから、養親の元からいったん籍を抜いて結婚すればいい、両親だって反対はしないと悟は言っている。授乳しながら、おむつを替えながら、このところは母のことばかりを思い出して、償いを求めていたことへの懺悔に、純粋な愛おしさに胸を焼かれる。母がたった一人で放浪することを選んだのは、家族に累をおよばさないため。そしてもしかしたら――自分を探すために娘も定住を捨てるのでは、と淡い期待を抱いていたからじゃないだろうか。

「お前は、どこにも行くなよな」

悟はこだまの失踪を警戒して、どこへ行くにもついてくる。

真夜中には魘されて飛び起きて、手さぐりで妻がそこに寝ていることを確かめる。

すでに家屋は腐りだし、植物の育たない庭は、汚泥のような色に染まっている。

地域には虫食いのように、空き家が目立ってきている。

広くなったリビングでは、首のようやく据わった娘を悟があやしている。

私もいずれは夫の望みを断ちきって、一人で放浪の途につくのかもしれない。そんなに遠くない未来に、ふたたび血が流れだすころには——

旅のどこかで自浄の術が見つかるかもしれないし、そんなものはないのかもしれない。末期に大いなる思いこみだったと気づくだけかもしれない。悟をこの運命に縛りつけるのも、置き去りを強いるのもつらいけど、だけどそのとき夫の瞳は、こだまを追って旅に出る娘の背中を見つめることもできるだろう。

終末芸人

一、壊れた芸人

陽気な出囃子(でばやし)とはかけ離れた芸人の姿に、観客はぎょっとして拍手を止めた。

舞台に現われたコンビの片われ、ジンボヨシユキは車椅子に座っていた。

頭はふぞろいな五分刈り、首にギプスを塡(は)めている。

死人のように青白い肌は静脈を透かし、生きながらにして遺体保存処置(エンバーミング)を施されたようだ。硝子玉(ガラス)のようなその瞳(め)はあさっての方向をさまよいながら、舞台照明の光と光のはざまにまぎれこんだ闇の尻尾(しっぽ)を捕まえようとしていた。

演芸場というよりもそこはコンサートホールのような仕様で、ステージの高さは三メートルほどあった。大手プロダクションが出資する常設ホールで、新春特別公演と銘打たれたこの日の昼公演は、民放キー局のカメラも入って公開生放送となっている。観客がざわついているのは、プログラムに〈マントルピース〉のコンビ名も写真も刷られていなかったからだ。喧嘩(けんか)別れがまことしやかに噂(うわさ)され、かれこれ一年ものあいだテレビにもラジオにも劇場にも揃(そろ)って出演していない二人だった。

舞台中央に立っているスタンドマイクまで車椅子を押してきたヤブカズオが、みずからの身長とジンボの座高のちょうど中間にマイクの高さを調整し、定位置の下手に立つ。「はいどうも、マントルピースです」そのヤブが口火を切った。「ご覧のとおり相方は、病院から直行でしてね。それでもぼくら頑張っていかなあかん言うてましてねー」

「ほんまにやんのか」車椅子に座ったままのジンボの声に張りはない。「勘弁しろや、なんでこんなありさまで」

「漫才コンビが漫才やらんでなにすんねん」

「こんなざまで客が笑うか」

ジンボとヤブ、たがいに客を意識しつつも、なにやら舞台の外の悶着を引きずっている。鼻息でマイクを鳴らすヤブが、どうやらジンボに漫才を強要しているらしい。車椅子を押されてきたとはいえ、客前に出てきたからには退くに退けないと腹をくくったか、ネタの枕となるしゃべりに徹するヤブにややあってジンボも語調を合わせて、一年ぶりのマントルピースの漫才が幕を上げた。

「ぼくらが飛びこんだのは厳しい世界でね、相方が壊れものだといっそう大変で」

「だれが壊れものやねん、おれは数々の奇蹟を起こしてきた男やで」

「ほー、奇蹟ってどんな？」

「テレビ画面を何度、満開のお花畑に変えたかわからへん」

「それは放送できひんときに局が流す画面や。だからぼくら冠番組持てへんねん」

「世紀末もすぐそこやで。冠番組なんて持っても無駄や」

「世紀末はまだ先や。こないだ二十世紀終わったばっかりやろ」

「そうやってお前、喉元(のどもと)すぎれば熱さを忘れるみたいなのはあかんで」

「二十一世紀末は八十年後、ぼくら生きてまへんわ」

「わからんで、今から心配していこうや」

「どんな世紀末を想像してんねん」

「そりゃお前、汚染された空気、不毛の荒野、ならず者の集団やろ」

「核戦争でも起きたんか？　ほんまに文明社会終わってもうてるやないか」

「全裸のマッチョが酒場に入っていくと、そこで飲んでたズベ公に言われんねん」

「なんて」

「あんた裸じゃないサァ。そういうのっぴきならない世界や。裸じゃないサァの世界や。力なきものはコミューンを追われる。おれら芸人は旅一座みたいになって、行く先々でネタを披露して食糧を分けてもらわなあかん。ウケへんかったら餓えて路頭に迷い、生きるために仲間の屍肉(しにく)を食らって……」

「やめろやめろ。えげつないのじゃなくて、もっとドリーミーな未来を語らんかい」

「ほしたらこんなんどや。そんな終末の世界を夢のようなネバーランドに変えるために、芸人が起ちあがんねん。そのためのヒロポン代、稼がなあかんから」

「ダメ絶対！　放送できんこと言うなや、この劇物芸人」

「終末世界やで、甘くないんじゃ。なまっちょろい濡れ煎餅が」

「だれが濡れ煎餅やねん！」

持ちネタのひとつの〈終末世界〉だった。上方漫才の系譜につらなる喧嘩漫才。抜き身の刀のように危険な発言をするジンボに、ヤブが鞘をかぶせようとしてそこに火花が散る。すこしずつ客席には笑いも起こりはじめている。二人の掛け合いが本気の喧嘩じみてくればくるほど観客はよく笑う。マントルピースを主流に押しあげたトラディショナルな芸風は、この舞台でもいかんなく発揮されていた。ところが開始二分ほどで、車椅子の相方を気遣うことなくツッコミを入れていたヤブがやにわにネタから脱線する。

「ぼちぼち温まってきたで、どや、また壊れるんか」

「……なんやねん、ネタ飛ばすなや」

「あのな、聞いておきたいことがあんねん」

「何がしたいんじゃお前、ネタするんちゃうんか」

「世紀末の芸人は生きるために芸をするわけや。ほんならお前は？　ジンボヨシユキはなんで芸をしとんねん？」

「おい、どういうつもりや、ヤブ」

「お前こそどういうつもりや。いつもいつも、お前はなんで壊れんねん？」

ギプスを巻いた首に、ヤブが強烈な手刀(ツッコミ)を見舞う。車椅子のジンボは軸の折れたマッチ棒のように首を傾(かし)がせ、「ごげぇ」と銛(もり)で突かれた動物のうめき声をあげた。

「もういっぺん聞くで、ジンボヨシユキはなんで壊れんねん？」

問いつめられたジンボは、相方と客席をかわるがわる見まわした。お前はどうして、いつも壊れる？　ジンボヨシユキという芸人を知っているものならば、それはだれもが知りたがることだった。あたかも終末の風景を見つめているようなジンボの泣き笑いの表情は、三十二方位に飛んでいく地上波の電波に乗っていた。

二、ジンボヨシユキという男

最も近いところでは三週間前に壊れたばかりだ。単身(ピン)でイベントの司会を務めていたジンボは、幕間(まくあい)にいきなり叫びだし、舞台の縁から身を投げた。後方宙返りをやろうとして顔面から落ち、首の骨を折って病院に担ぎこまれた。常日頃からジンボの奇行に慣れている関係者もさすがに愕然(がくぜん)とした〈自損事故〉だった。

あれから三週間、事務所を介さないマントルピースのゲリラ出演を知らされたマネージャーはとりもなおさずタクシーで会場へ急いでいた。四十九歳独身、タレント契約を交わしてからずっとマントルピースの担当を務めてきたのが彼だった。車内でポータブルテレビの電源を入れると、耳ざといタクシー運転手が話しかけてきた。

「それってあの人ですよね、とんぼ返りだかバック転だかをやろうとして、しくじって大怪我（おおけが）したって芸人でしょう。入院中じゃなかったんですか」

ええ、そうなんですけどね。ヤブがジンボを病院から連れだしたようだが、舞台出演についてはマネージャーとして何も聞かされていない。胸中には黒インクの壜（びん）を倒したみたいに不安がひろがって、車に乗りこむ前から空嘔吐（からえずき）が止まらない。処方された精神安定剤をケースから口に入れて、硬水のミネラルウォーターで体の中に流しこむ。ポータブルテレビの画面（なか）では、ジンボとヤブがネタを脱線しつづけていた。

〈こないだのはマジでひどかったな。とんぼ切ろうとして自爆、あれはなんやねん？〉

〈あれは、とんぼなんて切れへんことを忘れとったんや。うっかりミスや〉

〈終末なのはやっぱりお前の頭やな。お前はなんでちょいちょい舞台で負傷すんねん。ずいぶん前にも、激しく動きすぎていきなり両肩を脱臼（だっきゅう）させたことあったやないか。そんな放送でけへんわ。脱臼いうんはあれや、両腕だけいきなり死体になるようなもんやから。せっせと盛りあげた生放送の空気は台無しや、お前の自滅のせいで〉

〈そない昔のことを根に持っとんのか〉

〈他にもいくらでもあるで〉

〈なんやねん、これは公開裁判か〉

〈お前、舞台で嘔吐したことあったがな〉

〈あれは、前の晩のヒロポンのせいや〉

〈いきなり奇声あげたり、セット蹴飛ばしたり〉

〈わんぱくでええやないか。張りきって仕事してんねん〉

〈急に白目剝いたり。テレビで白目はあかんがな〉

〈あれや、脳の底が見たくなってん〉

〈腕をふりまわして女優に鼻血出させたこともあったな。ジンボヨシユキ、お前は地上波NGの要素を贈答用パックに詰め合わせたお中元みたいな芸人や。隣におればわかんねん、どれもこれもお前、わざと、やってんねやろ？　わざとやなかったらビョーキやで。いつもいつもなんで自滅してまうねん〉


ネタから脱線したまま、話題はジンボの〈自滅癖〉におよんでいた。相方のヤブのみならず、これまでさんざんその悪癖に泣かされてきた被害者の一人であるマネージャーは、この際だからとことん追及してほしいと思う気持ちが半分、あらたな謝罪案件が増えることへの恐怖心が半分といったところ。こうしてヤブが詰め寄りたくなるのは痛いほどわかるが、そういう詮議は楽屋でやるべきものじゃないのか。

「あれって台本にないんですか」お笑い好きらしいタクシー運転手が言った。「ジンボヨシュキのおなじみの暴発がぜんぶ？　だとしたらたしかにビョーキだ、笑えないことをわざわざする芸人なんて芸人としておかしい。医者に診せたほうがいい」

「私もそう思います、冗談抜きで」

ゆきずりの運転手にマネージャーは愚痴った――私たちの業界はアマテラスを岩戸から引っぱりだしてナンボ。正月から大晦日まで一年じゅう高天原の祝祭をくりひろげてナンボ。観客や視聴者が食いつくならどんな奇行も毒舌も悪口雑言も疎まれない。だれもが神経過敏な運動体になって、いつ喚きだしてもおかしくない躁状態でエレクトリカルパレードをしながらチョモランマ登頂をめざさなくちゃならない。

そんな世界で生きていれば、お頭の螺子が飛んでしまう者も出てくる。だけどジンボヨシュキは根本的に何かがおかしい。

無茶をするのはいい。どんな芸人だって爆笑の頂きをめざして体を張るものだ。ところがジンボはしばしばベクトルが真逆へ向く。アクセル全開で谷底に突き進むように、自分たちがつくりあげた〈笑いの空気〉をある瞬間からすすんで帳消しにかかるのだ。わざとやってるんじゃないか――マネージャーとしても折にふれてそんなふうに感じてきた。だけどそうだとしても腑に落ちない。芸人の性としてありえないことだからだ。

「私も管理不行き届きを責められるわ、減給されるわで……もういやんなっちゃう」

他にそんな芸人はいない。笑いをすすんで帳消しにしたがる芸人なんていない。ときにはそれがスリリングな個性に映るのか、客から異様な笑いを引きだすこともあったが——どうしたって痛手（リスク）のほうが大きい。他の出演者とは揉（も）めるし、放送コードには引っかかる。スポンサーありきの民放番組は起用に二の足を踏み、お茶の間からは敬遠される。

「後始末はいつも私、あの男のせいで何度、頭に地面を擦（こす）りつけたかわかんない。スタッフにも共演者にもなじられて踏まれて、あの男が吐いたものもなんべんも拭いた。冗談じゃないわよ、私はゲロ拭き用の雑巾（ダスター）じゃないのよ！」

「お客さん、ちょっと落ち着いて」

だんだん昂奮（こうふん）してきて、マネージャーは車の窓を開けた。薬の副作用でこのところはホルモンの異常分泌が進んでいる。四十九歳の中年男ながら胸がふくらみ、薄い乳汁のようなものまで出てシャツをまだらに汚す。それでも薬の服用を止（や）められない。

ああもう、それもこれもジンボのせい！　マントルピースの核であり癌（がん）。芸人として円熟期を迎えているが〈自滅癖〉のせいで伸び悩み、あげくに例の〈自損事故〉で死にかけた。おかげで事務所も大損害、担当マネージャーの彼は上司にぼろかすに叱責された。

「ヤブじゃなくても知りたいわよ、ジンボ、あんたはなんで壊れんのよ！」

激昂すればするほどシャツは染みで濡れていく。マネージャーは開けた窓からヒステリックな絶叫をまきちらした。

「なんでしょうね、ややこしいトラウマでもあるのかな」

乗客をもてあましつつ、運転手がぽつりと呟いた。

舞台ではマントルピースが、展開の見えない漫才をつづけている。

あくまでもそれをネタと見ているのか、客席にはさざ波のような笑いが起こっていた。

三、マントルピースの崩壊

新春特別公演の番組担当ディレクターは、副調整室からマントルピースを見守っている。昔からよく知っている二人が有数の演芸ホールに立っている姿は、ディレクターに特別な感慨を抱かせた。

お笑いと一口に言っても、漫談があり落語があり軽演劇がある。漫才はエンタツ・アチャコが言祝ぎの話芸だった〈萬歳〉から現在の形へと発展させ、寄席や演芸場からテレビへと主要な舞台を移し、昭和以降のお笑いの代表格となった。今ではどこでだって漫才に触れることができる。光の散在はとうぜん影を殖やし、おのずと伏流も生まれる。主要な都市にぽつぽつと生まれた〈地下劇場〉には陽の目を見ない芸人たちが吹き溜まり、ジンボはそのひとつに十年も単独で立ちつづけた苦労人だった。

るところが大きかった。

そのころから二人には世話になってきた。お笑いが好きで好きで、さまざまな分野の裏方を転々としたが居場所を見つけられず、酒で身を崩していた当時の自分をドブからすくいあげてくれたのがジンボとヤブだ。局の仕事にありつけたのも、メジャー進出後の二人の口利きによるところが大きかった。

だから頼みを断われなかった。本番前、ジンボの車椅子を押してきたヤブに土下座までされて、生放送の舞台にゲリラ出演という危ない橋を一緒に渡るはめになった。いざ蓋を開けてみるとやはり様子がおかしい。相方を問いつめるようなヤブの態度にはどこか強迫的なところがあった。何をしでかすつもりなのか、何かあればそれこそ即座に中継を切り替えなくてはならなかった。「あくまでもジンボさんの〈自滅癖〉にこだわってるみたいですね」かたわらではADも声音を強ばらせている。

「そうだな。おれも付き合いは長いが、ジンボが急に壊れる理由には見当がつかない。そもそもジンボほどまっとうな芸人はいないいんだけどな」

「まっとう、ヤブさんじゃなくてジンボさんが？」

「地元の関西じゃなくいきなりこっちに上京ってきて下積みした変わり種だが、あれで酒も博打もやらねえし、ヒロポンだなんだ言ってんのも虚勢だよ。ネタ作りだって稽古だって怠らねえ。脇目もふらず芸に向き合うくちだ。だからこそすべてを帳消しにしちまう理由が謎なんだわ。売れれば売れるほど〈自滅癖〉はひどくなってたからな」

舞台上では、一年前のコンビ別れに話題が移っていた。

〈お前のせいで、お前の《自滅癖》のせいで……〉

ヤブは目を充血させ、蚯蚓（みみず）がのたくるような血管を額に浮かせ、手加減なしでジンボの肩を小突き、頭に平手打ちを浴びせている。

コンビ別れのあらましはディレクターも耳にしていた。ヤブには東京で二人暮らしをしている妹さんがいたのだが、難しい疾患でずっと専門病院に入院していたという。容態がいよいよ急変したその日、マントルピースは生放送のネタ番組に出演していた。妹の危篤（きとく）をヤブは相方の耳に入れずに本番に臨んだ。無用な心配をさせまいとしたのだろうが、折悪（おりあ）しくその日のジンボは大荒れだった。ネタの中盤でマイクスタンドを倒し、セットを壊し、癇走（かんばし）った声をあげて、それでもネタを進めようとするヤブをマイクで殴打しはじめた。

八方破れのめちゃくちゃな狂態だったが、二人の喧嘩がかえって観客のたがを外した。本筋に戻そうとヤブが必死になればなるほど、ジンボの壊れっぷりには拍車がかかり、狂騒が伝染するように客は馬鹿笑いをつらねた。

〈お前のマイクの一撃が入って、おれは失神してもうた〉とヤブが言った。〈そのころテレビ画面はお花畑や。あのときおれは言うたよな？　後生やから、後生やからちゃんと最後までやってくれって〉

〈だからこんな真似しとんのか、舞台の上で復讐か〉

〈なんで壊れるのか、すすんでワヤにしたがるのか、その理由を言えや〉

〈懺悔なら裏でしたるわ。なんで公の場で謝罪会見せなあかんねん〉

〈わからんのか、今日はあいつの一周忌や〉

〈……あかんわ、ヤブ。それは生放送で言うには重すぎるで〉

〈お前が言うな。あいつに冥途の土産を持たせられんかったんは、お前のせいや〉

妹さんに助かる見込みはなかったらしい。だからこそヤブは臨終に駆けつけるよりもテレビに映ることを選んだ。兄の活躍を観るのが妹の病床での数少ない楽しみだったから——それを相方の暴発に踏みにじられた。ヤブはその後、いっさいの仕事をキャンセルするほどの〈過剰な喪中〉に入ってしまった。事情を知ったジンボが連絡をとろうとしても電話にすら出ない。〈自滅癖〉の実害に耐えつづけてきたヤブも、ついに堪忍袋の緒が切れたのだろうというのがもっぱらの噂だった。

〈あのあと、お前はふさぎこんでイカれてもうたな〉

〈お前が言うなや。おれは部屋に籠っとっただけや。ぼろの毛布を段ボールに巻いてこしらえた等身大ジンボ人形をすだれに刻んどっただけや〉

〈怖っ！　おれは丑の刻参りされとったんか〉

〈この一年、お前を恨む以外のことはせえへんかった。つまらん自損事故でぽっくり逝かんで

よかったで。この舞台でお前を裁けんねんから〉
〈あかん、あかんわ……ヤブお前、目がトンでもうてるで〉
〈おおきに、おかげさん〉

ディレクターはADを連れてサブから舞台袖へと向かった。ヤブの目は涸れた井戸のように虚ろで、生気のない顔は溺死体のように憎しみで浮腫みあがっている。もとよりジンボを客前で裁くつもりだったのか——放送コードの制御を働かせていないあの様子からして、生放送の打ち切りは覚悟の上に違いない。たとえ中継がとぎれても、それでも引きつづきこのホールで客の目に相方をさらすことはできるからか。起こりうる惨事を想像するにつれ、昔から二人を知る人間として胸の痛みをおぼえた。

「あの二人が出会った場にな、おれも居合わせてたんだよ」

「そうだったんスか」

「仲間うちの宴会でジンボが年下のヤブを誘ったのさ。当時のジンボは地下劇場を出たばかりで、ピン芸に限界を感じてたみたいでな。なんでヤブだったのか、あのころのヤブは駆けだしもいいところで、これといって冴えたところなんてなかった」

「それがいまや、ジンボとわたりあえる唯一の相方ってわけですか」

「コンビを組むなら似た者同士がいいってジンボは言ってた。ジンボとヤブ、どこが似てるんだかまったくわからなかったけどな。ヤブはおどおどして、話してる相手の目も見られないようなところがあったから」

マントルピースの結成後、ジンボがヤブを鍛えあげた。芸歴も実力もそなえたジンボを慕い、ヤブは適切な指導をスポンジのように吸収していった。着実に場数を踏んで、コンビの芸風が確立するとともに、ネタ見せ番組にも呼ばれるようになる。実際のところマントルピースの躍進はヤブに負うところが大きかった。切れ味のよいツッコミは望むべくもなく、牧歌的なまでに不器用なのがヤブだったが、そのぶんジンボの過激さに客の目線に立ってうろたえることができる。ジンボのどぎつさを隠そうと躍起になることで、かえってジンボという難物を観るものに咀嚼(そしゃく)させられる。ヤブという相方を嚙(か)ませることでジンボは初めて大衆性を得るにいたり、二人の取っ組みあいは〈至芸〉の領域に近づいていった。

舞台袖にたどりついたディレクターは、そこで思いがけない声を耳にした。これだけ重たい話題にもかかわらず、客席の笑い声が大きくなってきていた。

「おい、この内容でか？」

「でもたしかに、妙に可笑(おか)しいんですよね」

見ればADも笑いを嚙み殺しきれていない。逆光で暗くなった客席は夜の海のようで、崖際でしゃべりつづける二人に、失笑や憫笑(びんしょう)やお愛想の笑いではない、たしかに漫才芸への反響としての笑い声が、岸壁に寄せては返す波のように飛沫(しぶき)を上げている。そのなかにはジンボやヤブのこじれた情念が乗り移ったような狂笑も混ざっていて、ディレクターはひそかに身震いをおぼえた。

四、地下劇場入り

かつて芸人だった清掃員は、控室のテレビに釘づけになっていた。

後輩と呼べるかはわからない。おなじ劇場にいたころのジンボの舞台を観たことはない。それでも忘れがたい印象を残した〈楽屋世話係〉が今、表舞台でなにやら面白いことになっている。

あの劇場は、線路沿いの炭火焼肉屋と居酒屋とスポーツジムの並びにあった。夜に開演するライブに合わせて、塾帰りの小中学生とすれちがいながら小屋入りした。壁一面にいかがわしいチラシが貼られた廊下のどんつきに、納戸のように狭い楽屋があった。風通しの悪い大部屋に籠る煙草の煙は墓所の霧のように陰湿で、脚光を浴びずに自我を腐らせた芸人たちがたむろする〈芸の暗渠〉がそこにはあった。大手プロダクションの寵愛を受ける芸人を妬み、自己評価を歪ませ、前衛芸術家気取りで芸を奇形化させるものたち――嫉妬、自棄、怠惰、阿諛追従、逆恨み、それら負の感情が童話の虎のように溶け混ざり、その奥からは得体の知れない怪物が生まれることもあった。

〈せめて償（つぐな）えや、あらいざらいぶちまけろ〉ジンボの相方が迫りつづけている。〈お前が壊れるのは、おれも知らん過去に原因があるからちゃうんか。たとえばお前は、モグラ時代のことを語りたがらんよな。暗い穴ぐらでおかしくなってもうたんか〉

〈ここで思い出のアルバムを開くんか、なんでやねん〉

〈そんならおれが、妹との思い出を語ったろか？〉

〈……チッ、わかったわい。あそこには……地下劇場には化け物が棲（す）んどった〉

〈なんやねん、化け物って。古い劇場の怪談かい〉

〈体じゅうに彫った刺青（いれずみ）でボケる刺青芸人とかな、いろんな動物と闘う大山倍達（おおやまますたつ）みたいな芸人とかな……いろいろとおったけど、そんなかでもツッコミのサド面を窮（きわ）めた《拷問ツッコミ》の先輩（にい）さんが最悪の化け物やったわ〉

〈うわー、めっちゃ地下感あるな〉

〈話してると視線で脳髄をなぶられるような気がしてくんねん。その先輩（にい）さんのせいでおれは長いこと楽屋世話係のままやった。二年近くも舞台に上げてもらえへんかった〉

〈礼儀や作法からスタート？　ずいぶん古風な話やないか〉

〈ちゃうねん。おれは先輩（にい）さんの遊び相手をやらされててん。ふつうの遊びとちゃうで、相手はなにしろ《拷問ツッコミ》の化け物やからな〉

　マントルピースの漫才は、ジンボの過去をさかのぼるかたちでつづいていた。

清掃員は、面映ゆい心地になった。

テレビで自分のことを語られるのは不思議な感覚だった。

　つまらない人生の軌道から降りたくなった当時の彼にとって、すべてを放りだして潜った地下は居心地が良かった。関西から出てきたばかりのジンボが入ったころは〈拷問〉と揶揄されるツッコミによってコンビ解消記録を更新したばかりで、舞台に立つのすら億劫になっていた。だから彼はつぎつぎと現われる新入りと遊んだ。資質を見るといってボケさせては殴り、髪を毟り、歯槽膿漏の者には雷おこしを大量に食べさせた。舌の裏の口腔とつながる細い筋、これを爪切りでパツンと切断する。その新人は舌の回りが滑らかになった。なかんずくジンボとはよく遊んだ。舞台に立ちたがるジンボを引き止めて、特訓と称して剃刀の刃を口いっぱいに頬張らせたままネタをやらせた。チャバネゴキブリと鼠の糞を入れたすてきな福袋を顔にかぶせて頭を叩きたおしたこともあった。顔も体も傷だらけのジンボはなおさら舞台に立てなくなる。牢名主のような先輩がいる楽屋に、手枷足枷でつながれたような日々が暮れていった。

　ところがいつまでたってもジンボは、それまでの新入りのように逃げだそうとはしなかった。そのうちなにを思ったか、楽屋で寝泊まりするようになった。たわむれに先輩になぶられるとわかっていながら楽屋に居つづけ、つねに顔を合わせようとする。お前はマゾか？　問いつめてもジンボは否定した。たしかにその気はなさそうだ。責めさいなまれる顔はつねに苦悶に歪み、恐怖を訴え、さもなくば引きつった泣き笑いを浮かべる。倒錯した快楽によがっているような様子はなかった。

〈あすこの楽屋はそれこそ、終末を煮詰めた缶詰の中みたいやったわ〉

〈その先輩（にい）さん、芸人やなくてサイコパスやんか。というか適当な作り話してへんか〉

〈ほんまやねん、めっちゃ怖かったわ〉

〈なんでそないなところから逃げへんかってん〉

〈怖かったからや。せやからよそに行けへんかった〉

〈どういうことや、腰砕けてたってことか〉

〈先輩（にい）さんはどんどんエスカレートしててな。おれは青畳に爪を立てて逃げまわったわ。ヒイヒイ言いながら先輩（にい）さんの足にすがりついとった。どれだけひどい目に遭わされてもまだこの人は余力を残してる、そんな気がしておっとろしくてたまらんかった〉

〈そうまでして、舞台に立ちたかったってことか〉

〈違うねん。舞台は関係あらへん。そんときは先輩（にい）さんの恐怖との問題や〉

〈……意味がわからん〉

当時の彼にもわからなかった。ジンボの精神の強靭（きょうじん）さがどこから来るのか。お前は思いちがいをしているよ、清掃員はジンボに画面越しに語りかけた。あのころ当惑していたのは彼もおなじだった。ジンボにそこはかとない脅威を感じている自分を認めたくなくて、彼はジンボとの遊戯に血眼（ちまなこ）になっていた。傷つけられた皮膚も分厚くなり、やがてジンボの耐性は彼の行為を上回りはじめた。彼は怯えに近い感情を覆い隠すために、倉庫からペンチやニッパーなどの工具類を持ちだした。

〈ほんまにギリもギリやった。爪をはがされて睾丸をつぶされる瀬戸際で、それまで見て見ぬふりしとった他の芸人が立ちあがってくれてな。前に先輩さんが辞めさした芸人も集まってきて追放運動をしてくれたんや。ほんで先輩さんは地下劇場を追われて、おれはようやく初舞台を踏むことができたわけや〉

〈お前がぶっ壊れる理由はそれか。そんときの後遺症みたいなもんか〉

〈それは違うねんけどな〉

〈違うんかい〉

〈後遺症といったら、根性焼きにケロイド痕に蚯蚓腫れがようさん残って、傷痕の見本市みたいになって裸NGになってもうたぐらいや。さっき言うたやろ、先輩さんとの問題は初めて舞台に上がるまで、そこまでで決着はついとんねん〉

〈違うなら、なんでそんな話をしとんねん。こっちはお前の《自滅癖》の出どころを聞いとんのじゃ！〉

〈お前が地下劇場のことを聞きたがったんやんけ。ほんでまた、なんでこんな話で客は笑とんねん！〉

たしかに観客は笑っている。自分が笑いをとったようでこそばゆくもあった。

地下劇場を追われたあとはつまらない傷害罪で禁錮刑をくだされ、服役したのちにいくつかの勤め先で働いては追いだされ、現在のビジネスホテルの清掃業に流れ着いた。清掃員は思いを馳せる。あのころ劇場に棲息していた化け物というのは、ジンボ、お前のことだと思うよ。正体の知れないそのメンタリズムは、芸道を歩みはじめる前からたしかにジンボに宿っていた。数年ぶりにその姿を見て、清掃員は体の芯が熱くなる感覚をおぼえた。かつて自分を乗り越えていった芸人を、実物で見たくなってくる。身中で眠っている獣が息を吹きかえすような期待感に、居ても立ってもいられなくなっていた。

「休憩時間はとっくに終わってるぞ、いつまでサボってるんだ」

だから彼は、控室に顔を出した上司のがなりたてる大口に、モップの柄を突っこんでやった。現在のジンボにならどんなツッコミを入れるべきだろう？　彼は清掃員の制服を脱ぎ捨てると、ビジネスホテルからもそう遠くない会場へと向かうことにした。

五、ジンボ少年の喪失と収穫

教え子のお見舞いにやってきた老教師は、大阪から新幹線に乗ってきたのに肝心のジンボが病室におらず、途方に暮れていたところで、待合室のテレビに視線を奪われた。

あかんやないのジンボくん、と小学校の担任だった彼女は思った。当時から変わらない泣き笑いの表情がそこに映っている。舞台に上がれるようなありさまではなかったし、相方の詮索を受けることで急速に消耗しているのもわかった。

〈だいたい幼少期にトラウマがあるもんやろ〉と相方が話をつづける。

〈ひっつこいのう、どこまでさかのぼんねん〉

〈お前、貧しい母子家庭やったって言うてたやんか〉

〈待てや、母子家庭でも貧しかったとは言うてへん〉

〈だってお前の地元、日本屈指のスラムやないけ〉

〈そうそう、昼間っから職にあぶれた肉体労働者がチンチロリン、長屋や木賃宿のはざまには行き倒れた動物の腐乱死体がこんにちは。ＵＳＪって呼ばれとる地域や、ウルトラ・スラム・ジャパン……ってだれがスラム育ちやねん！〉

　話題が地元におよんでいよいよ老教師は不安をおぼえる。会場はちょっと尋常ではない熱気で、しきりに笑いが起こり、そのたびにジンボは泣き笑いの表情を崩している。いぎぎッ、とか、うがう、とか張りつめた声を漏らし、車椅子に預けた体を小刻みに震わせている。生放送ではばかることなく過去を語りはじめていることにも凝然（ぎょうぜん）とさせられた。

　貧乏暮らしというわけではなかったのは本当の話だ。母子手当だけに頼ることなく、母親はみずから働いて一戸建のローンを支払い、水商売をいくつもかけもちしながら息子を育てていた。そこまでなら美談なのだけど――あかんあかん、間違ってもテレビでする話やない。事情を知っている教師は気が気ではなかった。

〈お母(か)んには副業があった。体を売って稼いどった。ようさん客をとってたからそもそもおれは親父(おやじ)の顔も知らん〉

〈ほら見ろ、やっぱり家庭環境に難ありってことやろ〉

〈お母んは息子を人並みに育てんと、自分の決めたルールで飼いならすような女やった。ぼくちゃん、ぼくちゃんっておれを呼んでな。四、五歳で大きくなってるおれを乳母車(うばぐるま)に無理やり押しこんで散歩すんねん。夜になったらおれが寝てる横で連れこんだ男とぎったんばったんや。ほんで末期的なんはここからやけど、つづけるか？〉

〈もったいぶんな、ここまできて聞かんとすませられるか〉

〈えげつないで。初めはイカれた変態の客が、おれの肌にモノを押しつけてくるぐらいのもんやった。悪ふざけやったのがだんだん恒例になって、他の客もやりはじめてな。チャーハンにかならずついてくるスープみたいに、《ぼくちゃんのご奉仕サービス》がお母んの仕事の売りになっていったわけや〉

　本来であればそこで放送は終了するはずだった。すくなくとも笑いは完全に絶えてしかるべきだった。だというのに――教師は自分の目と耳を疑った。ジンボがとんでもない身の上話におよんでも、それでも笑い声の大波小波が去っていかない。こんなのどうかしている、本当の話と受けとられていないのかしら。歪んだ熱気が画面越しにも伝わってきて、理性のおよばない異世界を覗いているような心地になった。

ジンボの母親は、自分もやっていることは息子もやったらいいと信じて疑わなかったらしい。貧困や折檻はなくても、考えられるかぎり最も劣悪な環境だった。ジンボ少年は小学校に上がる前からくりかえし家出を試みた。毒々しくて偏狂な母親の世界から離れようとあばら長屋や木賃宿のあいだの路地を走って、走って、地域の外へと駆けていこうとした。ところが一帯には母親の信奉者も多く、どこへ逃げてもすぐに大人たちの手が迫ってきた。独占欲がとぐろを巻いていた母親は執念でわが子を網にかけた。そうして連れ戻した夜にかぎって、寿司やピザのごちそうを振舞い、喫茶店からパフェも配達させて、わが子の頭を撫ぜながら言うのだ。ぼくちゃんはちょっぴり脳みそが足りんのやから他の人と話したらあかんのよ。悪い人に騙されたら大変やん、誘拐されても大変やん、だからお母んのお乳だけを吸うてたらええの。ほんで家の仕事を手伝ってちょうだいね。

〈うぎッ、いぎぎッ、なんでやねん、なんでや……〉ジンボが舞台でうめいている。〈どうなってんねん、なんでこんな話で客は笑うねん。ほんまの話やねんで〉

〈なんでやろな〉ヤブも汗みずくだった。〈お客にもお前のド外れぶりが感染して、みんなで一緒くたに破れかぶれになっとるんとちゃうか〉

〈おかしいやろ、笑わそうとしてへんぞ。ぐぎぎッ、いぎッ……〉

〈そろそろ、壊れてきたんちゃうん〉

〈ぼけかす、やかましいわ……〉

〈で、話のつづき聞かせてえや〉

〈手伝わされんのがいやで毛布かぶってるとな、お母んの声が聞こえてくんねん——布団かぶったって世界は消えへんのよって。これはいよいよ地獄やで。たとえば蟻地獄が一ヘルやとしたら、少なく見積もっても五千ヘルぐらいはあったわ〉

〈とにかく、ようやくたどりついたわけやな。その幼児体験がお前の《自滅癖》の根っこってことや〉

〈いや、それは違うねんけどな〉

〈はあ？　違うことはないやろ。そんな体験をした子どもがトラウマフリーで成長できるわけないやろ〉

〈それがけっこう大丈夫やってん。おれはそのうち脱走も図らなくなって、地獄に慣れることにしたっちゅうかな。しばらくはお母んを手伝っててんけど、あるときお母んと客のあいだで刃傷沙汰があって、警察が入ってきておれは府の施設に送られて、そこへ定期訪問してた優しい女の先生が小学校編入の手続きをしてくれて、おれは地獄を出られた。せやけど……そんときにはもう地獄も薄まっとった。三ヘルぐらいのもんになっとった〉

〈まさか……蟻地獄三つぶんかよ〉

〈あのなぁ、トンズラしても無駄やねん。ほんまに怖いもんはトンズラしたって追ってくるが

な。せやからその場で、恐怖の首根っこをガッと押さえつけなあかんねん。あるやろ、だれにだって怖いもんは……〉

そんなん言うたらあかん、と老教師は唇を嚙んだ。子どもとはもっと脆いものだ。大きくて恐ろしい存在からは全力で逃げなくてはならない。子どもはその逃げ方を学ぶなかで知恵をつけて、善悪を見さだめ、大人になっていくものだ。そんなん言うたらあかん――鳶色のつぶらな瞳で、子ども離れした処世訓を吐いたあのころのジンボ少年とおなじように、老教師はテレビの内側の芸人もたしなめていた。

その後、母親は男と逐電してしまい、ジンボは高校を卒業してから単身で東京に出ていった。嫌な思い出ばかりの地元を離れたかったのだろうと思っていたが、盆正月には平気な顔で帰省して、老教師にも会いに来てくれた。そこにはたしかに、幼少期の記憶をすでに克服してしまったような強度があった。

〈ここまできたらとことんさかのぼったろか。おれの一番古い記憶は、生後数ヶ月のころやねんけどな〉

〈フカシかますな、適当なことぬかしくさって〉

〈夜泣きのストレスが爆発してもうたんやろな。深夜にお母んにわしづかみにされて、おれは壁に叩きつけられてん。ほんでその衝撃で、脳がこぼれてもうたんや〉

〈は？〉

〈ほんまやねん。鼻水のかたまりみたいに鼻からビュッと脳がこぼれてん〉

〈脳が出たぁ？〉

〈ほんまやねんて。お母んもさすがにぼくちゃんごめんねごめんねって言うて、薄桃色のしらこみたいなんをふよふよと手のひらで転がしとったわ〉

〈たいがいにせえや！　さっきからボケたおしてボケたおして、おれはヨタを聞きたいわけやないんじゃ、脳がこぼれて生きてられるか！〉

〈出たもんは出たんじゃ。オドリコってあるやろ、産道をくぐるために胎児の頭蓋は細長なっとる、その名残で生まれたての赤んぼうは縫合が閉じきってへんねん。自然とひっつくまではお頭の天窓がパッカァ開いてるようなもんや。だから壁に叩きつけられたはずみで、脳がこぼれてもうたんや〉

〈このヨタ助、それでボケのつもりなんか〉

〈ほんなら家来いや。上京するときに一緒に持ってきた脳のかけら、シーチキンの缶に入れて冷蔵庫に保存してあるから〉

〈なんじゃそら、思い出の品かっ！〉

〈あがぎぎぎッ〉

〈ほんでさっきからなんやねん、唸るなや！〉

〈わ、笑いすぎやろ。何がそないにおもろいねん〉

たがが外れたように観客は笑っている。もはやジンボが何を言っても笑いが起こる。赤裸々な過去が語られているのに、あくまでもボケと受け止められているのか。もう無理やと老教師は思った。舞台上でかなり辛そうにして、渦に呑まれる寸前で持ちこたえているようなジンボには、歯止めをかける人間が必要だった。養生せなあかん、自分の身を切り売りする真似したらあかん、わけのわからない客席の熱気が恐ろしくもあったが、病院から歩いていける生放送の会場へ、教師も向かうことにした。

六、アマテラスとの対決

そして再び、演芸ホール。

関係者入口から入ったマネージャーは、茫然自失するしかなかった。

舞台袖から見守るディレクターも、常軌を逸した客の熱気に呑まれかけている。

語られているのは陰惨で悲愴な話ばかりなのに、独特の間のあるヤブとの掛け合いが、ジンボの捨て身の語り口が、いわく言いがたい未知の感覚を生んでいる。これはなんだろう？　客席後方の出入口から見つめる元芸人の清掃員は疑問に思った。笑いと凄惨のあいだで宙吊りにされ、締めつけてくる強い束縛から声だけでも逃れたがっているように、客たちは笑えて笑えてしかたがないといった様子だった。舞台のマントルピースを観るもの一人ひとりが、それぞれの深奥から何かを引きずりだされている。喩えるなら終末の光景を目の当たりにした人間の、断末魔の笑いのようなものを——

「結局、なんやねん？　お前が壊れる理由はどこにあんねん」

「だからそれは……どうせわかってもらえへん。お望みどおり昔話もしたやろ」

「納得でけへん、おれはいったいなにに翻弄されてきたんや」

「ぐぼっ」

やにわにジンボが上半身を捩り、車椅子の横に嘔吐した。焦眉の面差しで客席を見回しながら「……笑いすぎじゃ」と吐き捨てる。ヤブはますます声を荒らげて、

「始まったな、いつもの〈自滅癖〉が。壊れはじめてるやないか、その理由を言わんかい。お前のなかでいま何が起きてんねん！」

「他人に言うても、伝わることと伝わらんことがあるやろ」

「わからんままか……妹をちゃんと送りだせなかった理由は。おれはどこまでいってもお前のことをなんにも知らん。このまま知らんままでコンビなんてやっていかれへんわ」

相方の視線から逃れるようにジンボは目を逸らす。さまよわせた眼差しが、袖にいる旧知のディレクターの顔をとらえる。そのかたわらに控えている老婦人は、懐かしい地元の恩師だった。客席側の通路の端には、かつてジンボが恐れた先輩芸人が来ている。毎日のように面倒をかけてきたマネージャーの姿も認めることができた。五里霧中の山奥でともに歩くものの気配

を察したようでもあれば、生き方そのものを問う審問官の数が増えたようでもあった。取り巻く神妙な顔が揃ってジンボに尋ねていた。ジンボ、お前の真実を教えてくれ——

「話さへんなら、もう終いじゃ。とことん一人で自滅してろや！」

相方のヤブがついにネタの仕舞いの〈もうええわ〉を吐きかけたところで、ジンボは上半身ごと大きくうなだれて、膝と膝のあいだにうめき声を落とした。

「……お前とおんなじや」

「ああ？　何がやねん」

「自分で言うとったやろ、ヤブ、お前が芸人を志した理由はなんやった。対面恐怖症やったろ？　赤面やら吃音やらを治したくて芸人をめざしたって言うとったやないか」

「……それがどないしてん。この業界に入ればいやでも荒療治できると思うやないか。別にめずらしい話とちゃうで」

「だから、おれもおなじやねん。おれは、おれは……」

ジンボが言葉を溜めたことで、客席は静まりかえる。それでも昂奮が鎮まったわけではなかった。客席のだれもが次なる爆笑の波にそなえて、唇や目をほころばせたままで固唾を呑んでいる。舞台の上の芸人に注がれる潤んだ眼差し、ねだるような、すがるような、欲張りな期待と飢渇の宿った笑顔、笑顔、笑顔——「……それやねん」とジンボはマイクでも拾いきれない小声でささやいた。

「笑いすぎ、笑いすぎや。この世の中で生きてるもんは、男も女も子どももばばあもアホほど笑う。ほんまによう笑いたがる。おれは笑顔が怖いんじゃ！」

次の瞬間、ジンボは白目を剝(む)いた。目の前の現実から、視線だけを顔の内側へと急いで匿(かくま)うかのように。笑顔が怖い？　対面恐怖症の亜種みたいなものか？　ヤブがかつて極度の赤面症だったことは一部に知られている。しかしジンボまで？　相方もすぐには切りかえせず、ジンボに向ける目を見開いている。

「脳みそがこぼれたせいじゃ……たぶん重要な部分だったんじゃ。おれは笑顔があかん。相手がだれでもどんな状況でも、笑顔が怖くてたまらんねん。笑う心理がどうこうやのうて笑顔の形だけでもうあかん。微笑、失笑、苦笑、嘲笑(ちょうしょう)、独笑、作り笑い、忍び笑い、馬鹿笑い、ぜんぶがあかん。笑顔の絵文字でもあかん」

「……お前、それ、本気で言うてんのか」

「頬も目も唇もいがんで、歯茎なんて見えた日には最悪や。おれにとってすべての笑顔は地獄の模様やねん。ヘル測定不能や」

「笑顔が怖いもんが、なんで芸人になんねん」

「だからお前とおなじやって言うたやんけ。怖いもんは逃げたって追ってくる。せやから怖いもんのどまんなかでねじ伏せたらなあかんのじゃ。無人島にでも逃げこまんかぎり、どうせどこ行っても笑顔とは鉢合わせになんねん。どいつもこいつも笑うねん。どこまで逃げてもお陽さんがついてくるのとおなじじゃ」

「……やっぱり、お前の頭の中が終末やったな」

「終末でもなんでも、終わるギリまでは生きてかなあかんやろ。せやけど笑顔恐怖だけはいつまでもヘル下がらん。しばらくは持ちこたえられてもずっとは耐えられん。体は勝手にパニック起こすし、緊急避難もしたなるわ！」

笑顔恐怖——ジンボの告白で、客の笑いは最高潮に達していた。

ゆえにジンボは、壊れる。

強引にギプスを外した首は、ほとんど九十度に曲がり、噛みしめる唇からは血が垂れる。

マネージャーは感じ入った。どれだけ後始末を強いられても、それでもジンボを援けてきたのは、恐慌に見舞われながら、壊れながら、それでも舞台に立ちつづける芸人に内臓をわしづかみにされるような凄味をおぼえてきたからではないか、おそらく観客たちも——

限界とちゃうの、と老教師は思った。ジンボは糸が切れたマリオネットのように四肢をふらつかせ、車椅子から無理やり立ちあがった。

「ふう、ふう、ひふう、そういうことじゃあァァ……」

がくがくと痙攣する首はそこだけ別の生き物のようだ。あごを血と反吐で汚し、気を抜くと白目に転がる眼球の焦点を外したままで、ジンボは腿に当たった車椅子を弾き飛ばし、客席に背を向けるかっこうで、舞台の縁で踵をそろえた。

「お前、なにを……客に背ぇ向けたらあかんがな」

背後に広がるのは笑顔の海。ジンボにとっては終末の断崖絶壁。重心を落とし、空気椅子の体勢になったジンボは、オランウータンのように両腕を前方に放りだした。

「すまん、すまん限界じゃ、いったん緊急避難じゃあアァァ——」

「なにしとんねん、だからお前は——」

とんぼなんて切れへんやんけ。だれもがそう思った瞬間、ジンボは跳躍していた。客席めがけて背面からダイブしていた。

驚くほど高い跳躍だったが、後方宙返りはしきれない。ジンボの軌道はできそこないの虹のように半端な弧しか描かない。舞台は高い。崖の下へとジンボは真っ逆さまに墜(お)ちる。

舞台袖から、通路から、マネージャーやディレクターや清掃員たちが飛びだして、とっさに手を伸ばすが、どの手も届かない。「——あかん！」恩師の声も笑い声にかき消されて、ジンボの耳までは届かない。

スローモーションになったような時間の中で、照明で逆光になった黒い翳(かげ)が、舞台と客席の間の奈落に墜ちる——

脱線をつづけたマントルピースの漫才は、グシャッ、という鈍い音と、その直後につづいた長い沈黙によって緞帳(どんちょう)を下ろした。

七、ジンボヨシユキの墓標

ゆるやかに日々は過ぎていった。

民放ドキュメンタリー番組の取材班は、語り種となりつつあるマントルピースの生放送ゲリラ出演に着目し、ジンボヨシユキの人生と〈笑顔恐怖〉の病理をテーマとして特別番組を準備中である。

深く関わった人物それぞれに取材して、ジンボが舞台上で語ったすべては事実であると結論が出ていた。笑顔、笑顔、笑顔、笑顔、彼にとっては恐怖の坩堝でしかない世界に身を置くことで、ジンボはそれに打ち克とうとしてきた。アンビヴァレントな動機ではあったが、ずっとそうやって生きてきたように――たえまなく観客と向きあい、観客を恐れ、観客と格闘してきた。ときに逃げ腰になり、傍迷惑なパニックを起こしても、懲りずにくりかえしアマテラスの岩戸の前に立ってきたのだ。

「オチたか？」

前回を上回る重傷だった。

絶対安静。無期限休業。首のみならず量を増したギプスで石膏像なみに固められている。

取材班のインタビューでも、ジンボはしきりに落下直後の会場の様子を知りたがった。

「オチきらんかったわな、あのまま死んどったならいざ知らず」

おなじ病院にはもう一人、当事者となった芸人が入院している。あのとき落下するジンボに手を届かせられたのはたった一人、すぐ隣にいたヤブだった。前面跳びのかたちで後を追ったヤブが、空中でなかば抱き止めるようにしてジンボの頭部からの垂直落下を防いだのだった。巻き添えで頭を強打したヤブは「むぎい……まだ終わらへんのか、終末もけっこう長いわ」と惚(ほう)けた口ぶりで取材に応じている。

マントルピースの二人は現在、療養に専念している。

たびかさなる自滅を経て、それでも生き長らえたジンボに〈芸人をつづけるのか、マントルピースは？〉と質問したところ、縦にも横にも首を振ることのできない彼は、シッシッと手を払いながら取材者を煙たがった。

「荒療治はまだ途中やねん。せやからそんな近くで笑うなや」

ブックマン——ありえざる奇書の年代記

ぼくの叔父(おじ)は〝奇書〟の蒐集家(しゅうしゅうか)だったが、叔父自身が〝奇書〟でもあり、ぼくはその死後に叔父を〝読む〟機会を得ることになった。

＊

愛書家なら誰であれ、ある種の妖気を放つ書物で埋まった本棚の一角があるだろう。叔父の場合はそれが棚の全面を占めていた。それも小説、詩集、漫画、図鑑、美術書、自己啓発本からタレント本、サブカルチャーの書籍からトンデモ系の科学誌にいたるまでジャンルの雑食性を隠していない。世間一般で奇書といったら、読んだら最後、出口のない迷路に入りこませて何が謎かも見失わせる複雑怪奇なミステリを指す向きが強いが、叔父による蒐集のルールはもっと広義で、書物の世界に抱かれた空間や時間が奇(あや)しいもの——読者の縫い目をほころばせてどこかに引きずりこむような、行間に太鼓に急(せ)きたてられるかのごときオブセッションが鳴り響いているような書籍を、休日のたびに古書店を梯子(はしご)してはめざとく見つけだして、みずからの書の魔窟(まくつ)へと連れ帰っていた。

というようなことを付き合いのある同業者に話すと、けっこうな確率で羨ましがられる。作家としてのぼくにある種の作家性がそなわっているとすれば、叔父はその孵卵器であったように感じるらしい。親戚にそういう人がいると面白いですよね、と言われれば否定するつもりはないが……。もっともぼくの親戚は極端に少ない。物心がつくころから叔父の蒐集癖とは接してきたが、それが叔父や祖母のたどった運命とも無縁ではないと知るのは、ずっと後年になってからのことだった。

叔父の名は三郷哲史といって、ぼくの母の四つ下の弟だ。郊外で独り暮らしをする叔父の元にぼくを預けるたび、母の千慧は「あんまり変な本を読ませないでよ」と言ったが、叔父はどこ吹く風で、興味を惹かれた本を好きなだけ繙かせてくれた。

ちょうど自意識の芽生えだした甥にとって、叔父の書棚はまさしく奇しい魅力の滴る異界の入口だった。実験的でスラップスティックな短編小説集、この世に存在しない生物の図鑑、黒い背表紙のアンソロジー叢書、宇宙移住計画の建白書、翻訳されていない英語の書物や、右から左に流れるىやذやقやيの続け書きが幾何学的な文様をなすアラビア語の典籍もあった。判読なんてできないのに、ずっと眺めているといつしかひとつらなりの文字群が螺旋を描くように底深い穴をなしていき、だんだん自分が穴の上に浮いているように感じる。早く目を離さなくては、深淵に吸いこまれてしまいそうだ。だけどたやすく中断することができず、あわや墜落というところで叔父の声やテレビの音でわれに返る。もっともそうした得体の知れない吸引力は、あらゆる〝奇書〟に通ずる魔術的な本質といえるのかもしれなかった。

「おれたちは〝人〟を読んでいるから」叔父がいつか語ったことがある。「たとえば全人類の誰もが、一生に一冊の本を書くことを宿命づけられているとするだろ？　若いころからこつこつ草稿を書きためて晩年に浄書するのでも、人生の最盛期にどこかで集中して書き下ろすのでもいい。自伝でも歴史書でも百科事典でもなんでもいいんだが、たいていの人間の一生は書きまとめれば〝奇書〟になる。言い換えれば世間に出まわる奇書のなかには、人ひとりを封じこめたものも紛れているってことさ」

煙に巻いているわけじゃない。人が、人を読むということ――

それこそが読書の真実だ、と叔父はぼくに教えてくれた。

「お前は、祖母ちゃんと似てるから……」

そこまで言いかけて、そのあとに継がれるはずの言葉を叔父はいつも嚥みくだした。

ずっと何を告げたかったのか見当もつかなかったが、今ならわかるような気がする。たとえ祖母ちゃんやおれのように読めるようになっても、書籍のかたちで世に流通する〝奇書〟だけで満足しておけと嚙んで含めていたんじゃないか？

たしかにぼくは祖母に似ていた。見た目だけでいっても、眼窩の彫りの深さや鼻翼のひろがった鼻、厚い唇、濃い髭（ひげ）には中東アジアの血が色濃かった。

祖母はアラブ人で、サヤという名前も日本に渡ってから便宜上、みずから命名したものだという。母は三歳から、叔父は祖母のお腹（なか）にいるころから日本に住んでいたので言語のハンディキャップはなかったし、話し方や立ち振舞いが日本人そのものとなると周囲の人はよほど意識を凝（こ）らさないかぎり、アラブ系と日系のダブルだとはそうそう勘づけなかった。

おなじアジア系のミックスは、少なくとも世界の半分ではなんの問題もなく土地に馴化（じゅんか）していける。母も日本人と結婚したし、ぼくの記憶にある差別的な言辞といえば、九・一一のテロの直後にしばしばビン・ラディンと揶揄（やゆ）されたぐらいで、ぼくたち親子はこの国で支障もなく暮らしてきた。だがしかし、祖母のサヤはどうだったか？

ぼくが小学校低学年のころに鬼籍（きせき）に入ったので、祖母の記憶となるとあやふやだった。頭髪はいつもヒジャブで隠していたが、子供たちに信仰を強（し）いることはなかった。知力も体力も並外れて優れた人で、日本に移住するころには祖父の三郷吾堂（ごどう）と死に別れていたにもかかわらず、日常会話のレベルを超えて日本語を習得し、仕事をいくつもかけもちして女手ひとつで母と叔父を育てあげていた。

「ちょっとした天才だったからね、お祖母ちゃんは」母などはよく言っていた。「どんなことでも一人でできちゃうから、そのぶん自分の子にも厳しくて。欠点のない人間が家族にいるとそれはもう息苦しいものよ」

端的にその才媛ぶりが伝わる逸話として、左右の手それぞれで違う文字を書くことができたというものがある。右手ですらすらと〝انا جدتك. هذا عربي〟と書き、同時に左手で違う向きへ〝わたしはあなたのおばあちゃんです。こっちはニホンゴです。〟と書きつける。おなじ言語で試してみてもすごく難しいのに、祖母はこれをたわいもない手遊びのようにやってのけて、孫のぼくをよくびっくりさせていたそうだ。

生きるための知恵の泉を滾々と湧きたたせていて、外国人には何より難しいという漢字・ひらがな・カタカナの淆ざった日本語の文章も読みこなし、本こそ手にしなかったが、お役所の書類でも回覧板でもたちまち読み終えてすべてを理解している。故郷を懐かしがることもなく、亡き夫に恥じないように姉弟を育てることを自身の生きる意味と重ねていた。

すごいな祖母ちゃん。手元には一葉の写真しか残っていないが、駱駝のように濃くて長い睫毛や、眼窩にちいさな夜を嵌めこんだような黒目がちな瞳は、たしかに母へと受け継がれている。叔父はどちらかと言ったら日本人寄りだが、どこがどうとは言えなくてもぼくと叔父の顔には通じるものがあった。ぼくの母は、美しい詩をノートに書きつけるのは詩人ではなくて鉛筆でしょう？　という身も蓋もない性格だったので、叔父の奇書蒐集癖も度を越したゲテモノ趣味としか捉えていなかったが、あるいは祖母であれば、書架を埋める叔父のささやかな宇宙に、わが子が世界の箱庭をどのように築き上げようとしていたかに、深い見識を示すことができたのかもしれない。

「ちいさなころの哲史は、私よりもずっと読み書きが苦手だったのよ」初めて病院の叔父を見舞った帰りに母が言っていた。「外国人の血が流れているからとか、日本語が難しいからとかそういうことでもなくってね」

「叔父さんが？　それは聞いたことなかったな」

「問題集とかの短い文章は平気なんだけど、本となるとまともに読み通せたことなくて。文章を追っていると眩暈がして、字が独りでに左右反転したり逆立ちしたりするんだって。どうしても読みたい本があったら、私が読み聞かせしてあげてたんだから」

「もしかしたらそれって失読症だったんじゃないか？　現代だったら学習障害に数えられる症状だよ。たしか脳の情報処理の問題だったと思うけど、それじゃあ叔父さんはハンディキャップを克服して現在にいたるわけ？」

「そうね、あのころの反動なのかな。おかしな本ばっかり溜めこんで……文字が読みづらいかわりに、他の子には見えないものが見えるとか口走ったりもしてね。教育にはうるさかったくせにお祖母ちゃんは、哲史が読めないことにはそんなに頓着しなくて。〝本なんて読めなくても生きていけるわよ〟とか言ってた」

　遠まわしだったが、母はいざとなったら叔父の蔵書をどうするのかをぼくと話したかったんだと思う。幼少期の経緯もあるので寄付や売却はしのびない。だから形見としてあんたが引き取らない？　と言いたかったのだ。

読むべき本も雑誌もない病室で、蛍光灯が冷たく青白い光を放っていた。五十の坂を越えたある日の朝、強い頭痛と手足の麻痺をおぼえた叔父はみずから救急車を呼び、脳に腫瘍が見つかってそのまま闘病生活になだれこんだ。膠芽腫というたちの悪い腫瘍で、進行も早く、放射線治療も化学療法も功を奏さなかった。姉として母は病床に寄り添い、仕事の合間を縫ってぼくも通いつめた。最後のその日、脳のあちこちに腫瘍が転移していた叔父は呂律の回らない口でうわ言を吐いていたが、あるとき不規則な満ち潮のように明晰な意識を呼びさまし、枕元に呼び寄せたぼくに「……お前、〝読める〟ようにならなかったのか」と囁いた。すぐには意味を汲みとれずにいると、「読めんようでは書けんわな……」「まあいい……おれはこのままでいい」「おれは、サヤのところに行く」とつづけた。

すでに数冊の著作があった甥に〝読めんようでは書けん〟とは妙な言いぶりだ。しかもそんなふうに祖母を〝サヤ〟と呼び捨てにしたことはなかった。眼窩の底につかのまの光が宿ったように見えたが、やはりうわ言なのか、理性の潮は引いたままなのか。たくさんの警句や蘊蓄に満ちていた叔父の知性が、干からびた傷口のような唇からしゃべるたびに漏れだしていくようで、ぼくはその寂しさに言葉もなかった。

「だけど、お前にも読めるように……書いたから。姉さんには内緒だからな……」

最後の息を吸いこみ、それを吐きださず永遠に溜めこむようにして、叔父は逝った。ぼくに遺された言葉は、その遺稿の在り処を教えていた。後日、訪れた叔父の部屋は魂が抜けたように静かだった。ある種の書物の世界へとぼくを没入させた書棚、あるいは物書きの仕事を選ぶ〝扉〟になった書棚から、「お前に読んでほしい」と叔父自身が言い残した一冊を抜き取った。それは文具店で購入できるまっさらなノートに、叔父がみずから文章や図解を書きこんだものだった。

　脳裏には、いつかの叔父の言葉が浮かんでいた。

　人ひとりの一生を封じこめた書物――

　読まれることを意識していたのか、いつごろから書きだしたものかもわからない。横書きの日本語で書かれているが、脈絡もなくアラビア語の文様が現われ、人だか獣だかわからない生物のスケッチや、砂粒のように細かく書きこまれた記号も散見された。

　机にあったルーペで見てみると、そのすべてが〝目〟の記号だった。古代エジプトの象徴に見られる縁取りがある神の目――黒目にはつぶさに虹彩や瞳孔も書きこまれている。各ページの右下にはマッチ棒状の小さな人形が描かれていて、すばやく指先で捲っていくと人形はやがて極小の点に崩れていき、やがてその点が一冊の本へと変貌する。これだけなら偏執狂の落書き帳と変わらないが、綴られている文章はけっして書き殴られた怪文ではない。ぶっきらぼうな〝彼〟という三人称で語られていたけど、冒頭に目を通したぼくにはわかった。「――あまりに多くのことを母は子供たちに隠していた」という一文で始まるのは、叔父の私小説か自叙伝のようなものだと。叔父はこの書物のなかで、みずからの一家について語り起こそうとしているのだと。

だとすればそれは、ぼくが生まれる前のぼくの物語でもあった。誰よりも〝奇書〟に執着した叔父が遺した〝奇書〟を、ぼくが読まずにおく理由はなかった。

＊　＊　＊

あまりに多くのことを母は子供たちに隠していた。嘘をつかない人だったので、必然として語りたくない過去に関しては沈黙を貫くことになる。その沈黙はしかし、嘘よりもはるかに母を母だけの世界に閉じこめていた。

もともとお喋りではなかったが、遠い故郷のこと、夫との死別のことになるとひときわ口が重くなる。だから彼は、ときおり流砂のようにこぼれ落ちてくる母の記憶の断片を波打ち際の砂の山のように捏ねあわせ、語られざる一家の物語を推察するしかなかった。現在のイラク北部の山岳地帯で生まれた母と、日本から来た考古学者だった三郷吾堂。二人は恋に落ち、父の故郷で暮らそうと誓いあったが、約束は果たされなかった。吾堂はおそらく不慮の事故で亡くなり、それでも母は二人の子とともに日本に渡ってきた。

「お父さんを奪ったのは、あいつらなんだよ。私はだから故郷には帰らない」

戒律の厳しいムスリムであるがゆえ、異教徒との結婚が障害になったのか、駆け落ちしようとしてそこねたということか。姉のおぼろげな記憶も接(つ)ぎあわせ、姉弟であれこれと母の逃避行に想像をめぐらせた。砂漠を渡る行商隊に加えてもらい、砂粒が滲(し)みる涙目で世界を睨(にら)みつけた。船の甲板(デッキ)からはヒジャブすらも風に葬ろうとしたかもしれない。一蓮托生で逃げるはずの男は隣におらず、刺すような孤独を感じていたにちがいない。

　だけど一人じゃない。娘の手を引いている。新たな命も運んでいる。地縁や血族のしがらみに縛られない新天地で、この子たちが生を謳歌(おうか)できる世界で、親子三人で生きていこう――切れぎれでも記憶のある姉が羨ましかった。母はきっと砂漠を抜けながら、海を渡りながら、膨らんだお腹を撫(な)ぜつつ彼にも語りかけていただろう。お腹の外の声音は胎児にも聞こえているというが、彼はそのころのことをなにひとつ憶えていない。あるいは母の想いが溶けた羊水をごくごくと飲んでいたはずなのに。

「怖くない、怖くない」彼にとっての母の声の記憶は、この世に生まれ出(い)でて数年が経ったあたりから始まる。「お母さんがいるからね、なんにも怖くない……」

　顔にふわりと降ってくるのは、しどけなく垂れたヒジャブの布端だ。

　母の息づかいや優しい手は、万能の揺りかごだった。

　どんなに泣きじゃくっていても、母に抱かれるなり、彼はぴたりと泣きやんでいた。

　だけどそんな声や手ざわりも、月日とともに絶対の安堵(あんど)を約束するものではなくなった。

「あいつらはこの世でいちばん執念深いから……」と母は言う。「海を越えたって追ってくるんだから……」

故郷を捨ててきたのだから、新たな土地に根を生やしたがりそうなものなのに。母には〝定住〟の意識が希薄だった。

姉弟はそれこそ、小中のあいだに三度は転校している。母は〝あいつら〟をふりきるために住まいを変えつづけた。物価や家賃は高くても、過密な人口のカムフラージュに紛れこめるように都市から都市へ――姉はとっくに〝うちはそういうもの〟と諦めていたが、彼はというと引っ越しをするたびに鬱屈していった。

植物のように土地や人と繋がりたかった。好ましいものや心地よいもので営巣し、枝や葉をまとう蓑虫のように自分の空間でたゆたいたかった。だけどその日がやってくると、母は取るものも取りあえず移動してしまう。二つの手で運べないものは捨て去って、季節周期のない渡り鳥のようにその日がいつになるかもわからない。

「あなたたちのためなの。母さんのような子供時代を、ちいちゃんやてっちゃんには送ってほしくないから……追いつかれたら、見つかったら、すぐにどこかへ移らないと」

わからない。母の言うことがわからない。せっかく仲良くなれた友達や馴染んだ土地との関係を捨てるのが、どうして子供のためなのか？　彼は自分のことを、空白だらけの汚れたノートのように感じる。せっかく自分の言葉を書きつけても消しゴムで乱雑に消されて、消し痕の上に重ね書きされるのは母の希望、母の理想、母の欲する見返りばっかりだ。

たしかに母は、どこへ行っても通訳やレジ係や工場員の仕事を手際よく見つけてきて、誰の助けも借りずに姉弟を育てている。だけど彼や姉はカンガルーの育児嚢のような母の保護下を飛びだして、この国で日本人になっていかなくちゃいけない。母はそれを心の底では歓迎してないんだと思った。お父さんに恥じないようにとどんなに言いつのっても、本音では明日をも知れない〝三人ぼっち〟のアラブ人でいたいんじゃないのか。そのほうが家族水入らずで、たがいに傷つけず離れずにいられるから。

抱えこんだ不満や反感は、母の前では隠せなかった。母がひとたび不機嫌になって、怒りだすとどうにもならない。姉弟は怒りが鎮まるのを嵐や津波のようにやりすごすしかなかった。怒りは家中を満たし、火山灰のようにしばらく降りつづけて食事や洗濯物やお風呂の湯にまで混ざりこんで澱んだ。怒りは長い手を伸ばして彼の襟首を攫み、すこしでも弱みを見せたらもうお終いだった。

だけど四度目のその日がやってきて、我慢してきたものが決壊した。それは自分でも抑えきれず、彼のなかの大人しい部分を通り抜けてあふれだした。衝動というよりもそれは天からの啓示で、鐘のように鳴り響き、十四歳の彼を家出へと駆りたてた。

追っ手？　そんなのどこにもいない。

あいつらなんて、一度も見たことがない。

うちの母は、振り切れない過去の幻想か、捩じくれた被害妄想に囚われているだけだ。だから逃げた。荒々しいその逃走願望すらもあるいは親譲りなのか、母がかつて故郷から逃げたように、彼も母から逃げた。明日がいきなりなくなるのはもうたくさんだった。逃げだすたびに後ろ暗さが、ぶつ切りの記憶がつのるのは我慢ができなかった。このままでは誰とも通じあえない。誰ともわかりあえない。他人の記憶と交わることもないままに、世界の日陰でぽつねんと孤絶しつづけるだけだった。

だけど母の支配は愛より強かった。どこへ逃げても見つけられ、先回りされる。

あてもなく乗り継いだ電車を降りて、見知らぬ駅の改札口を通ったさきに、母が立っていた。いったいどうやって？　彼は混乱し、走りだして、駅前の歩道橋の階段を駆け上がった。母は追ってきた。聞き分けのない息子を叩こうとして母の手が離れたすきに身をよじり、母の体を突き飛ばしたはずみに自分が体勢を崩して、高さ二十メートルほどの歩道橋の階段の上から下まで転落した。

「哲史！」

母の叫ぶ声が聞こえた。

彼のイメージでは自分が落ちたというより、隕石（いんせき）か何かが後頭部に墜（お）ちてきた感覚だった。

担ぎこまれた病院で脳挫傷と診断されて、昏睡（こんすい）状態で二週間も生死の境をさまよった。

昏々（こんこん）と眠りつづける彼のそばを、母は片時も離れなかったという。二週間後の夜にふいに意識が戻って、はたと視線を向けた廊下に何か
がいた。

車輪つきの点滴台を引きながら歩いている老年の入院患者だったが、黒い蔓のような、有刺鉄線のようなものを全身に幾重にもまとわりつかせている。点滴のチューブとは違う。それはたえず皮膚の表面を滑りまわり、散らばって漂い、翅虫の群れのように離れては砂鉄のように吸いついていく。あんなものにまとわりつかれてはさぞかし煩わしいはずだが、本人はいたって平然と廊下を横切っていくのだ。

「哲史、もしかしてあれが視えるの？」

気がつくと、居眠りから覚めた母が体を起こし、修道女のように険しい面持ちを浮かべていた。その時ばかりは母との確執も忘れて、彼は視たものをそのまま言葉に変えた。

「あれって、あの黒いもやもやのこと？」

「あなたにも視えているのね。いつから視えるの」

「けっこう前から。あれがなんなの」

「千慧じゃなくて、あなたにウジャトの目が……」

彼がそれを視るのは、この時が初めてではなかった。天候の変わり目だったり、昼から夜に変わる黄昏時だったり、彼自身が寝惚けていて夢現の間にいるとき、ある状態からある状態へと移りゆく端境の時間になると、他人の身にまとわりつく煙霧のようなものを、蝟集する影の粒子のようなものを垣間見ることがあった。

陽差しの加減か、目の錯覚か、自分の知らない大気現象か何かだと思っていた。だけど病院で意識を取り戻したこの日ほど、それがくっきりと視えたことはなかった。「視えるけど……薄まったりぼやけたりする」と彼がつぶやくと、あくまでも母は強張(こわば)った口ぶりながら、最低限の作法は教えておかなくちゃというふうに、

「右目を掌(てのひら)でさえぎって、左目だけに集中してごらん。私の周囲にも視えるでしょう。人それぞれで量や形は異なるけど、言語を有する者ならあれは万人に現われる。私の国の言葉では〝イラハ・カリマ〟といって、ヒンディー語で〝デヴァ〟、ペルシャ語で〝ホダ〟、日本語には当たるものがないけど……意訳するとしたら〝異文字〟かしら。あの小さな粒は文字なの。異文字はその人その人をじかに〝読む〟ための文字なのよ」

明瞭に視えるようになったのは事故の影響でしょう、だけど元からあなたには素地があった。男系にはほとんど顕現しないものだけど、と珍しく饒舌(じょうぜつ)をふるう母にはسماع يمكنهم الذين الأشخاصالموسيقى بالأرقام الذين يشعرون بالألوان في هذا العالم في الصوت الأشخاصお前の目がウジャイの目で文字を追えغامض هناك الكثير من الناس لديهم شعورあの蟲になって現われなければ千慧には現われない……と日本語とアラビア語が混ざりあい交錯する文字列が現われ、蚕(かいこ)の吐く糸のようにするすると首や手足に巻きついていた。

「私のように複数の言語を操る者を〝読む〟のは難しいでしょう。この世界には、音に色を感じたり、味や匂いに形を感じたり、数字を見ると音楽が聴こえたりする神秘的な知覚を持つ人々がいる。私たちは人の霊気(アウラ)に文字を視るのよ。大抵それは支離滅裂なものにしかならない

けど、訓練を積めばそこから意味のある文を抽出できる」

「……人間を〝読む〟って、そんなことができるの」

「読んではいけない、と言ってもあなたは〝読む〟でしょう。ウジャトの目を啓(ひら)いてしまったのだから、この私もそうだったから。だけどむやみに読んではいけないし、読んでもその内容を他人に話してはならない。この目は祝福ではなくて呪いなのよ。あなたが〝読める〟と知られたら、連れ去られるのはあなただから」

　個々の魂が発生させる引力でもあるのか、母はまとわりつく文字列を手なずけているような印象があった。おなじ受難の轍(わだち)をたどることになった息子を憂(うれ)うように、足首が床に埋まりそうなほどの大きな溜息(ためいき)を漏らした。

　生きているような文字の粒が、ي、と母のヒジャブの上で銀色に瞬(またた)いた。


　退院した日の空を憶えている。水を張ったように冷たく澄みわたっていた。

　新しく地軸を挿しなおしたように、彼の目に映る風景は真新しいものに変わっていた。めくりかえすようにして地球が裏返しになり、そこには地の底から引きずり出されたような裸の言葉があふれかえっている。ここはもう元の世界ではない、自分はまぎれもなく一線を越えてしまったのだと思った。

　読み書きがままならないハンデはその日を境におのずと克服されていった。姉には視えていない。〝異文字〟は視えていない。ただし視えるからといって読めるわけではない。その神秘を繙いてはくれたものの、母が〝ウジャトの目〟を訓練してくれることはなかった。試しにゆきずりの通行人を読もうとしても、だんだん左目が眩んできて、それでも見つづけているとひどい頭痛や吐き気にも見舞われる。訓練なしでは文字酔いして、体のほうが変調を来してしまうようだった。

読みこなせるようになったのは、高校を卒業するころのことだ。さいわい高校の三年間では転校を強いられることもなく、彼は腰を据えて〝異文字〟についての研究と訓練をつづけることができた。その期間、彼がもっとも通いつめたのは往来や広場ではなく、地域で最も大きな図書館だった。

「ああ、それはきっと共感覚ですね。百種類以上もの症例が確認されてるはずですよ」

もちろん〝異文字〟のことは口に出さなかったが、親しくなった伊藤可帆という若い司書には正気を疑われない程度に相談し、関連する書籍を出してもらった。そもそも図書館は彼にとって居心地のよい場所で、フリーターとして親の脛を齧りながらも朝の開館とともに閲覧室のいつもの席に陣取った。てきぱきと配達されたばかりの新聞を綴じ、雑誌の最新号を差し替えて、新刊書の棚を整理する伊藤さんを横目に眺めながら、知覚神経に関する医学書やアラビア語の書籍を読みあさった。

「中東の言葉なんて勉強して、ピースボートにでも乗るんですか」

「ああ、近いうちに旅してみたいと思って……」

頭の奥にすこんと届くような伊藤さんの眼差(まなざ)しは心地よかった。彼女と向き合って、右目を隠すのはためらわれた。伊藤さんを不用意に読んでしまいたくなかった。

根気よく実践をくりかえし、少しずつ要領を呑(の)みこめてきた。ただ文字列をなぞるのではなくて、みずから文脈を掘り起こすように〝読む〟のだ。母の言葉どおり〝異文字〟は人によって出現の仕方が違うようだ。ぼうふらの大群に囲まれているように視えることもあれば、五線譜をまとったように整然と並んでいることもある。爬虫類(はちゅうるい)の鱗(うろこ)のように皮膚を覆っていることも、露出した肌にエンボス加工のように浮き彫りになっていることもあった。どんな場合でも文字列の起点にとらわれず、目に止まったところから藪漕(やぶこ)ぎでもするように読んでいき、探し当てた文脈にしたがって遡(さかのぼ)ったり進んだりすればよい。文字をまだ習っていない幼児には〝異文字〟は現われず、成人ともなると一冊の本に相当しそうな文字量をまとっている。それぞれが蓄えてきた知識や経験、学習量や質なども薄っぺらな一冊になるか分厚い一冊になるかを決めるようで、個々人のその日そのときの感情やコンディションによっても修正され、上書きされ、有機生物のように絶えず変化をつづけていた。

そこには何が書いてあるのか？

多くはその人が生きた過去の羅列。秘めた真情の吐露(とろ)。言わば自叙伝のようなもの。

おしなべて一貫性はなかったが、十人いれば一人か二人は、理路整然とした筋書きをそなえている。哲学書じみた論述だったり、現代を批評したものだったり、清書して博物館に寄付すれば喜ばれそうな郷土誌めいた大著にもお目にかかった。

たとえばそれは聞いたこともない神話や民話だったり、魔法の絨毯じみたベッドに乗って旅する空想譚だったり、世のタブーについて漠然と問いを提起する評論だったりする。百の詩が並んだ詩集があり、体験を基にした私小説らしきものもあって、急に人気者になった自分に会うための行列が長くなりすぎて「これってなんの行列？」と自分まで列に並んでしまう一編も読んだ。サウナにコンバットブーツだけ履いて入ってきた男と死闘を繰りひろげるアクション巨編も読んだ。縁日の屋台の百科全書も、ねずみ講のマニュアル本も読んだ。隠した本性の発露や、秘密の告白というだけではない。フィクションも含まれるとなると収拾がつかないが、共通して言えることがひとつだけあった。

「しかしまあ、どれもこれも〝奇書〟だよな……」

もしもこれらを書物にまとめるなら、そのいずれも書店の平台に並べられる本にはなりそうにない。実話であれ、虚構であれ、一人の人間を本のかたちで切り取ればすべては奇しき書物になるのだ。

好き嫌いや快不快はさておいても、人はだれもが〝奇書〟のかたちをしている。たしかにそれを〝読む〟とき、彼はそれぞれの書の背後に展がる人間存在の舞台裏にふれることができた。だとすれば、彼がぜひとも読みたいと願うのは――

一人しかいなかった。

歳月が過ぎて、彼は二十二歳で親元を離れることになった。仕送りはいらないから独り暮らしがしたいと告げたとき、母も強くは反対しなかった。実家で過ごす最後の夜、食卓で向かいあった母は、彼が重ねた齢のぶんより老けこんで見えた。

「読み書きが苦手だったころは、本当はどうしたらいいかって困り果ててたんだけど」母はくたびれたように言った。「あなたはすっかり異文字を読むのも達者になったみたいね」

頭を垂らすと、上目遣いに息子を見つめた。結び目の緩んだヒジャブが垂れて、顔の半分にかぶさって翳りを濃くしていた。

「私を、読みたいんだろう?」

ああこの顔だ、と彼は思った。隠し事をしているとき、転居つづきの日々に不満をぶつけるとき、母はいつもこんな表情をしてきた。ヒジャブによって顔の半分が隠れることで母の〝ウジャトの目〟が開かれていたのかもしれない。

「かまわないよ。読めるなら読んでごらん。今のてっちゃんではきっと読みとおせずに弾きだされてしまうだろうけど……」

一瞬、時間が止まり、ざわざわと古い記憶が押し寄せる音を聞いたような気がした。思春期の訪れとともに彼がまといはじめた硬く乾いた殻を、母はその目で見貫いていたのかもしれない。おれも……おれも……ずっと読まれていたのか？

「母さん、おれは知りたいんだ」

やがて夜が口を噤(つぐ)んで、張りつめた静寂が降ってくる。おのれの宿命の骨組みを一望できる場所にようやく立てたような心地だった。

独学でこつこつとアラビア語を学んできたのは、もちろんこの瞬間にそなえるためだった。おれたちはどうして世界から隠れるように生きなくちゃならなかったのか。酸素が日に日に薄くなるような息苦しさにつぶされて、重なりあって境界線のない一体感にも背を向けて、家族の元を離れたいと願わずにいられなかったのはなぜなのか――

彼は、母のまとっている銀色の文様を繙きはじめる。アラビア語の文字列をみずから逐語訳しながら、母の過去へと遡行(そこう)していく。

あなたはその音を聴いている。

硬く乾いた蹄(ひづめ)が、砂を踏んでいる。

ざしゅ、ざしゅ、ざしゅ……、ざしゅ、ざしゅ、ざしゅ……

あなたは立っている。サヤ。あなたは砂漠に立っている。首をもたげた駱駝(らくだ)の列が、今日も積み荷を運んでくる。ざしゅ、ざしゅ、ざしゅ……、ざしゅ……、あなたは近づいてきた駱駝と眸（め）を合わせる。砂の粒が睫毛（まつげ）に載っている。駱駝の手綱（たづな）を握った大人（アミール）は、運んできた荷物の一つひとつを鞍（くら）から降ろす。象牙や風信子石（ヒヤシンス）、羅織（らお）り、大麻（ハシーシュ）、没薬（もつやく）、乳香、伽羅（きゃら）の木片、鯨（くじら）の腸で作られた結石。それから……書になる人。

この人は、中国の人だろうか。

この人は、どこから来たのだろうか。

ざしゅ、ざしゅ、ざしゅ……、ざしゅ、ざしゅ、ざしゅ……

積み荷を移し、琥珀色（こはくいろ）に染まる世界をあなたは歩きだす。あなたは夕暮れの静寂を吸いこんで呼吸を整える。砂を被（かず）いているその人は、鞍に横たわり、呼吸は消えかけた熾火（おきび）の煙と変わらない。この人はいったいどんな文様を績（つむ）ぎだすのだろうか。

先頭を歩んでいる面紗（おもぎぬ）さまが、あなたたちの通称を呼ぶ。燐火（りんか）。闇夜月夜（やみよつきよ）。綿帽子（わたぼうし）。雪女郎（ゆきじょろう）。あなたは蚕女（かいこじょ）と呼ばれる。急ぐ足を止めぬようにと、客人を特に丁重に扱うようにと、面紗さまは違う二つの声で言う。砂漠の窪（くぼ）から山の涯（はて）へ、あなたたちは荷を運ぶ。客人を運ぶ。山の寺院（モスク）に戻れば、歳月をかけてこの人を読みつくし、天へと魂が去っていくのを見送ることになる。自分たちはそのためだけにいる。サヤ、あなたはうつむきながら歩き、壊れたままで架かっている吊り橋になった心地を味わう。あなたは自分がこちらからそちらへと、異文字（イラハ・カリマ）を運ぶだけの存在だと思う。尾根を一つ二つと越えて、斜面を下り、鳴りそこないの風笛（かざぶえ）が聴こえてくれれば、あと少しで寺院へとたどりつく。太陽はその火を消す寸前に、この世とあの世のはざまの胎内のような色に蕩けていた。

ウバト＝バッターニ教団、あるいは単にバッターニ教団は、イスラーム本流からもシーク教やバハーイー教からも異端視され、山の奥処で森羅万象を読みながら独自の繁栄を遂げたと伝えられている。あなたにとって家族は教団であり、教団は家族であり、母は面紗さまであり、父は教主さまだった。吹く風や差す光の意味も知らない、母馬の腹の下から隠れて世界を覗く仔馬のようなころから、あなたは彼らと共同生活を送ってきた。

かつてその地では、書のすべてが手稿あるいは写本だった。私有される書物はすなわち知識と富を象徴する財産だった。バッターニの寺院群には、絶えず増築されつづける附属図書館があり、イスラーム世界でも最大の蔵書量を誇るそこでは、面紗さまを長とした専属の保管者たちが傷みや腐食や湿気や塵埃から書を守っている。函に収められ、高価な宝石や螺鈿を鏤められた装飾写本も多々。教団においてウジャトの目を持つ者は必ずこの図書館に仕えて、幼いころから書道を習い、写本の術を学び、師資相承の読み書きを修めて、招き入れたる者たちを詳らつばらに繙読していた。五十九日間の浄めの時期に入った新たな客人は、ゴドーと名乗った。日本人だった。

おれは、ここに来る前のことを憶えていない。

ごめんなさい、お話をしてはいけないの。

食膳の上げ下げのたびにあなたは言う。長期にわたる調合薬物の投与はゴドーの精神を食(は)んで、昼夜を問わずその意識を、記憶を、曖昧模糊(あいまいもこ)と翳(かす)めさせている。

お願いだ、行かないで……君は、君はずっとここにいるの？

お話をしてはいけないの。

ここへは、拉致(らち)されてきたみたいだ。自分がどうなるのかを知りたい。

ゴドーは嘆いた。父や母の顔が思い出せない、故郷を発(た)ってからどのぐらい過ぎたのかもわからない。サヤ、あなたは皮膚の下に蠍(さそり)がいると叫ぶゴドーを憐(あわ)れんで、運んでいく食膳に薬物を混ぜなくなる。あなたはゴドーの話に耳を傾け、ゴドーはあなたがぽつぽつと話す言葉の続きを聞きたがる。客人とそんなふうに心を交叉(こうさ)させるのは初めてだった。

それもこれもゴドーの語った海の向こうの国が、異郷の言語や書物にまつわる逸話が、尽(ことごと)く精彩に富んでいたから。ゴドーの声や魂が、その文字が、あなたの心に寄り添ったから。濛々(もうもう)と動きゆく天地(あめつち)のはざまで、どこかへ漂い、また漲(みなぎ)っていくゴドーの文字。この世からいちばん遠い黄昏の闇の中でも、ゴドーは魂の火を絶やさなかった。

浄めの儀式が終わったらゴドーは読まれるの。読みつくされるの。

君たちの、ウジャトの目で？

そうよ、大勢の目でゴドーを読むの。

読んで、おれを読んで、それでどうなるというんだ。

もちろん書冊を編むのよ。わたしたちはそのためにいるのだから。

君たちは来る日も来る日も、ただ人を読みつづけるのか。

あなたはゴドーに話して聞かせる。教主（ハリーファ）さまや面紗さまが世界中の学者や著作家からこれという者を選んでいること。ゴドーもまた白羽の矢を立てられて攫（さら）われてきたこと。異文字（イラハ・カリマ）を書き写した書物にはごく稀（まれ）に、途方もないものが混ざりこむ。これから起こる戦争や厄災の詳報、世を変容させる発明の青写真、どこかの国の宰相や指導者たちがたどる未来の伝記、この世界の進みゆきを記した預言書の類（たぐい）が出現する。教団はそれを蒐（あつ）めて歴史の趨勢（すうせい）を握ることで生き長らえてきた。激しい弾圧や迫害を斥（しりぞ）け、秘密裡（ひみつり）に国家元首と通じた占星術師となって。異文字（イラハ・カリマ）を読むことこそが教団の延命の術であり、真の信仰にもなっていた。折にふれてここで編まれた書物は、写本となり、口伝され、記憶をも媒介して、洋の東西を問わずどこかで刊行されたり、秘蔵されていたものが発見されたりする。折にふれて『ガーヤト・アル＝ハキーム』、『ホノリウスの誓いの書』、『百詩篇集』、『金烏玉兎集（きんうぎょくとしゅう）』、『ビリティスの歌』とそれぞれに題され、『ヴォイニッチ手稿』のように未（いま）だ解読されざる書もあるが、巷間（こうかん）の目にふれるそれらは、熟（う）れた果実の最も美味（おい）しいところを切り取られ、真（まこと）と要（かなめ）の預言をつぶさに収穫されたものだった。

わたしは、ここで生まれたの。

ここで読んで、書いて、そして死ぬの。
あなたはゴドーに吐露する。獄舎に囚われているのは自分だとも感じる。ゴドーの最後の時を慰めるはずが、そこはあなたの祈禱と告白の場になっている。すでにしてゴドーの文字は、あなたの深いところで霊と結合し、あなたを異なるあなたとして現世に甦らせる。伽羅を練りこんだ蠟燭の火がちらちらと揺れる。あなたから細く湧出する絹の糸は、ゴドーの荒々しいが豊かな文字列とも絡みあっていく。あなたはその文字の渦にゴドーの霊の二重化を感受し、新たな命を自分が引き受けたと直観する。

複数の声が後方で叫んでいる。教主さま。面紗さま。姉妹たち。砂漠に降った慈雨を振り仰ぎ、精いっぱいに口を開いて、癒しの水として喉を潤す。暁光が差す地平線を目指してゴドーと進んだ。初めてバッターニの寺院を脱して、見ず知らずの街でひとつの命を産み落とす。それから三人で、妻が吐いた息を子が吸い、子の吐いた息を夫が吸い、夫はそれを口づけで妻へ送り戻す。サヤ。あなたはこの循環こそが幸福ではないかと感じ入る。他の誰とも逢えなくても、故郷に二度と帰れなくても後悔はなかった。

あるとき覚めると、隣に夫がいなかった。

ゴドー?

声はしない。娘の泣き声すらしない。

蠟燭の火が消えかかり、外では砂嵐が起こっている。

あなたは部屋の暗がりに目を遣る。床にはゴドーの脱いだ服が、履き物が散らばっている。ひと瞬きのうちに、長い夢を見ていただけのようにも感じる。地鳴りのような音が轟きわたって部屋の四隅から巨大な図書館が、獄舎がふたたび眼前に迫り上がってくる。何が起こっているのかはわかった。わたしは、わたしは書かれている……。

あなたを連れ去ったゴドーを、バッターニは許しはしない。取り消すことができない死刑の布告を出し、蚕女とその娘を連れ戻すために地の果てまで追ってくる。ゴドーは魂を昇華することも許されず、絞りつくされたあとに皮を剝がれ、その血で書の文字を録され、鞣し革となって書の装丁にされるだろう。追うがいい。わたしは二度と教団に奉仕しないと一生の覚悟の臍を固めて出奔したのだ。だから捕まらない。姉弟たちのなかでも並ぶもののなかったこの力を封印せず、夫も娘も守って、この旅の行き着く先を見定める。

あなたはそして右目を塞ぎ、ウジャトの目を解放する。

サヤ。あなたは。

すべてを読む。書くために読む。

＊　＊　＊

「……ねえ、面白かった？」

彼にそう声をかけたのは、母ではなかった。

耳の裏に響くような動悸（どうき）に、突き上げられるように目を覚ます。

「……ねえ、読んだんでしょう。蚕女の書は面白かった？　面白かったか聞いてるのよ」

身を横たえた寝台が揺れている。空間全体が揺れている。

どうやら船倉にいるようだった。

呼吸を深めようとすると、こめかみがずきずきと痛いほどに脈動した。前後の記憶がひどく混乱している。母を読んでいたはずが、どうして船の底になんているのか。あれを読んでからおれは、母の物語をどのように腹に落としたらいいかわからなくて、通いなれた図書館に出かけていって……ああそうだ、あの人と話したくて、それで初めて勤務時間外に会ってほしいと誘って、テラスの席で珈琲を飲んで……

「……旅をしたいと言っていたでしょう、三郷さん、あれは嘘じゃないよね」

船倉の隅から声がしていた。蠟燭の火が照らすその顔を見つめる。伊藤さんなのか……たしかによく知る司書だったが、容（い）れ物がおなじでも中身が違うような気がした。ホルマリン漬けにされていたように顔色が悪く、あごや首筋には薄く青い静脈が透（す）けている。眉間には文身（いれずみ）らしきものがあったが、伊藤さんはそんなものを彫っていなかった。それともずっと化粧で隠していただけか。本当に伊藤さんなのか。

彼はとっさに右目をつぶった。伊藤さんの異文字は、ペルシャ絨毯の地織りのようにあざやかで端整だった。だけど全身が痺れきったように動かず、平衡感覚も働かない。それこそ大時化に揉まれる船で字面を追っているように、脳天に斜めに杭を打たれるような船酔いが襲ってくる。ここでは〝異文字〟を読めない。

「……怖いんですか。あはは、そんなのおかしい……本当に怖いのはあなたのお母さんなのに。あなたもお母さんを読んだならそれはわかるでしょう」

伊藤さんもこれ見よがしに右目をつぶった。すると急角度で船が傾きだし、伊藤さんのほうに体ごと滑っていきそうな引力を感じた。彼は確信する。読まれている。伊藤さんも〝ウジャトの目〟を使うのだ。もしかして彼女がそうなのか。十年も二十年も聞かされてきたあいつらなのか、ずっと自分は騙されていて、とうとう捕まったのか？

「……あなたは書けないのか。お母さんは教えなかったのね……馬鹿だな、本当に身を守るには〝書く〟しかないのに。自分だけの力で子供たちを守れると過信していたのね」

「……あ、母さんを読んでてもたしか〝書く〟って言葉が……」

「もちろん出てくるよ。あたしたちの力の本領はそこなんだから。〝書く〟ことで初めて相手を支配できる。思考を組みかえて、生き物としての組成を変えて、時間の出し入れだってできる。そうやってこの世界の理を改竄するのよ」

思考を組みかえる？　時間を出し入れする？　そんなことを母は説かなかった。胸元に冷たい手を差しこまれ、心臓をつかみ出されて矯めつ眇めつされているようだった。もしかしたらすでに自分は書かれていたのかと思った。ほとんど出会い頭のようにこの人に惹きつけられたのも、図書館に通わずにいられなかったのも、書かれていたから？　だとしたら彼の母は、息子を読みはしても書かなかった。もしも書いてすむならそれだけで、家族の生き方にも不満を漏らさない、実家を捨て去らない理想の息子ができあがったはずじゃないか。だけど彼はそうじゃなかった。

「あなたの母さんのように読める者も、書ける者もいなかった。次の代の〝面紗さま〟になると賞されていたのに。手強い女というのは本当だった。みんな返り討ちに遭った。あなたたちを見つけても、先に読まれて、書かれて……追っていった者は一人も戻らなかった。闇夜月夜も、綿帽子も……あたし？　あたしは燐火の二代目よ」

伊藤可帆を騙っていた女のまとう文字が湧きたち、縦横無尽に舞い上がって彼の元へと蝗の群れのように降ってくる。読めるものなら読むがいい。親の仇への呪詛を読むがいい。そのあいだにも同時に書かれている。たしかに燐火は両手を重ねて、細かく手元を動かしている。彼はだんだん謝りたくなってくる。泣いて謝り、死んで謝りたくなる。このまま海底に放り棄ててくれてもかまわない。だから赦してほしい。いっそ殺してほしい。

「そうしたいけど、あたしは布告にしたがう。あなたを面紗さまの元に連れてゆく」

だから着くまで静かにしていてね、と書かれてそのとおりにする。眠れ、と書かれれば首を切り落とされたように眠る。

彼はそのようにして連れ去られ、遠い異郷へと渡り、船や車を乗り継いで砂漠や山岳地帯を運ばれた。それは二十年以上も前に、彼の家族がたどった希望の道を逆向きにたどり直すような道行きにほかならなかった。

気がつくと薄暗い部屋にいた。陽差しは遮断され、時間がわからない。暖色系のランプが灯(とも)されていて、銀の香炉のなかで伽羅の香が炷(た)かれている。豪奢(ごうしゃ)な絨毯が敷きつめられ、壁や天井に彫りこまれたアラビア語の文様も見ることができた。ここはバッターニの寺院(モスク)の内部だろうか。すると自分は、母の生まれ育った場所に来ているのか。

間もなく貫頭衣(かんとうい)をまとった従者が現われて、敷地内にある附属図書館へと案内される。増築に増築を重ねたそこは〝図書館〟というよりも〝図書城〟、それも香港(ホンコン)の九龍(クーロン)城に類する〝城〟だった。縦にも横にも無際限に伸びる書架と書架とが複雑な迷路をなし、イスラーム世界で屈指の蔵書とされているのも頷(うなず)ける万巻の書に睥睨(へいげい)される。書物を手にした信者たちが、音もなく辺土をゆく亡者のように彷徨(さまよ)っている。城のなかに食事を供する屋台や仮眠所、救助人の詰め所もあって、汗牛充棟(かんぎゅうじゅうとう)の書冊が尽きることなく威容を誇っている。このすべてが古書や稀書、いや奇書なのか？　ここで暮らしているという孤児とすれ違う。人皮の装丁を供する業者とすれ違う。両性具有(アンドロギュヌス)だという司書が美しい写本を書棚に差し戻している。書の桃源に生きる住人たち、書の一部のような人びとがたむろする図書城の最奥部では、彼をこの遠路の旅へ誘（いざな）った張本人が待っていた。

「私は」「私はあなたの」「お祖母ちゃんだよ」「お祖母ちゃんと呼んで」

「ここまでよく来たね」「来たね」

一つの面紗が、二つの頭を隠していた。面紗さまは結合双生児だった。通常のアラブの女よりひとまわりかふたまわりは巨大な体はたしかに一つ、手足も一対ずつだが、あきらかに頭部が二つあった。書物でできたような奇怪な衣類を身にまとっていて、手元の羊皮紙に片方の老女が書きつける文章を、たえずもう片方の老女が読んでいる。これまでにお目にかかったこともないような怪人物がそこにいた。

彼はそこに至って、母に読まされた物語が空想の産物ではなかったことを思い知らされていた。この双子の老女こそが、異端の教団にあって人を読んで編んだ〝奇書〟を蒐集し、紛れこむ預言書をレファレンスする営みの指導者。亡命した母を二十年も追いつづけてきた張本人――微笑（ほほえ）んでいるのに茨（いばら）をまとったように剣呑（けんのん）で、胸を突き押されるような意思の載った睨みを絶やさない。あまりにも恐ろしいのに、彼はすぐにでも面紗さまの足元に額（ぬか）ずきたがっている自分に気がついていた。その身にすがりついて、ずっと逢いたかったと抱きあいたかった。これまでの人生で遠いアラブの祖母に思いを馳せたことなんてなかったのに。

「あなたは」「あなたはなかなか面白い」「読んでいて面白いよ」「とても無防備だしね」「私たちは一族でも特異な体質の持ち主でね」「四つの目のすべてがウジャトの目なの」「だからすぐ

に読めてしまうんだね」

「……お、お祖母ちゃん、どうしておれを……」

「そりゃあ、あの娘は危険すぎる」「危険すぎるからだよ」

「おれの母さんの、母さんの本当のお母さんなの」

「そりゃあ、そうさ」「そうそう」「ここにいる女たちはみんな私の娘」「もっとも蚕女のことはあんたのほうがよく知っているね」「ちっぽけな島国でこそこそと何十年も」「私たちが知らないあの娘のことを教えておくれ」

　ユニゾンの声が二重の不協和音のように反響する。隣どうしのピアノの鍵盤を同時に押さえているような神経に障(さわ)る声音が腹の底を這いまわる。ここはどうかしている。正気のたがが外れている。たまらなく恐ろしいのに、涙がとめどなく溢れるほど愛(いと)おしい。おれは読まれている。書かれてもいる。どうして母さんは書かれないための自衛の手段を教えてくれなかったのか、こんなふうに好き放題に操られてはどうすることもできない。断崖絶壁の縁(ふち)を雀躍(こおど)りしながらスキップで歩んでいるような心地だった。

「あれほどの能力がありながら」「ありながらね」「男」「男と逃げだすなんて愚かしい」「これまでどれだけのウジャトの目が潰された」「数えきれない」「あれは本当に残酷な女だ」「血を分けた姉妹たちを」「あんたの叔母さんたちを」「こうなればなんとしても、あの娘に帰郷(かえ)ってもらわなくちゃならない」「それであんたを連れてきた」

四つの目に搦（から）めとられて、毛穴から字という字を吸いだされるようだった。樟脳（しょうのう）のにおいがする呼気を浴びる。頬がふれあうほどの距離でしがみついて、餓（う）えたように祖母の温（ぬく）もりをむさぼる。――母が帰郷（かえ）ってくる？　そこで一つの言葉が脳裏に泡立った。ここに母が来るのか、あんなに忌み嫌っていた故郷にあの人が帰還するとしたら、それは彼がここにいるからだった。ああ、おれは母さんをおびき寄せるための餌なのか。

「あなたも書いてみるかい」「書いてごらん」と面紗さまが言った。「これまでずっと我慢してきたんだろう」「母さんに鼻面をひきまわされてきたんだろう」とつづける。「だったら書いてやりな」「母さんが来たら、あんたが書いてやりな」「母さんを書いてやりな」「あんたなら撥（は）ねのけることはできないだろうからね」

読むだけでなく異文字（イラハ・カリマ）を〝書く〟ということ。面紗さまによってそのあらましが語られる。最も効果絶大なのは、生きた当人から剝いで鞣した〝人皮紙〟にバッターニの書法で録（しる）すことだが、高い能力の持ち主であれば、パピルスや羊皮紙に録したものを異文字（イラハ・カリマ）と結びつかせるだけで上書き（パリンプセスト）は果たされる。熟達してしまえば相手の記憶を消し、あるいは植えつけ、感情の手綱を握って、時間の流れを遡らせることも進めることも、宿命や因果律の鎖を接ぎあらためることも思いのままになる。

途方もない秘儀が語られていた。彼は聞きながら、疑心も抱かない自分はすでに書き狂わされているのかもしれないと思う。そんなことが、そんなことがもしもできるなら、この一族はすでにこの世のものではない。世界の全運命を録した歴史書をほしいままに編纂（へんさん）・改竄（かいざん）することを許された、本物の異教の神ではないか――

終局の日は、間を置かずにやってくる。

予言されたとおり、二十数年ぶりに母は帰郷したのだ。

夜半に寺院（モスク）が軋（きし）むような音がして、けたたましい大音声（だいおんじょう）が聞こえてくる。

彼はおのれの精神の拠（よ）りどころをその音に求める。与えられた貴賓室の外の気配に意識を凝らし、幽閉されていたにも等しいその空間をみずから飛びだす。面紗さまにそう書かれたせいで、膝の骨を盗まれたように立って歩けなくなっていたが、倒（こ）けつ転（まろ）びつしながら、赤子のようにずり這（ば）いしながら図書城へと向かった。

「てっちゃん、迎えに来たよ。家に帰るよ」

書架と書架のあいだで母が、数百人にもおよぶ教団の者たちを一人で相手にしていた。葬儀に出るような黒い礼装で、黒いヒジャブをまとい、布の一部ですっぽりと右目を蔽（おお）っている。母はその手元に羊皮紙をひろげている。本人はあくまでも沈黙を貫いたままで、書いては読み、読んでは書いている。教団の者たちの絶叫や悲鳴や慟哭（どうこく）や嗚咽（おえつ）が渦になった光景を目の当（ま）たりにさせられた彼は、天も地もないような眩暈（めまい）に襲われて、母と向き合った者が次々と斃（たお）れていくさまに呆然（ぼうぜん）と見入るしかなかった。

あの女のように読める者も、書ける者もいない——言葉のとおりだった。母は押し寄せる情報量の大津波をすさまじい処理速度で読み、高密度な文字の撚り糸をいったん解いてから編みなおすようにして適切な加筆や上書きをほどこしている。そうやって母に書かれた者は、たちまちのうちに命の時間を消費したように老衰し、膿みふくれた水死体のように変わり果てる。糞尿と嘔吐物のなかにみずからの首を切って落とし、生きながらに湧かせた無数の蛆に喰われ、四肢のない醜悪な肉の塊りや魚類や爬虫類のできそこないに変わり、蟹の足を生やした首だけで嗤いながら這いまわって狂死する。醜悪な蟇の子や餓鬼に変えられて全身の骨を砕き飛ばされる。指一本の接触もないままに地獄絵図を紡ぎだす母の書きぶりは、地の底から衝き上がるような激甚な怒りに満ちていた。

「すごいすごい、だけどそんなふうに力を使ったら、あなたの身も保たないでしょう」

立ちはだかった燐火との一騎打ちは、たとえば剣戟や銃撃戦にあふれる華々しさや昂揚感に乏しい、きわめて静謐なものだった。

二人の〝ウジャトの目〟が突き合わされて、読んでは書き、書かれてはそれを上書きしてたがいに命脈を断つための急所を探しあっているのが彼にもわかった。二人の文字が絡まりあい、噴きこぼれるように隆起しては収縮し、しかし雌雄を決するまでには物の数分とかからない。「……信じられないな、蚕女、そんなことふつう書くか……」と燐火が言った。傷口もないのに血溜まりが足元にひろがっていき、目尻や口からも血を流した燐火はどうと横倒しになって、そのまま動かなくなった。

「あんたは」「あんたはここまでするんだねえ」

「私はもう何度も、放っておいてくれと書いて送ったはずよ」

「血も涙もありはしないね」「あんたの故郷を」「あんたの教団を、あんたの家族を！　最後の一人まで書き滅ぼすつもりなのか！」

「ごめんなさい、面紗さま……だけど私はとっくに信仰は棄ててしまったの」

およそ数時間をかけて四つのウジャトの目を退けた母は、面紗さまのダイオウイカの触手のような、ぶよぶよと脂にまみれた無気味な文字列も読解し、そこに厖大な文字を書きこんでいった。浩瀚を極める蔵書にボッッボッッと火が点き、書架が燃えあがって、図書城が崩れはじめる。膝から崩れ落ちた面紗さまは、顔の輪郭を崩して肉をただれさせ、白濁した眼球はとうに盲いているようだった。すぐにその口は喘ぐように涎しか吐けなくなり、太い指を巣から落ちた雛鳥のように痙攣させ、二つのしゃれこうべを並べて、残った命の滴をあまさず握り絞られるように朽ち果てた。

狂風が吹き荒れていた。

外に出てきた親子の背後で、寺院や図書城が燃え盛っていた。

だけど、だけど布告はそれを書き刻んだ者が死んでも解除されない。「……あなた、あなたは母さんを……」と本人に悟られるよりも前から、彼は与えられた羊皮紙に、母の滅びの物語を書きつけていた。それはバッターニが仕掛けた時限爆弾だった。

「そうするように書かれたならしかたがない。だけど哲史、書くということはその前に、私の異文字（イラハ・カリマ）を涯から涯まで読みつくすということ……あなたにそれができるの」

　親子はふらふらと山を降りて、砂漠をさまよった。捨て身で教団を滅ぼした母はただでさえ満身創痍で、今にも百年来の遭難者のように崩れ落ちそうで、彼はそれでも母に異文字（イラハ・カリマ）を書き入れることをやめられなかった。

　母はそれを退けようとはせず、するとやがて、暗渠（あんきょ）よりも深い水脈のように母の底を流れる文字列に行き当たった。実家を出るときにすすんで読ませた母が、しかしそのときには意図して隠していた文章の塊（かたま）りとおぼしかった。

「これは、母さんこれは……」

　母が見つめ返してくる。干からびた唇がわなないている。

「あの人を、お父さんを書いたのよ。私はあのときに……」

　読まれなかった物語が、奔流（ほんりゅう）となって彼になだれこんできた。遥かな昔日の情景が浮かび上がる。故郷を捨てて新天地を目指したとき、若い母が連れていたのは女の子が一人だけ。そのお腹はふくらんでいなかった。

　あの日あのとき、ゴドーを連れ去った教団の者に追いついて、奪い返した夫はしかし虫の息だった。布告（ファトワ）によって命を狙われるのは、他の誰でもないこの夫なのだ――振りはらえない軛(くびき)をかけられ、妻とともにあるかぎり死の淵を歩くことになる夫の宿命を悟って、教団の追っ手たちを、この世界を欺くために、彼女はゴドーに上書き(パリンプセスト)をほどこした。根底からその一言一句をあまさず改竄して、みずからの息子へと書き換えた。

「そんな、そんなことまで、できるなんて……」

「これまで隠していて、ごめんなさい」

「忘れてたよ。うちの母さんは、異教の神だったんだって」

海を渡るとき、あなたはお腹にいたのよ、と彼にも姉にもくりかえし言い聞かせて。首をもたげる疑念や齟齬(そご)はそのつど書き換えて——夫を息子として育てなおした。家族三人の物語を編みなおした。

膝を震わせた彼は、風がその輪郭を削っていく砂丘にくずおれる。母であり妻であったその女(ひと)も、とうとう立っていられなくなって、砂の上に弱々しく伏せった。時とともに風紋が地平の形を移ろわせ、動けなくなった二人の上にも薄い砂の膜を被せていく。

「サヤ、どうしてそこまでして、おれに寄り添って……」

「それはあなたが、そうさせてくれたから」

「だからおれも、おれにも読めたのか？　だけどおれは……良い物語は書けなかった」

「そんなことない。私やお姉ちゃんは、あなたがいてどんなに救われたか。どんなに幸福だったか。私はこの足では帰れないようだけど、あなたは読んだからわかるでしょう、私はこの体を失っても一冊の書になれる。何かのはずみで世に出まわることがあるのも知っているね、だからまた逢えるから、逢えるから……」

動かなくなった唇に、彼はそっと口づけをした。そして子供のように全身でサヤに抱きつき、消えゆく最後の温もりを独り占めしようとしがみついた。涙は涸れていたけど、それでも彼は泣いていた。この砂漠からは見えない海のように、どこかに湛えられている涙の源泉に、彼の魂だけが先んじて逢着できたのかもしれなかった。

＊

叔父がぼくに、これを読ませてくれたのは――

あるいはぼくがいずれ、奇書を著わすような書き手になると思ってくれたからか。

それともぼく自身が〝奇書〟となる日にそなえさせるつもりだったのか。

たとえぼくに〝書く〟ことができたとしても、叔父は結局のところは延命を、運命の改変を受け容れなかっただろう。生涯独身で五十余年を生きて、ついに〝サヤ〟の元にたどりつけるのだから。叔父は奇書を蒐めることで、妻であり母であった人との再会を願い、ようやく手を引かれるようにしてあまねく広い世界へと旅立っていった。

「ああ、母さん……うん、形見としてぼくがもらうよ」

「ああそう、やっぱりね」

「なんだよ、どうせそう言うと思ってた？」

「まあね、あなたはお祖母ちゃんや哲史が視ていたものを視えそうだから……」

電話で話していてハッとさせられた。おなじ物語を生きていた母もずっと何かを感じていたのかもしれない。そしてこうも思った。もしもぼくに祖母や叔父と通じるものがあるのなら、消滅したかどうかは語られなかった砂漠の涯の城に連れ去られることがあるかもしれない。そこでぼくはいくつもの目に読みくだされ、血で文字を書かれ、皮を剝がされて装丁となる。それがそんなに悪い最期ではないなと思う程度には、ぼくもすでに奇書に人生を狂わされているようだった。

ずっと書けなかったこの家族の秘史を、本と同化する者たちの物語を、ぼくは短編の長さに切りつめて、黒い背表紙のアンソロジー叢書のために執筆する。どうにかこうにか脱稿寸前まで漕ぎつけて、最後の句点を打つ前にふと思いたち、書斎に持ち帰っていた叔父の蔵書の頁をいくつか開いてみた。

連綿とつらなる歴史に織りこまれた、短いけれど欠くべからざる文字列――ぼくたちはそのような存在なのだろう。それにしても砂漠の砂のように、海の滴のようになんと厖大な文字が並んでいることか！　字が文となり、文が物語をなし、おなじものが一つとしてない奇書は、いくら読んでも飽きることがない。やがてその字という字が躍りだして、千変万化の模様をなし、めくるめく光のなかで乱舞して、人の形をした書物へと変わっていく。人が人を読む、という叔父の言葉が甦っていた。

「あんまり変な本ばかり読まないでよ」

母は言うだろうか。だけどぼくは知らず知らず止めていた息を吐きだし、ここで寝そべって世界の秘密を語る奇書を読みつづける。どこかでひょっこり叔父や祖母に再会できるかもしれないから。図書城に連れ去られるまでには、まだいくらかの猶予(ゆうよ)があるはずだから。

参考・引用文献

『フランク・ロイド・ライトの帝国ホテル』明石信道（文）・村井修（写真）　建築資料研究社
『帝国ホテルが教えてくれたこと』竹谷年子　大和出版
『胃袋の近代――食と人びとの日常史』湯澤規子　名古屋大学出版会
『戦争中の暮しの記録』暮しの手帖編集部　暮しの手帖社
『アイヌ神謡集』知里幸恵　岩波文庫
『アイヌ絵を聴く――変容の民族音楽誌』谷本一之　北海道大学出版会
『戦時演芸慰問団「わらわし隊」の記録――芸人たちが見た日中戦争』早坂隆　中央公論新社
『太鼓たたいて笛ふいて』井上ひさし　新潮社
『最新戯曲集　紙屋町さくらホテル』井上ひさし　小学館
『幻の近代アイドル史　明治・大正・昭和の大衆芸能盛衰記』笹山敬輔　彩流社
『定本　日本の喜劇人』小林信彦　新潮社
『どん底』ゴーリキイ　中村白葉（訳）　岩波文庫
『図説　アラビア文字事典』ガブリエル・マンデル・ハーン　矢島文夫（監修）・緑慎也（訳）　創元社

初出

「恋する影法師」　『ダークロマンス　異形コレクションXLⅨ』所収（光文社文庫）
「一九三九年の帝国ホテル」　「IN★POCKET」二〇一八年五月号（講談社）
「レディ・フォックス」　「小説宝石」二〇一九年七月号（光文社）
「笑いの世紀」　「小説宝石」二〇一九年四月号
「異文字」　『物語のルミナリエ　異形コレクションXLⅧ』所収（光文社文庫）
「ダンデライオン&タイガーリリー」　「小説宝石」二〇一九年九月号
「無謀の騎士」　「小説宝石」二〇二〇年三月号
「血の潮」　『ダークロマンス　異形コレクションXLⅨ』所収（光文社文庫）
「終末芸人」　『喜劇綺劇　異形コレクションXLⅣ』所収（光文社文庫）
「ブックマン――ありえざる奇書の年代記」　『蠱惑の本　異形コレクションL』所収（光文社文庫）

「一九三九年の帝国ホテル」「レディ・フォックス」「笑いの世紀」には、今日の観点からすると不快・不適切とされる「支那」「浮浪者」「浮浪児」「女中」などの用語が用いられています。しかしながら、物語の根幹に関わる設定と、作品に描かれる時代背景を考慮したうえで、これらの表現についても、そのままとしました。差別の助長を意図するものではないことをご理解ください。（編集部）

これらの物語はフィクションであり、実在する事件・人物・団体等とは一切関係ありません。

真藤順丈（しんどう・じゅんじょう）

1977年、東京都生まれ。2008年『地図男』で、第3回ダ・ヴィンチ文学賞大賞を受賞しデビュー。同年『庵堂三兄弟の聖職』で第15回日本ホラー小説大賞、その他に第15回電撃小説大賞銀賞、第3回ポプラ社小説大賞特別賞をそれぞれ別の作品で受賞。2018年に刊行した『宝島』で第9回山田風太郎賞、第160回直木三十五賞、第5回沖縄書店大賞小説部門を受賞。他に『墓頭』『夜の淵をひと廻り』『七日じゃ映画は撮れません』『黄昏旅団』など著作多数。

われらの世紀 真藤順丈作品集

2021年4月30日 初版1刷発行

著者 真藤順丈

発行者 鈴木広和

発行所 株式会社 光文社
〒112-8011 東京都文京区音羽1-16-6
電話 編集部 03-5395-8254
書籍販売部 03-5395-8116
業務部 03-5395-8125
URL 光文社 https://www.kobunsha.com/

組版 萩原印刷
印刷所 萩原印刷
製本所 ナショナル製本

ISBN978-4-334-91399-1

THE WORK COLLECTION by Junjo Shindo